나무의 주인

나무의 주인

—

초판 1쇄   2015년 6월 10일
지은이   이종문
펴낸이   김영재
펴낸곳   책만드는집

—

주소   서울 마포구 양화로3길 99 4층 (121−887)
전화   3142−1585·6
팩스   336−8908
전자우편   chaekjip@naver.com
출판등록   1994년 1월 13일 제10−927호
ⓒ 이종문, 2015

ISBN   978−89−7944−519−0 (03810)

이 도서의 국립중앙도서관 출판사도서목록(CIP)은 e−CIP
홈페이지(http://www.nl.go.kr/cip.php)에서 이용하실 수 있습니다.
(CIP제어번호 : CIP2015012012)

이종문 산문집

나무의 주인

책만드는집

　지난 20여 년 동안 써두었던 자전적 산문들 가운데 일부를 이렇게 한자리에 모아보았다. 거의 대부분 내 인생에서 난데없이 일어났던 이야기들을 그냥 써놓은 것들이다. 아무런 목적도 없이 어느 날 문득 그냥 말이다.

　물론 써놓은 뒤에 청탁이 와서 적지 않게 발표하기는 했다. 하지만 사건이 일어난 시점과 글을 쓴 시점, 그리고 발표한 시점이 크게 다른 경우가 많고, 아직 발표하지 않은 것도 3분의 1이 넘는 것 같다. 세월이 오래 지나간 데다 꼼꼼하게 메모해두지 않아서, 언제 쓴 글인지 확실하지 않은 경우도 많다. 작품 말미에다 창작 연대나 발표 연대를 적어두려다가 포기한 것도 그 때문이다.

　처음부터 책을 낼 계획을 가지고 기획적으로 집필한 글이 아니기 때문에, 한자리에 모아놓고 보니 그야말로 뒤죽박죽이다. 작품의 길이가 들쭉날쭉한 데다 그 내용과 성격에도 일관성이 다소 결여되어 있다. 애초부터 장르 따위를 크게 의식하지 않고 내키는 대로 썼으므로 장르의 성격이 애매모호한 측면도 있다. 하지만 내 속으로 낳은 내 아이인 데다 정말 쓰고 싶어서 쓴 글이라 그런지, 적어도 내가 보기에는 읽을 만한 작품이 더러 있는 것 같기도 하다.

　다소 쑥스럽지만, 내가 낳은 이 귀여운 아이들을 세상 사람들의 품에다 덥석 안겨보기로 했다. 혹시 인연이 닿게 되거든 가벼운 마음으로 읽으신 뒤에, 사랑하는 사람들에게 술술 이야기해주시면 좋겠다. 그리하여 마침내 슬플 때 같이 슬퍼하고, 기쁠 때 같이 기뻐하며, 우스울 때는 박장대소하며 웃어주시기를 기원하는 마음 간절하다.

　끝으로 유례없는 출판 불황기에 기꺼이 원고를 맡아 멋진 책을 만들어주신 책만드는집의 김영재 사장님과 이성희 님을 비롯한 출판사의 관계자 여러분에게 뜨거운 마음으로 감사를 드린다.

－ 2015년 봄날도 환한 봄날

영무헌迎舞軒에서 이종문

PART
02

PART
01

나무의
주인

내가 사는 곳에서 100리도 훨씬 넘는 어느 시골에 거대하고도 육중한 나무들로 뒤덮여 있는 정말 아름다운 숲이 있다. '전국 아름다운 숲 경연대회'에서 대상의 영광을 차지한 경북 영천 임고초등학교의 장엄한 숲이 바로 그것이다. 이상하게 들릴지 몰라도 나는 해마다 이 학교 숲에 매달려 있는 실로 무수한 모과들 가운데 열 개 남짓을 수확하여왔다. 물론 처음에는 적지 않은 죄의식이 있었으므로 땅에 떨어진 것 서너 개 정도를 주워 오는 것에 불과했다. 하지만 그것이 연례행사가 되면서부터는 기이하게도 내가 하는 절도 행위에 대하여 이렇다 할 죄의식을 느낄 수가 없었다. 마치 우리 밭의 과일을 따듯이 편안한 마음으로 모과를 수확하게 되었던 것도 바로 이와 같은 죄의식의 소멸 현상에서 기인한 것임은 말할 것도 없다.

나이를 먹을 만큼 먹기는 했지만 아직도 철이 없던 어느 해 가을, 안개가 자욱한 이른 아침이었다. 내가 빼놓을 수 없는 연례행사의 일환으로 이 초등학교에 들렀을 때, 교정에 있는 나무들 가운데 키가 높은 나무는 그 끝이 보이지 않을 정도로 안개가 자욱하게 깔려 있었다. '이렇다 할 죄의식'을 느끼지는 않았지만, 최소한의 죄의식이 남아 있었던 나로서는 모과를 수확하기에 딱 좋은 날씨였다.

그러나 낮은 가지에 달려 있는 모과들은 이미 누군가가 먼저 수확해 가버렸으므로 남은 것들은 손 닿을 수 없는 아득한 하늘가에 대롱대롱 매달려 있었다. 젖 먹던 힘을 다해 모과를 향하여 풀쩍 뛰어올라 보았지만, 모과들은 여전히 저 아득한 가지 끝에서 이리저리 대롱거렸다. 다른 방법이 없었으므로 근처에 나뒹굴고 있던 벽돌 서너 장을 포개어놓고 있는 힘을 다해 뛰어오르면서 모과를 따는 수밖에 없었다.

하지만 몇 개만 더 따면 목표량을 무난히 달성할 수 있다고 생각되는 시점에서, 나는 하던 동작을 엉거주춤 그만두지 않을 수 없었다. 자욱한 안개를 뚫고 갑자기 나타난 내 나이 또래의 한 젊은 사내가 무언의 눈짓으로 '동작 그만'을 지시하고 있었던 것이다. 사내는 연민이 가득 찬 시선으로 한동안 나를 바라보다가 '가르치지 않는 것도 가르침의 일종'이라는 공자孔子의 가르침이 떠올랐는지, 말없이 돌아서서 짙은 안개 속으로 사라져버렸다. 내가 마음을 탁 놓고 지금까지 하던 동작을 다시 되풀이하고 있을 때, 안개 속에 사라졌던 사내가 다시 천천히 다가와서 말을 걸어왔다.

"보이소, 아저씨. 보자 보자 하니까 정말 너무하시네요. 아저씨가 누군데 교정의 모과를 허락도 없이 따 가는 겁니까?"

막상 이런 질문을 받고 보니 형언할 수 없는 부끄러움이 온몸을 왈칵 덮쳐 왔다. 나는 '죄송합니다. 미안합니다. 다시는 그러지 않겠습니다'로 간단하게 사태를 수습하려 했다. 그러나 이상하게도 바로 그 순간에 가당치도 않은 오기가 울컥 솟구쳐 오르면서 마음에도 없는 말이 튀어나왔다.

"실례지만 아저씨, 그러는 아저씨는 도대체 누굽니까?"

순간 사내의 광대뼈가 조금 실룩거렸다. 하지만 그는 놀라울 정도의 인내심을 발휘하여 자신의 감정을 대충 수습하고 이렇게 답했다.

"저요? 저는 이 학교에 근무하고 있는 교사요. 그것도 오늘 하루 동안 이 학교에 있는 모든 물건을 차질 없이 관리하도록 명령을 받은 숙직 교삽니다. 그런데 학교의 과일을 따 가면서 오히려 숙직 교사에게 누구냐고 묻고 있는 아저씨야말로 도대체 어디 사는 누굽니까?"

적반하장도 분수가 있다는 뜻이었다. 하지만 사태가 이미 꼬리를 내릴 수 없는 상황으로 발전해 있었으므로 나로서도 물러설 곳이 없었다.

"저요? 저는 20여 년 전에 이 학교를 졸업한 졸업생입니다. 그것도 해마다 가을이 오면 이 학교의 모과를 수확하는 것을 연례행사로 삼고 있는 졸업생으로서, 대구 범물동에 살고 있고……."

적어도 그때까지 고도의 통제력으로 자신의 표정을 관리하고 있던 숙직 교사는 그만 기가 차서 분통을 터뜨렸다.

"이것 보시오. 졸업생이면 다요? 대구 범물동에 살고 있는 졸업생이면 교정의 모과를 허락 없이 따 가도 된다는 거요, 뭐요?"

상대방이 이렇게 거칠게 나오자 나는 그만 기가 딱 질렸다. 그러나 일이 이미 크게 벌어져 버렸으므로 갈 데까지 가보는 수밖에 없을 것 같았다.

"물론 아닙니다. 범물동에 사는 졸업생이라 해서 교정의 모과를 따 갈 수는 없습니다. 하지만 범물동에 사는 졸업생이 따 갈 수 없다면 이 모과를 따 갈 자격이 있는 사람은 도대체 누구인지 알고 싶습니다. 선생님, 이 모과를 따 갈 수 있는 자격을 가진 분은 도대체 누굽니까? 혹시 선생님이 그런 자격을 가지고 계십니까?"

뜻밖의 질문에 숙직 교사는 적지 않게 당황한 표정을 지었다. 기회를 잡았다고 생각한 나는 본의 아니게 질풍노도처럼 쳐들어갔다.

"그럼 누굽니까? 교장 선생님이 이 모과들을 따 가야 합니까? 이 학교의 학생들이 따 가야 합니까? 이도 저도 아니라면 이 마을 사람들이 따 갈 자격이 있다는 겁니까?"

이런 저돌적인 질문에 대하여 교사는 그만 입을 딱 벌렸다. 때마침 내가 생각해도 전혀 나답지 않을 정도로 놀라운 상상력이 내 기를 살려주었으므로, 나는 고삐를 늦추지 않고 내 짧은 혀를 마구 휘두르기 시작했다.

"선생님, 혹시 이 모과를 따서 시장에 팔아 학교 재정에 보탠 적이 있습니까? 아니면 그 돈으로 연필을 사서 아이들에게 나누어준 적이라도 있습니까? 지금까지 그런 일이 없었다고 하더라도 올해에는 혹시 그런 계획을 세워두고 있기라도 합니까?"

내가 퍼붓는 질문에 대하여 그 숙직 교사는 대답 대신에 하염없이 고개를 숙이고 있었지만, 철딱서니 없게도 나는 계속하여 따지고 들었다.

"선생님, 이도 저도 아니라면 이 모과들은 눈보라 몰아치는 추운 겨울에도 가지 끝에 대롱대롱 매달려 있을 수밖에 없겠군요. 껑껑 얼어붙은 채로 바람에 이리저리 흔들리다가 해동과 함께 땅바닥에 떨어져서 비참하게 터져야 속이 시원하시겠군요. 그렇게 하는 것이 이토록 탐스러운 과일을 익게 하신 조물주의 뜻이란 말인가요? 저는 그렇지 않다고 봅니다. 어쨌든 누군가는 모과를 따야 하고, 모과를 딸 자격이 있는 사람은 이 학교를 정말로 사랑하는 사람이 되겠지요."

그때까지 말이 없던 숙직 교사가 이 대목에서 빈정대는 어투로 끼어들었다.

"그럼 아저씨, 아저씨가 정말로 이 학교를 사랑한단 말입니까? 정말로 사랑한다면 혹시 무슨 증거라도 있습니까?"

물론 증거다운 증거가 있을 리 없었다. 그러나 증거가 전혀 없는 것도 아니라는 내 나름대로의 확실한 믿음이 있었으므로 나는 생각나는 대로 마구 지껄였다.

"물론 이 학교를, 정말로, 사랑한다고, 말할 자신은, 없습니다. 하지만 제가 이 학교를 졸업한 지 20년이 지났고, 살고 있는 곳이 100리도 넘습니다. 그런데도 저는 1년에 적어도 스무 번 정도는 이 학교를 찾아와서 거대한 나무들을 슬며시 껴안아 보곤 합니다. 제대하여 고향으로 돌아오던 날, 개구리복을 입은 채로 곧장 내달려 와 이거대한 나무들에게 거수경례를 착 붙이면서 '충~성!' 하고 구호를 외쳤다가, 동네 어른들로부터 '저 사람 저거 와 카노. 군에 갔다 오디 그마 미쳤나?' 하는 소리를 듣기도 했지요. 지금도 물론 이 나무들에게 충성을 다해야겠다는 생각에는 아무런 변화가 없습니다. 부족하지만 이런 것들이 증거라면 증거가 될 수도 있지 않을까요? 그리고 해마다 가을이 오면 교정에 모과가 익는다는 사실을 한 번도 잊지 않고, 그 먼 곳에서 모과를 따기 위해 온다는 것도 이 학교를 사랑한다는 최소한의 증거가 되지 않을까요? 이 학교를 사랑하지 않으면서 해마다 모과를 따러 온다는 것이 도대체 가능한 일이기나 할까요? 더구나 이 모과나무의 바로 옆에 서 있는 저 아름드리 은행나무는 초등학교 4학년 때 담임 선생님과 함께 심었고, 번호 순서대로 당번을 정해서 물을 날라 키운 나무이기도 하고……."

숙직 교사는 내 이야기에 감동을 받았는지 멍한 표정으로 한동안 나를 바라보다가 얼마간의 감정적인 도취를 곁들여서 말했다.

"아저씨, 듣고 보니 아저씨는 충분히 모과를 따 가실 자격이 있는 것 같습니다. 죄송합니다. 얼마든지 더 따서 가져가시죠."

그러나 이미 기고만장해져 있었던 나는 그만 이토록 선량하고 점잖은 교사의 말꼬리를 잡고 참으로 격렬하게 돌진해버렸다.

"선생님, 선생님이 이 모과나무의 주인입니까? 주인이 아니지요? 주인도 아니면서 어떻게 따 가라고 허락을 할 수가 있단 말입니까? 그렇지 않아도 몇 개 더 따 갈까 생각하고 있었는데 이제는 그럴 수가 없게 되었군요. 허락할 자격도 없는 사람의 허락을 받아서 모과를 따 갈 수야 없지 않겠습니까. 선생님, 이 학교에 있는 모든 나무의 주인이신 선생님, 오래 오래도록 안녕히 계십시오."

그런 일이 있고도 30년에 가까운 세월이 흘렀다. 그동안 농촌 학생 수가 급격하게 줄어들면서 모교는 이제 정말 폐교가 될지도 모를 위태로운 상황에 처해 있다. 그런데도 속수무책으로 바라볼 수밖에 없는 처지이므로, 모교에 대한 나의 사랑도 별것이 아님이 밝혀졌다. 그와 함께 내가 결코 모과를 따 갈 자격이 없다는 것도 아주 명백해졌고, 더 이상 모과를 따 가지도 않는다. 그래도 나는 부처님 믿으시는 분들이 절에 가서 절을 하고 하느님 믿으시는 분들이 성당에 가서 기도를 하듯이, 지금도 수시로 내 모교 임고초등학교로 달려가서 교정의 나무들을 힘껏 껴안아 본다.

나무를 힘껏 껴안아 보면 나무가 도로 나를 껴안아 주는 것 같기도 하다. 그러므로 나는 나무에게 더 힘차게 안기고 싶어서 나무를 더 힘껏 껴안는다. 나무를 힘껏 껴안아 보면 나무의 맥박이 나의 가슴에 쿵쿵 전해져 오는 것 같기도 하다. 그러므로 나는 나무의 맥박을 더 진하게 느끼고 싶어서 나무를 더 힘차게 껴안는다. 나무를 힘껏 껴안아 보면 나무가 가만가만 어깨를 토닥여주는 것 같기도 하다. 그러므로 나는 나무에게 더 큰 위로를 받기 위하여 나무를 더 힘차게 껴안는다. 나무를 힘껏 껴안아 보면 나무가 내 귀에다 대고 뭐라고 속삭이고 있는 것 같기도 하다. 그러므로 나는 나무의 이야기를 더 자세히 듣기 위해 나무를 더 힘차게 껴안아 본다. 나이를 먹을 만큼 먹기는 했지만 아직도 여전히 철이 없었으므로, 가당치도 않은 폭언을 퍼붓고 일방적으로 돌아 나가던, 오만하기 짝이 없는 사내의 뒷모습을, ?와 !와 ……로 한참 동안 바라보고 계셨을, 그해 그 가을, 그 숙직 선생님께, 머리 숙여 속죄를 드리기도 하면서.

등나무 밑에서
계란을 토하다

4월 어느 월요일 아침, 출근하자마자 화장실에서 밀어내기 한판을 벌이고 있는데, 그 실체를 알 수 없는 이상한 향기가 바람결에 갑자기 확 풍겨 왔다. 나는 고개를 갸우뚱했다.

"악취가 풍겨야 할 화장실에, 도대체 이게 무슨 향기람?"

볼일을 다 마치고 손을 씻는데, 사람의 정신을 아찔하게 하는 향기가 다시 한 번 왈칵 내 얼굴을 덮쳐 왔다. 무심코 창밖을 쳐다보았더니, 거기 그동안 여러 번에 걸쳐서 필까 말까를 망설이던 등꽃들이, 토요일과 월요일 사이에 활짝 피어나서 눈부신 자태를 뽐내고 있었다. 사각형의 거대한 시렁을 치렁치렁 뒤덮고도 허공으로 팔을 내뻗고 있는 거룩하고도 장엄한 등꽃이었다.

등꽃이 이토록 아름답게 피어 있는데도, 피거나 말거나 대수롭지 않게 여기는 것은 정성을 다하여 등꽃을 피워놓은 조물주에 대한 죄 가운데서도 아주 큰 죄가 될 것이다. 나는 열 일을 제쳐놓고 등꽃을 향해 내달려 가서 그날 오전을 등꽃 향기에 취해서 지냈다. 보랏빛 상서로운 구름 한 덩이가 시렁 위에 두둥실 떠 있는 모습을 멀리서 바라보기도 하고, 포도송이 같은 꽃송이들과 잉잉거리는 수많은 벌 떼를 시렁 밑에 있는 의자에 누워 무심히 쳐다보기도 했다.

그럭저럭 시간이 흘러 구내식당으로 점심 식사를 하러 갔더니, 반 찬과는 별도로 삶은 계란 하나씩을 나누어주었다.

"오늘은 이거 웬 계란입니까?"

"어제가 바로 부활절인데, 일요일이라 계란을 나누어줄 수가 없 었기 때문에, 예수님의 부활을 축하하는 계란을 오늘 하나씩 선물 하는 거예요."

기독교 신자가 아닌 나로서는 다소 생소하게 느껴지는 계란이었 다. 점심 식사를 다 마친 뒤에 상 모서리에다 계란을 톡톡 깨서 소 금에다 찍어 먹으려고 하다가, 호주머니 속에다 집어넣었다. 부활 절의 의미를 제대로 알지 못하기는 했지만, 그래도 어쨌든 부활절 계란을 부활도 하기 전에 깨어 먹어버린다는 것이 석연찮은 일로 생 각되었다. 게다가 이미 배가 부를 정도로 충분히 먹은 상태여서, 삶 은 계란 하나를 또 먹는다는 것이 다소 부담스럽기도 했다.

계란은 잠시 후에 내 연구실의 갈색 탁자 위에 귀엽고도 단정하 게 올려졌다. 그러고 나서는 어제가 부활절이라는 것도, 오늘 점심

시간에 부활절을 축하하는 계란을 받았다는 것도 완전히 망각한 채 읽고 있던 책 속으로 빨려 들어갔다. 가끔씩 창문으로 등꽃 향기가 밀려왔다가 밀려가는 느낌이 코끝으로 아스라하게 만져졌다.

오후 네댓 시가 되었을까. 갑자기 배 속에서 꼬르륵 소리가 들려왔다. 나는 반사적으로 탁자 위의 계란으로 시선을 옮겼다.

'물론 충분하진 않겠지만, 일단 저거라도 먹고 보자.'

아아, 그러나 그날따라 내 연구실에는 유난히도 많은 사람이 득실거렸다. 원래 연구실은 강의를 나오는 젊은 후배들에게 개방되어 있는 상태였고, 더구나 월요일 저녁마다 동료 교수들과 젊은 후배들을 중심으로 하여 한문 고전 윤독회가 열렸다. 그러므로 강의를 마친 후배들이 윤독회가 열리기 전까지의 결코 짧지 않은 시간을 내 연구실에서 그들 나름대로 책을 보며 보내고 있었던 것이다.

'물론 콩 한 쪽도 나누어 먹는다는 말이 있기는 하다. 하지만 계란 하나로 대여섯 명이 나누어 먹을 수는 없는 일이야. 아무도 눈치를 채지 못하게 저 계란을 나 혼자 먹어야겠는데 말이야…….'

때마침 창문으로 등꽃 향기가 확, 풍겨 왔다. 나는 짐짓 등꽃에다 시선을 던지면서, 탁자 위의 계란을 슬그머니 낚아채어 호주머니 속에 집어넣고, 등나무가 있는 뜰로 천천히 걸어갔다. 미친년 널뛰듯이 이리저리 불어오는 4월 바람에 건물을 온통 뒤덮은 수천수만의 담쟁이 잎새들이 스크럼을 짜고 너울거리며 파도타기 응원을 벌이고 있었다. 그때마다 등꽃 향기가 자지러졌다. 나는 커다란 계란을 의자의 모퉁이에 톡, 톡 깨뜨려서 통째로 입에다 털어 넣었다.

바로 그때였다. 뒤쪽에서 아마도 나를 부르는 것 같은 여학생들의 정겨운 목소리가 들려왔다.

"선생니임~."

여러 개의 목소리가 들쭉날쭉 겹쳐져 있었다. 여러 명의 여학생이 함께 나를 부르고 있는 모양이었다. 그 가운데에는 나에게 한시 漢詩를 수강하는 토끼같이 귀여운 여학생의 목소리도 섞여 있는 것 같았다. 하지만 나는 그들을 반갑게 맞이할 수가 없었다. 물론 내막을 다 알고 있을 리는 없겠지만, 어쨌든 계란 하나를 혼자 먹으려다가 착하고 귀여운 여학생들께 들통이 났다는 느낌을 도저히 지울 수가 없었다. 게다가 나의 입에 계란이 통째로 들어 있다는 것이 무엇보다도 절박한 현실이기도 했다.

나는 전혀 듣지 못한 척했다. 그러고는 입속에 있는 계란을 신속하게 처리하기로 하고, 서둘러 계란을 절반으로 나누었다. 그런데 그 순간 또다시 뒤통수를 간질이는 정겨운 목소리가 메아리처럼 들려왔다.

"하나, 둘, 시이작!"

"선생니이임~."

이번에는 귀여운 토끼의 지휘 아래 여학생들의 목소리가 일사불란하게 울려 퍼졌다. 비록 입속에 절반으로 갈라진 계란이 그대로 들어 있었지만 돌아서지 않을 수가 없는 상황이었다. 나는 절박한 상황을 위장하기 위하여 짐짓 평소보다 더욱더 환하게 웃으며 돌아섰다. 살펴보니 모두 나에게 한시를 수강하는 우리 과 여학생들이었다.

그 가운데 하얀 덧니와 양 볼에 파인 보조개로 내 가슴이 짜릿해오도록 웃고 있던 토끼가 불쑥 한 발짝 앞으로 나섰다.

"저희들은 지금 선생님이 제시하신 과제물을 작성하기 위해 교정校庭을 돌아보는 중이거든요. 이렇게 교정에서 선생님을 뵙게 되어 매우 기뻐요."

그 무렵 나는 한시 수업을 듣는 학생들에게 우리 주변의 사물에 대한 세심한 관찰과 사랑이 한시 공부에도 정말 소중하다는 취지에서, 교정을 한 바퀴 돌며 이것저것 조사하는 과제물을 해마다 내고 있었다. 그런데 이 여학생들이 함께 교정을 돌며 그 과제물을 작성하고 있었던 모양이었다. 그들이 들고 있는 노트에는 내가 조사하도록 지시한 내용들이 빼곡하게 들어차 있었다. 무어라고 한마디 격려하고 싶은 마음이 간절했지만, 도무지 그럴 상황이 아니었다. 나는 만면에 미소를 지으면서 토끼의 하얀 덧니를 바라보다가, 오후의 햇살 아래 더욱더 눈부시게 피어나고 있는 등꽃으로 눈길을 옮겨 갔다. 이리저리 부는 봄바람에 연보랏빛 향기가 다시 한 번 진저리를 쳤다. 나는 속으로 중얼거렸다.

'얘들아, 이런 분위기 속에서는 웅변보다 침묵이 품위가 더 높단다. 우리 묵묵히 이 등꽃의 향기나 맡다가 가자, 응.'

그런데 귀여운 토끼가 분위기를 깨고 다시 한 번 톡 튀어나왔다.

"선생님, 선생님이 내신 과제를 저희들이 거의 다 해결했거든요. 돌장승이 있는 곳은 박물관 옆이고, 까치집이 네 개나 있는 미루나무는 전산원 뜰에 있고, 돌절구들은 도서관 앞에 있고, 대운동장을 한 바퀴 돌면 400미터고, 목튤립 가로수는 사회관 뒤에 있고. 거룩하고 장엄한 등나무는 바로 여기 있고요……. 그런데요, 선생님. 세계적 희귀 식물이라는 애기자운이 있는 곳은 어딘가요? 학교 전체를 두 바퀴나 돌며 물어보아도 통 알 수가 없거든요."

내가 이번에도 말없이 웃자, 한 여학생이 눈자위를 하얗게 흘기면서 수다스럽게 떠들고 나왔다.

"얘가 근데 버릇없기는. 그건 선생님이 우리에게 제시한 과제야, 과제! 지금 그걸 선생님께 여쭈어보면 어떡하니. 너 지금 선생님께 숙제를 해달라는 거니, 뭐니?"

일이 이 지경이 되었는데도 나는 그저 묵묵하게 웃고 있기만 했다. 토끼가 눈동자를 초롱이며 다시 깡충, 튀어나왔다.

"선생님, 선생님은 제가 세상에 태어나서 처음으로 만난 시인이세요. 시인은 역시 어디가 달라도 다르군요. 선생님은 지금 이토록 아름다운 등꽃을 쳐다보시면서 시상을 떠올리고 계신다, 맞죠? 우와! 우리 선생님 너무 멋지시다. 얘들아, 안 그러니? 맞지? 그자!"

토끼의 입에서 튀어나온 '시인'과 '시상'이라는 말은 내가 처해 있는 상황과는 너무나도 거리가 먼 말이었다. 그 엄청난 괴리감과 낙차감 때문에 그만 더 이상 참지 못하고 쿡, 하고 웃고 말았는데, 부끄러워라, 그 순간 나의 입에서 계란이 튀어나와 땅바닥에 툭, 하고 떨어졌다.

"어머, 선생님! 이게 도대체 어찌 된 거예요?"

영문을 묻는 아이들에게 나는 거두절미하고 이렇게 대꾸했다.

"응. 사실은 말이야, 삶은 계란을 통째로 입에 넣은 참이었거든. 너희들 말이야, 삶은 계란을 입에 넣고 있는데, 자꾸 말을 걸면 어떡하니?"

유달리도 환한 저녁노을이 곱게 깔리는 등나무 아래 한바탕 호호하하 왁자지껄한 웃음이 터졌다.

토끼들과 함께 저녁을 먹은 뒤에 연구실로 돌아온 나는, 제각각 저녁을 먹고 돌아와서 윤독을 준비하고 있는 동료 교수와 후배들에게 웃으면서 사실을 털어놓았다. 자리는 온통 웃음바다를 이루었다. 그러한 가운데 한 후배가 짐짓 익살스러운 표정으로 불퉁불퉁 목소리를 높였다.

"아니, 선생님. 선생님께서 어찌 이러실 수가 있습니까. 선생님이야말로 콩 한 쪽도 나누어 드실 분으로 다들 그렇게 알고 있었는데, 도대체 어떻게 닭 한 마리를 혼자서 다 뜯으실 가공할 생각을 했다는 말입니까. 놀라운 발상에 그만 눈물이 다 납니다. 흑흑! 모르고 넘어갔으면 모르거니와 사건의 개요를 알게 된 이상 도저히 그냥 묵과할 수가 없습니다. 오늘 이 사건을 고사성어로 만들어 시간적으로는 영원토록, 공간적으로는 세계만방에 두루 전함으로써 후세 사람들의 타산지석他山之石으로 삼아야 할 것입니다."

자리를 함께하고 있던 후배들이 박장대소하며 소리를 질렀다.

"옳소! 맞습니다. 그렇게 합시다. 오늘의 이 엄청난 사건을 고사성어로 영원토록 남깁시다. 그런데 고사성어를 무어라고 지어야 잘 지었다고 소문이 날 수가 있겠습니까?"

일순 자리에 찬물을 뿌린 듯한 침묵이 감돌았다. 후배들이 떠들거나 말거나 그동안 점잖게 책이나 보며 앉아 있던 동료 교수 한 분이 슬그머니 나섰다.

"좋은 생각이 떠올랐습니다. 등하토란藤下吐卵이 어떻겠소? '등나무藤 아래서下 계란卵을 토한다吐'는 뜻입니다. 보통 고사성어는 속뜻을 표면에 드러내기보다는 이면에 숨겨두는 것이 훨씬 재미가 나는 편인데, 이 경우에도 속뜻이 드러나는 표현을 찾기보단 그냥 '등하토란' 정도로 해두는 것이 좋을 것 같소만…….."

공자가 다시 살아난다 해도 고개를 끄덕일 수밖에 없는 정말 절묘한 제안이었다. 자리에 앉은 사람들이 모두 다 입을 딱 벌리는 가운데 한 후배가 나섰다.

"그런데 선생님, 등하토란이란 말의 속뜻을 무엇으로 하는 것이 좋을까요."

"여러 가지 의미를 부여할 수가 있겠지요. 나는 일단 진퇴양난의 어려운 상황을 비유하는 말로 쓰고 싶습니다만…….."

그러자 다시 그 후배가 너스레를 떨면서 울퉁불퉁 첨언을 했다.

"선생님, 그건 어디까지나 표면적인 주제에 불과합니다. 이면적 주제는 박지원의 「호질虎叱」에 나오는 북곽 선생 같은 사이비 군자에 대한 비유로 설정하는 것이 좋을 것 같습니다. 우리는 이제까지 이종문 선생님을, 하늘을 우러러 한 점 부끄러움이 없으실 뿐만 아

니라 잎새에 이는 바람에도 괴로워하시는 양심적인 분으로 알고 있
었습니다. 콩 한 쪽도 나누어 먹을 분이라는 데 의심의 여지가 전혀
없었고요. 그런데 알고 보니 아 글쎄, 통닭 한 마리를 혼자 뜯으려
다가 만개해 있는 등꽃 아래서, 그것도 귀여운 여학생들 앞에서 그
만 계란을 토함으로써 그 표리부동함이 세계만방에 드러났습니다.
그야말로 북곽 선생과 절묘하게 닮지 않았습니까."

　이렇게 하여 '등하토란'이란 고사성어가 이 세상에 처음 태어나던
밤, 윤독회를 마친 뒤에 조촐한 술자리가 벌어질 예정이었다. 하지
만 윤독회를 마치고 나왔을 때 조금 전까지도 별이 초롱초롱 빛나
던 하늘에서 난데없는 폭우가 마구 쏟아지기 시작했다. 봄철에는
좀처럼 볼 수 없는 엄청난 비가 아직도 얼어붙은 대지의 관절들을
사정없이 난타하고 있었다. 우리는 이 연구실 저 연구실에 보관되
어 있던 우산들을 나누어 쓰고 그만 뿔뿔이 흩어졌다. 나는 집이 같
은 방향에 있는 한 후배와 각각 우산을 하나씩 쓰고 버스 정류장 쪽
으로 걸어갔다. 그 누구도 도저히 예상할 수 없었던 비였으므로 우
산을 든 사람은 아무도 없었고, 귀가하던 학생들은 아무런 대책 없
이 그냥 막무가내로 비에 젖을 수밖에 없었다.
　바로 그때였다. 짙은 어둠 속에서 한 여학생이 온통 비를 맞고 오
들오들 떨며 뛰어가는 모습이 시야에 들어왔다. 봄이기는 했지만
언제든지 겨울로 돌변할 수 있는 날씨인데도, 봄이 완전히 온 것으
로 착각을 했는지 입고 있는 옷이 달랑 얇은 옷 한 장뿐이었다. 비

에 젖은 옷이 몸에 그대로 밀착되어 있었고, 머리카락에서 굵은 물방울이 주르륵 떨어졌다. 그녀는 손에 든 가방으로 머리를 가리려고 안간힘을 다하면서 종종걸음으로 내달려서 삽시간에 시야에서 사라졌다.

그러나 잠시 후에 보니 그녀가 왕복 8차선의 횡단보도에서 붉은 신호등에 딱, 걸려 있었다. 비는 여전히 줄기차게 쏟아져서 그녀의 모습은 그야말로 물에 빠진 생쥐였다. 바로 그 물에 빠진 생쥐에 대한 따뜻한 연민의 정이 내 마음속에서 고요하게 피어올랐다.

"학생, 보아하니 우리 학교 학생인 것 같은데, 어서 이리 오게. 이 우산이 크니 같이 쓰자고."

그녀가 나를 힐끗 돌아보더니 깜짝 놀라 소리를 질렀다.

"어머머, 선생님 아니세요."

워낙 상황이 다급했던 탓일까, 그녀는 사양도 없고 고맙다는 말도 없이 내 우산 속으로 깡충, 하고 뛰어들었다.

"아니, 이게 누구야. 이제 보니 자네, 토, 토, 토끼구나. 그래, 토끼, 자네 집은 어디에 있지?"

그녀가 비에 젖은 머리카락을 쓱 쓸어 올려 이마를 하얗게 드러내며 말했다.

"예, 범물동입니다."

"뭐라고, 범물동? 아니 그러면 자네는 나의 고향 사람이구먼."

실은 범물동이 나의 고향은 아니었다. 그러나 그렇다고 해서 범물동이 내 고향이란 말이 마냥 틀렸다고 할 수도 없었다. 나는 초등학교 3학년 때 처음으로 이사를 한 후 무려 스무 번도 넘게 이사를 다녔다. 그 가운데서 그래도 문득 간절하게 그리워지는 곳이 있다면 범물동이었다. 그런 점에서 범물동은 나의 제2의 고향이었던 것이다.

"선생님도 고향이 범물동이세요?"

"그래, 범물동이다. 그런데 자네, 자네는 범물동 어디 사니?"

그때 붉은 신호등이 푸른 신호등으로 바뀌었으므로 나는 왕복 8차선의 넓은 도로를 건너가며 물었다.

"범물 태성에 살고 있습니다."

범물 태성이라면 내가 살았던 범물 한라와 같은 단지 내에 두 건축 회사가 합작하여 지은 아파트였다. 따라서 이름은 비록 달라도 같은 아파트나 다름이 없었다.

"오오, 그러냐. 그럼 자네하고 나하고는 이웃사촌이야. 지금은 이사를 했지만 나는 범물 한라에 살았거든. 내가 번 돈으로 내 스스로 마련한 최초의 아파트였지. 우와, 이거 머나먼 타향에서 고향 땅의 이웃사촌을 만나고 보니 정말 반갑군그래."

대화가 여기에 이르렀을 때 내가 타야 할 버스가 왔다. 집이 같은 방향인 후배가 차를 향해 내달리며 소리쳤다.

"선생님, 안 타십니까? 어서 타세요."

그러나 나는 탈 수가 없었을 뿐만 아니라 타고 싶지도 않았다. 그래서 결국 타지 않았다. 빗줄기는 다소 약해져 있었지만 아직도 비가 부슬부슬 내리고 있었다. 고향의 이웃사촌인 이 착한 여학생을 도저히 혼자 두고 갈 수는 없는 일이었다. 후배가 버스 속으로 빨려 들어가자 나는 내 이웃사촌과 하던 얘기를 계속했다.

"그런데 토끼, 자네가 한문교육과에 입학한 특별한 이유라도 있었는지 모르겠네?"

"어차피 취직이 쉽지 않은 것은 어느 과나 마찬가지일 것 같고요. 고등학교 때 한문 시간이 유달리도 즐거웠습니다. 특히 고사성어에 담긴 지혜에 홀딱 반했거든요. 한문교육과에 입학하여 고사성어라도 많이 배우게 되면 인생을 살아가는 데 큰 도움이 되지 않을까요?"

"그럼, 도움이 되고말고. 그런데 토끼, 자네가 고사성어를 좋아한다고 하니까 내가 고사성어 하나 물어볼까?"

"물어보세요. 하지만 저는 고사성어를 좋아할 뿐이지 아직 고사성어를 많이 아는 것은 아닙니다. 참작하시고 물으셔야 해요. 아셨죠, 선생님!"

"그래, 알았어. 참작하고말고. 그런데 자네 혹시 '등하토란'이란 고사성어 아나?"

토끼는 한동안 고개를 갸우뚱했다.

"어디서 많이 들어본 것 같기는 한데 기억이 잘 나지가 않습니다. 무슨 뜻이죠? 선생님, 어서 가르쳐주세요."

'어디서 많이 들어봤다고? 들어보긴 도대체 어디서 들어봤다는 거니?'

내가 속으로 이렇게 중얼거리며 웃고 있을 때, 기다리던 범물동 버스가 왔다.

"범물동 가는 버스가 왔군. 자네 어서 타게."

그러나 토끼는 고개를 좌우로 흔들면서 힘껏 손사래를 쳤다.

"아니어요, 선생님. 저 다음 차 탈 거예요. 어서 고사성어 이야기 해주세요."

"자네, 감기 걸리면 어쩌려고 그래. 어서 타고 가. 어서 타라니까."

"괜찮아요, 선생님. 저 이래 봬도 건강하다고요. 글구 선생님도 저 때문에 차를 그냥 보냈는데, 제가 어떻게 저 혼자 홀라당 차를 타고 가요."

토끼는 한사코 고집을 부렸다. 나는 천천히 고사성어의 성립 배경을 처음부터 끝까지 자세하게 설명하기 시작했다. 호호 하하 웃음꽃이 몇 번이나 터졌다.

그 사이에 범물동 가는 버스가 또 한 대 우리 앞을 지나가고 있었다.

그 무슨 꿈을 꾸나?
시를 짓고 있나?

섭섭해할 자격조차 없으면서도 매양 섭섭해지는 일이 있다. 어린 날을 보냈던 그 번듯하던 고향집에 살던 사람들이 사라지면서 감꽃이 떨어져도 목걸이를 만드는 아이들이 없고, 급기야 뒤란의 우물에 물이 말라버린 것도 바로 그와 같은 일에 속한다. 이러한 현상은 어디까지나 우리가 모두 고향을 떠난 데서 비롯된 일이므로 섭섭해할 자격이 없다는 것을 모르는 바는 결코 아니다. 하지만 온 집 안을 꽃대궐로 만들면서 한바탕 큰 축제를 벌이던 모란이 흔적도 없이 다 사라지고, 안채의 문짝들이 떨어져 나가 이리저리 나뒹구는 모습들을 보면, 참다 참다 못해 섭섭한 마음이 저절로 일어나게 되는 것이다. 아직도 우물가에 엎어져 있는 요강 단지가 가을비를 추적추적 맞고 있는 참 애잔한 모습을 보게 되면, 아아!

그러나 나에게 고향집은 고향집이라는 단 한 가지 이유만으로도 여전히 의미심장한 공간이다. 그 섭섭하고도 의미심장한 공간의 한복판에 40년 전에 아버지와 어머니가 함께 심으셨던 거대한 백목련 한 그루가 서 있고, 바로 그 백목련 그늘 아래 내 시詩의 고향이신 어머니가 우두커니 서 계신다.

최근에 『정말 꿈틀, 하지 뭐니』라는 새 시집을 간행하면서 그간에 발표했던 작품들을 한자리에다 모아보았더니, 유난히도 어머니에 관한 시가 많았다. 사실상 어머니가 지어준 것을 받아 적은 것이나 다름이 없는 작품도 여럿 있었다. 어머니에 관한 시만 너무 많으면 아버지를 섭섭하게 해드리는 불효막심不孝莫甚한 아들이 될 것 같아서(?) 다음 시집으로 미루어둔 것도 여럿 있는데, 그 가운데 하나는 이러하다.

아침에 식탁에서 뒤로 콰당 하시고서 오후에도 먼 산 보다 난데없이 까무러쳐, 하루에 두 번씩이나 혼절하신 우리 엄마

119 구급차에 에옹에옹 실려 가서 응급실에 계신다는 천둥 같은 소식 듣고 며느리 아들딸들이 벼락같이 달려가니, 부스스 일어나신 우리 엄마 하시는 말, 웬쑤구나, 웬쑤구나, 안 죽어서 웬쑤구나

그마 마 확 죽어뿌머 내 인끼가 최골 낀데

지난해 봄이었나? 아니, 지지난해 봄이었던 모양이다. 어두운 방에서 끙끙 앓고 계시던 어머니가 부스스 일어나셔서 만감萬感이 다 어린 표정으로 아래위 입술을 벌리셨다.

　"야들아, 온 천지간에 봄이 돌아온 모양이다. 한바탕 봄 잔치도 구경할 겸 고향집에 한번 가보자."

　나는 아내랑 아우와 함께 어머니를 모시고 고향 마을로 달려갔다. 마침내 고향집 대문을 확 밀어젖힌 순간 우리 일동은 모두 입을 딱 벌리고 말았다. 마당 한복판에 서 있는 백목련에 정말 상상하기 어려울 정도로 많은 꽃송이가 바야흐로 꽃망울을 터뜨리고 있었던 것이다.

　너무나도 많은 숫자여서 모두 다 몇 송이가 될지는 도저히 짐작할 수가 없었다. 무수한 가지 가운데 어느 한 가지에 달려 있는 꽃송이들을 대충 헤아리고, 다시 가지 수를 헤아려서 곱하기를 해보았다. 그랬더니 세상에, 내가 생각해도 너무나도 많아서 다른 사람들이 과연 믿어줄까 걱정이 되지만, 아마도 만 송이는 될 것 같았다.

　"우와, 이게 도대체 몇 송이야. 어머니, 백목련이 아마도 만 송이는 될 것 같아요."

　내가 하는 말에 아우가 불쑥 튀어나왔다.

　"형님, 허풍도 분수가 있어야지요. 만 송이라니요, 도대체 어디에 만 송이가 달려 있다는 겁니까. 5천 송이도 될까 말까 한데……."

　산술적으로 계산하면 만 송이와 5천 송이의 차이는 무려 5천 송

이나 된다. 그것은 분명 엄청나게 많은 차이다. 그러나 오십 보와 백
보가 그것이 그것이듯, 이런 경우 만 송이와 5천 송이의 정감적인
차이도 아주 근소한 차이에 불과하다. 한 그루의 나무에 꽃이 5천
송이나 피었다는 것도 정말 상상하기 어려운 일이고, 그것이 엄청
나게 많다는 점에서는 만 송이와 크게 다를 바가 없는 것이다.

　형제간의 설왕설래를 들으면서 한동안 백목련을 쳐다보고 계시
던 어머니가 틈을 비집고 들어오셨다.

　"야들아, 그게 만 송이만 되겠니. 적어도 10만 꽃잎은 되겠다."

　"어머니, 무슨 말씀이세요. 10만 꽃잎이라니?"

　어리벙벙해진 우리 형제가 이렇게 여쭙자 어머니가 하시는 말씀
이 이렇다.

　"느그들 그거 모르고 있었나. 백목련 한 송이에는 예외 없이 꽃잎
이 아홉 개씩 달려 있니라. 그러니까 내 말은 이 나무에 달려 있는
꽃송이가 만 송이도 넘는다는 그 말 아이가."

　그로부터 2주일이 지난 뒤에, 어머니가 다시 말씀하셨다.

　"요즈음 어찌 된 셈인지 고향에 자꾸만 가보고 싶다."

　어머니를 모시고 다시 고향 마을로 들어서는 순간, 나의 뇌리에
는 10만 개의 꽃잎을 달고 마당 한복판에 장엄하고도 거룩한 한 채
의 탑처럼 서 있을 백목련의 모습이 떠올랐다. 2주일 전에 막 꽃송
이를 터뜨리려는 참이었으므로 아마도 이제 10만 개의 꽃잎들이 입
이 벌어져서 귀에 걸리는 환한 웃음을 한껏 터뜨리고 있을 터였다.

하지만 대문을 들어선 순간, 나는 그만 망연자실하고 말았다. 불과 2주일 사이에 만 송이 백목련 가운데 단 한 송이 꽃, 아니 단 한 개 꽃잎의 예외조차 없이 모조리 지상으로 뛰어내리고 말았던 것이다. 마당에는 온통 코를 세 번 풀고 내동댕이쳐 버린 휴지 조각처럼 처연하게 떨어진 백목련 꽃잎이 뒤범벅을 이루고 있었다.

아아 꽃이 지는지고
……… 아픈지고

'하나의 왕국이 쓰러지는 아픔보다 꽃 지는 아픔이 더욱더 아프다'고 노래했던 청마靑馬 유치환 선생의 시구가 떠올라서 형언할 수 없는 비감이 화선지에 번지는 먹물처럼 울컥, 밀려왔다.

돌아오는 길에 강변 공원에서 쉬고 있는데, 만개한 벚꽃들이 바람결에 사정없이 치솟아 올랐다가 이리저리 훌훌 날아다녔다. 그때마다 무수한 흰나비 떼들이 재수 없게도 시커멓게 오염된 시궁창에 빠지기도 하고, 어머니와 함께 먹는 도시락 속으로 막무가내 쏟아져 내리기도 했다.

벚나무 그늘
국물도 생선회도 꽃잎이로다!

라고 읊었던 일본의 하이쿠 시인 바쇼芭蕉의 낭만과 흥취에 잠시 젖어 있는데, 영국의 시인 하우스먼(A. E. Housman : 1859~1936)이 스무 살 때 지었다는 「나무 중에 제일 예쁜 나무, 벚나무」(장영희 역)라는 시가 불현듯이 떠올랐다.

나무 중 제일 예쁜 나무, 벚나무가 지금
가지마다 꽃을 주렁주렁 매달고
숲 속 승마도로 주변에 서 있네
부활절 맞아 하얀 옷으로 단장하고
이제 내 칠십 인생에서
스무 해는 다시 오지 않으리.
일흔 봄에서 스물을 빼면
고작해야 쉰 번이 남는구나.
만발한 꽃들을 바라보기에
쉰 번의 봄은 많은 게 아니니
나는 숲 속으로 가리라
눈같이 활짝 핀 벚나무 보러

겨우 스무 살밖에 안 된 애송이 시인이 꽃 피는 봄날에 앞으로 고작 쉰 번밖에 봄을 볼 수 없다고 아쉬워한다면, 이미 여든이 된 우리 어머니는 앞으로 몇 번이나 봄을 더 볼 수 있을 것이며, 그런 어머니에게 꽃 지는 봄날의 그 아쉬움이 어떻다 할까.

그날 밤 오랜만에 어머니 옆에 누워 잠이 들었다가 이상한 꿈을 하나 꾸었다. 현실과는 달리 꿈속에서는 아직도 집안 식구 모두가 고향집에서 함께 살고 있었다. 이미 세월이 많이도 흘러 어머니의 연세는 99세였으나 아직도 팔팔하고 정정하셨고, 그날은 마침 백수(白壽, 99세를 이르는 말)를 맞이하신 어머니의 생신이기도 했다. 어머니의 피를 이어받은 수십 명의 자손들이 일사불란하게 축가를 불렀고, 어머니는 돌연 지휘자가 되어 생일상에 놓여 있던 젓가락으로 참으로 역동적인 지휘를 하셨다.

지휘를 마치신 어머님이 10만 장도 넘는 꽃잎이 흐드러지게 피어 있는 백목련을 향하여 천천히 걸어가시더니, 나직나직 시를 읊기 시작하셨다.

> 내 나이 올해 아흔아홉
> 참으로 기나긴 나그넷길이었다
> 이 세상 슬퍼할 것 다 슬퍼해봤고
> 천지간 기뻐할 것 다 기뻐해봤다
> 10만 장도 넘는 꽃잎들이여
> 이제 너희들도 갈 때가 되었으니
> 아예 미련 따위 두지도 말고
> 한꺼번에 모두 다 뛰어내려라

대충 이런 내용의 시를 읊으신 어머니는 그 육신이 한없이 작아지시더니, 백목련나무 아래 수저통을 놓고 그 속으로 들어가 누워버렸다. 며느리와 아들딸들이 울고불고 할 겨를도 없이 뚜껑이 철거덕, 하고 닫혔다. 그와 동시에 10만 장의 백목련 꽃잎이 수저통을 향하여 모조리 다 뛰어내리더니, 순식간에 거대한 백목련 꽃무덤을 이루는 것이었다.

깜짝 놀란 내가 화닥닥 일어나는데, 옆에 누워 계시던 어머니의 나직한 목소리가 들려왔다.

"야가 지금 뭐 하고 있노? 그 무슨 꿈을 꾸나, 시詩를 짓고 있나?"

거금 50원!
공금을 횡령하다

사건의 주인공이 구구(99) 비둘기 학번이니, 1999년 가을 어느 월요일의 일인가 보다. 마침 학과의 회의 시간이 임박하여 막 문을 나서려는 참인데 따르릉따르릉 전화벨이 울렸다. 받으면 지각이 될 것 같아서 그냥 나가버릴까 하다가, 혹시 싶어서 수화기를 들었더니, 뜻밖에도 앳된 처녀의 목소리가 흘러나왔다.

"이 전화는 수신자가 요금을 부담하오니, 수신을 원하지 않으시면 전화를 끊어주시기 바랍니다."

수신자가 요금을 부담하는 전화라니? 그런 전화는 적어도 그때까지는 일반화되지 않은 전화였고, 나로서는 난생처음 받아보는 전화였다. 도대체 어느 누가 나에게 '요금은 당신이 부담해야 하오' 하며 이런 전화를 걸 수 있단 말인가? 아마도 그는 절체절명의 위기를 맞아 시급하게 전화를 해야 하는데, 막상 주머니에 전화 걸 동전이 없는 사람일 것이라는 생각이 번개처럼 머리를 스쳐 지나갔다. 서둘러 전화를 받았더니, 아까보다도 훨씬 더 고운 처녀의 목소리가 흘러나왔다.

"선생님, 안녕하세요. 저는 선생님께 교양 한문을 수강하는 인문대학 1학년 학생입니다. 이번 목요일이 추석인데, 수요일 오후에 있는 한문 수업을 그대로 진행할 예정이신지요?"

정말 공손하고도 예의를 제대로 갖춘 상냥하고 고운 어투였다. 하지만 이 뜻밖의 질문이 내 혈압을 일제히 정수리로 솟구쳐 오르게 했다. 이런 감정을 아는지 모르는지 그녀의 나긋나긋한 질문이 물 흐르듯이 이어졌다.

"예년의 경우에는 귀향의 편의를 도모하는 한편, 학교 수업만 공부가 아니라 빨리 귀가하여 집안일을 돕는 것도 적극적인 공부라는 의미에서, 추석 전날 오후 수업은 휴강하는 사례가 많았다고 하던데요?"

노트에다 적어놓고 읽는 듯한 청산유수靑山流水 같은 말솜씨였다. 그러나 상황이 상황이었으므로 바로 그 반듯한 말솜씨마저도 나를 울컥, 화가 나게 했다. 이리저리 혈압이 오른 나는 그만 울화통이 터져서 전화통에 대고 한바탕 고함을 지르고 싶었으나, 내가 생각해도 신통할 정도로 감정을 절제하고 조용히 말했다.

"어쨌든 학생이 질문을 했으니, 질문에 대한 대답부터 할게요. 내 사전에는 휴강이 없습니다. 혹시 학교 전체 차원에서 휴강을 결정

40

하면 모르겠지만, 그렇지 않은 한 무슨 일이 있어도 수업을 빼먹지는 않거든요. 그런데 학생, 그것이 그렇게 궁금했습니까. 설사 그것이 정말 궁금하다 하더라도 오늘 오후 수업 때 물어봐도 되고, 화요일에 알아봐도 되고, 정 안 되면 수요일 오전에 알아봐도 되지 않는가요. 더구나 남에게 요금을 부담케 하면서 그런 일로 전화를 한다는 것은 사리에 맞는 일이 아니잖아요.”

그랬더니 전화기 속에서 처서가 지나 입이 비뚤어진 아기 모기 목소리가 흘러나왔다.

“선생님, 죄, 죄송해요. 무심코 그만 시, 시, 실수를 했습니다. 요, 용서해주세요.”

“무심코 했다니, 특별히 나무라고 싶지는 않네요. 그러나 그런 일을 무심코 할 수 있다는 것 자체가 더 큰 문제가 아닐 수 없습니다. 안 그래요, 학생?”

“……”

시, 시, 실수를 했으니, 요, 용서해달라고 부탁했지만, 나는 내심 좀처럼 용서할 기분이 아니었다. 하지만 다른 한편으로 틀림없이 착하다고 생각되는 학생이 ‘무심코’ 한 행동에 대하여 내가 지나치게 추궁하고 따졌다는 점에서 은근히 후회와 반성의 감정이 일기도 했다. 그 여학생이 도대체 얼마나 무안했겠는가. 나는 그날 오후에 있었던 한문 수업이 끝날 무렵에, 오전에 걸려 왔던 전화 이야기로 훈화를 하고 다음과 같이 덧붙였다.

“누군지는 모르겠지만 이 가운데 아마 오전에 전화를 건 여학생이 있을 것입니다. 나는 먼저 전화통에 대고 지나치게 따지고 추궁한 데 대하여 그 여학생에게 진심으로 사, 사과하고 싶어요. 너그러운 마음으로 이해해주기 바랍니다. 그러나 동시에 나는 그 여학생에게 부탁하고 싶어요. 비록 작은 돈이긴 하지만 부당하게 지출된 나의 돈을 돌려주시기 바랍니다. 그 전화 요금 꼭 돌려받고 싶습니다. 그 대신 돌려주면 전화 요금의 100배를 투자하여 점심을 살 것을 약속할게요."

추석 연휴를 끝내고 나서 학교로 출근을 했을 때였다. 연구실 문에 연보라색 귀여운 봉투 하나가 대롱대롱 매달려 있었다. 아니, 이게 뭐야? 하는 생각으로 무심코 봉투를 손바닥에 놓았는데, 봉투의 크기에 비하여 상당한 정도의 무게감이 느껴졌다. 게다가 봉투에 '이종문 교수님께 돌려드립니다'라는 글씨가 깨알같이 박혀 있었다. 나는 화들짝 봉투를 뜯었다. 봉투 속에는 그녀의 손때가 묻어 있을 다섯 개의 10원짜리 동전과 함께, 다음과 같은 짤막한 편지가 들어 있었다.

친애하옵는 교수님 보시옵소서.

이 세상에서 가장 값진 보석은 용서의 미소입니다.
용서는 사랑과 이해를 초월하여
끈끈한 정으로 엮어져 있는 것······.

사랑의 강렬한 웃음도

용서의 잔잔한 웃음 앞에서는 물방울이듯…….

사랑의 웃음이 잠깐이라면 용서의 미소는

영원한 행복의 보금자리입니다.

그날 이후 걱정도 없지 않았습니다.

아! 내가 큰 실수를 했구나!

하지만 교수님의 반응은 예상 밖의 일이었습니다.

무안을 주시기보다 저에게

은혜로운 성품을 가르쳐주셨습니다.

교수님! 50원을 기쁜 마음으로 돌려드리겠습니다.

하지만 잘못을 저지른 처지라 점심은 정중하게 사양할까 합니다.

그럼 이만…….

봄비를 맞고 채마밭에 새로 돋은 상추씨처럼 가지런하고 정갈한 글씨였다. 나는 더러워진 내 영혼이 하얗게 맑아오는 것 같은 이 아름다운 편지를 종일토록 되풀이해 읽었다. 그때마다 따뜻하고 잔잔한 감동이 밀려왔다. 억지로라도 이 아름다운 처녀에게 거룩한 점심을 사고 싶었으나, 아무리 살펴봐도 보낸 이의 이름이 없는 것이 한없이 아쉽게 느껴졌다.

그날 오후였다. 차를 마시러 온 옆방의 김남형 선생에게 사건의 개요를 설명하고 자랑 삼아 편지를 보여줬더니, 김 선생이 대뜸 하는 말이 이렇다.

"이 선생, 이 선생답지 않게 오늘 큰 실수를 한 것 같습니다."

"실수요? 아니 실수라니, 무슨 실수 말입니까?"

"이 선생은 그 50원을 이 선생 돈으로 착각하고 있는데, 그 돈 50원, 이 선생 돈 아닙니다. 어떻게 그것이 이 선생 돈입니까, 학교 돈이지."

"아니, 그것이 어째서 학교 돈입니까? 내가 학교에서 쓰는 전화 요금을 월급에서 죄다 공제하고 있지 않습니까?"

"이 선생이 우리 학교의 전화 요금 체계를 잘 모르고 있는 모양입니다. 현재 우리 학교 전화 요금은 이원화되어 있습니다. 즉, 시내 전화는 학교에서 요금을 부담하고, 시외전화는 교수 개인이 요금을 부담하게 되어 있지요. 다 알다시피 시외전화는 100원이 기본요금입니다. 그런데 그 여학생은 전화 요금으로 50원을 반환했습니다. 그것은 그 여학생이 시내에서 전화를 걸었다는 증거 아닙니까. 수신자 부담으로 시내에서 전화를 걸었다면 학교 재산에 손해를 낸 것이지, 이 선생의 개인 재산에 손해를 낸 것은 아니잖습니까. 따라서 이 선생은 그 여학생에게 학교로 50원을 반납하도록 지도해야 합니다. 그런데 이 선생은 이 선생의 돈도 아니면서 그 돈을 이 선생께 반납하도록 강요한 것 아닙니까. 아울러 그 돈 50원은 분명 공금인데 지금 이 선생이 사유하고 있으니, 이 선생은 지금 공금횡령 중입니다, 공금횡령! 시간을 지체하다 일이 발각되어 처벌받지 말고, 빨리 50원을 학교 당국에 반납하세요, 허허!"

학교 측에 확인해보았더니, 과연 김 선생의 말이 옳았다. 나는 그때 공금횡령 상태임이 확실했다. 말하자면 50원 공금횡령 사건이었다. 그러나 내 도덕성에 문제가 있어서 그런지는 몰라도 50원을 횡령하고 있다고 하여 학교 측에 대한 죄의식 같은 것은 별로 느껴지지가 않았다. 하지만 돈을 돌려준 그 여학생에게 생각이 미치면 어떻게든 이 돈을 학교 측에 반납하지 않을 수가 없었다. 이 돈을 내가 써버린다면, 나는 그 여학생에게 내 돈도 아닌 돈을 내 돈이라고 우기면서 내 돈 내어놓으라고 윽박지르고, 돌려받은 그 돈을 횡령해버린 파렴치한이 되고 마는 것인데, 차마 그럴 수는 없는 일이었다.

문제는 학교에 50원을 반납하는 자연스럽고 마땅한 방법이 없다는 것이었다. 본부의 해당 부서에 50원을 들고 가서 반납한다 해도 그 반납 절차가 간단하지 않을 것 같았다. 그뿐만 아니라 그 자체로서 교내 토픽감이 될 것이고, 나는 나대로 정신이 좀 어떻게 된 이상한 사람으로 사람들의 입방아에 오르내릴 것이 확실했다.

아무리 생각해도 적당한 방법을 찾지 못한 나는 이 사안을 우리 과 학생들의 토론에 부쳐보기로 했다. 언제나 먼저 나서기를 좋아하는 한 남학생이 손을 번쩍 들었다.

"선생님, 누군지는 모르겠지만 그 여학생을 찾아 돈을 다시 돌려주면 어떨까요?"

그러자 즉각적으로 다른 학생들의 반론이 뒤따랐다.

"선생님, 그러시면 안 됩니다. 우선 그 여학생이 누구인지를 확인하는 일이 현실적으로 대단히 어렵습니다. 게다가 선생님께 보낸 편지에도 자신이 누군지를 밝히지 않고 있는데, 그것은 자신이 누군지를 밝히고 싶지 않다는 의사표십니다. 물론 경찰이 범인을 색출해내듯이 아주 치밀하게 조사를 하면 밝힐 수 있을지도 모르겠지만, 이런 경우는 무리를 해가면서 억지로 밝힐 일이 아니잖습니까. 돈 50원을 돌려주려다가 50원보다 더 큰 인권이 훼손되면 소뿔을 바로잡으려다가 소를 죽이는 꼴이 되겠죠."

"저는 다른 이유에서 돈을 돌려주는 것을 절대 반대합니다. 설사 누구인지 안다고 하더라도 그 여학생에게 돌려주는 것은 문제를 해결하는 것이 아니라 문제 해결을 다른 사람에게 미루는 것에 불과하기 때문입니다. 그 50원은 선생님의 돈이 아닐 뿐만 아니라 그 여학생의 돈도 아니고, 학교의 공금이지 않습니까. 그러므로 50원을 선생님이 가지시면 공금횡령이 되어버리듯이, 그 여학생이 가져도 공금횡령 되기는 마찬가지입니다. 선생님이 공금을 횡령하기 싫다고 하여 그 여학생에게 공금횡령 하라고 할 수는 없지 않습니까. 제 생각으로는 비록 작지만 이 50원을 학교에다 장학금으로 내는 것이 문제 해결의 유일한 방법이라 생각합니다."

"아니, 장학금이라뇨? 애초부터 학교의 돈인데 어떻게 그것을 장학금으로 낸다는 말입니까. 그것은 장학금을 내는 것이 아니라 잘못 지출된 학교의 돈을 다시 학교에 반납하는 거겠죠. 우리 그 돈을 정식으로 학교 경리과에 반납합시다."

"반납요? 논리적으로 보면 반납이 백번 옳을지 몰라도 현실적으로는 어려운 얘깁니다. 왜냐하면 반납이 결코 10원짜리 동전 다섯 개를 들고 가서 경리과 금고에 넣는 것으로 간단히 끝날 일이 아니기 때문이죠. 50원을 반납하기 위해서도 경리과 직원이 반납을 위한 결재 서류를 만들어야 하고, 총장님에 이르기까지 여러 사람이 줄줄이 결재해야 합니다. 결국 반납이 될지는 몰라도 50원을 반납하기 위해 50원이 넘는 경비가 들고 여러 사람의 소중한 시간을 줄줄이 낭비하게 된다면, 그런 반납이 도대체 무슨 의미가 있을까요. 게다가 우리의 순수하고 진지한 반납 행위를 '웃기고 있네' 하며 장난스럽게 볼지도 모르고요.”

학생들의 의견이 봇물처럼 쏟아져 나왔으나 선택할 만한 합리적인 묘안은 없는 것 같았다. 그때 각종 토론의 최종적인 해결사인 박 아무개 양이 손을 번쩍 들더니 이렇게 말하는 것이었다.

“50원은 학교 돈이므로 반드시 학교로 돌아가야 합니다. 돌아가는 방식 가운데 가장 이상적인 것은 정식적으로 학교에 반납하는 것입니다. 하지만 조금 전에 누가 말했던 것처럼 반납에도 현실적으로 제기되는 문제가 결코 적지가 않습니다. 저는 차선책이기는 하지만 실현 가능한 현실적인 방법을 제안코자 합니다. 선생님, 선생님께서 시내전화를 하실 일이 있을 때, 단 한 번에 한해서 연구실의 전화를 쓰지 마시고 공중전화를 쓰십시오. 그렇게 하면 정식 반납이 지닌 문제점을 전혀 일으키지 않고 50원이 쥐도 새도 모르게 학교 금고로 들어가게 되지 않겠습니까.”

그녀의 이야기가 끝나자 대부분의 학생이 고개를 끄덕거렸다. 내가 생각해도 그 이상의 해결책이 있을 것 같지 않았으므로, 그날 오후에 나는 10원짜리 동전 다섯 개를 들고 건물 내에 있는 공중전화 박스에 줄을 섰다.

이렇게 하여 공금횡령 사건은 그런대로 무난히 해결되었으나, 사건 해결과 동시에 전화를 건 여학생이 누구인지가 정말 한없이 궁금해졌다. 그런 것 따위를 궁금해하면 못쓴다고 내 마음을 달래봐도 소용이 없었다.

한동안 짙은 안개 속에 몸을 숨기고 있던 그녀가 가시권에 들어온 것은 불과 열흘 남짓 뒤의 일이었다. 수업 시간에 언제나 뒷자리에 처져 있던 한 여학생이 최근에 와서 앞으로 바싹 자리를 옮기고 눈동자를 반짝이고 있는 것을 어느 날 문득 발견했던 것이다. 얼굴이 티 없이 맑고 환한 생기발랄한 여학생이었다. 워낙 내 얼굴을 뚫어지게 바라보고 있었으므로 눈이 부셔서 눈을 뜨기가 어려울 정도였다. 그녀는 수업 시간에 열중하는 것은 말할 것도 없고, 교정에서도 언제나 환하게 웃으면서 달려와 유달리도 나에게 다정하게 굴었다. 나는 그녀가 바로 그녀임을 직감하였고, 중간고사를 치른 후에 편지의 글씨를 시험지의 글씨와 대조해본 결과 직감은 아마도 거의 사실로 확인되었다.

교육적인 견지에서 볼 때 주인공이 누군지 알았다고 하더라도 모르는 척하고 넘어가는 것이 더 옳을 터였다. 그러나 끝내 참을 수가 없었던 나는 어느 날 그녀를 내 연구실로 부르고야 말았다.

"자네가 보낸 편지 잘 받았네. 정말 감동적이더군. 내가 오히려 자네에게 배운 것이 참 많았네……."

그 순간 그녀의 눈동자가 휘둥그레지더니, 내 말문을 떡하니 막고 나왔다.

"교수님, 편지라니요? 도대체 무슨 편지 말씀이세요?"

"시치미 떼지 않아도 되네. 나는 자네가 50원 사건의 주인공임을 진작부터 알고 있었네."

그녀가 정색하고 펄쩍 뛰며 손사래를 쳤다.

"아니어요, 교수님! 저는 정말 50원 사건의 주인공이 아닙니다. 교수님의 부름을 받고 기쁜 마음으로 뛰어왔지만, 만약 저를 부른 것이 아니라 50원 사건의 주인공을 부른 것이라면 아쉽게도 저는 더 이상 이 자리에 머물 자격이 없습니다. 교수님, 그럼 다음에 또 놀러 올게요. 다시 놀러 와도 되죠, 그죠?"

그녀는 내가 뭐라고 대꾸할 사이도 없이 종종걸음으로 사라지더니, 과연 며칠 뒤 바람이 몹시도 설레게 부는 날 따뜻한 홍차 캔 하나를 들고 다시 나를 찾아왔다.

"교수님, 갑자기 바깥 날씨가 싸늘해졌어요. 이것 좀 드시고요, 감기 걸리시면 절대 안 됩니다. 이건 교수님께 내리는 저의 특별 명령이어요, 아셨죠?"

일방적으로 제 할 말을 마친 그녀는 조그만 편지 봉투 하나를 내 책상 위에 던지듯이 놓고 종종걸음으로 연구실을 나갔다.

교수님!

저는 정말 그 50원 사건의 주인공이 아니랍니다.

믿어주세요.

속상해요.

예? 믿어주신다고요?

고맙습니다.

　○○○ 올림

　지난번 편지와는 필체 자체가 전혀 다른 글씨였다. 지난번 편지
와 필체가 같았던 중간고사 답안지의 필체와도 물론 전혀 다른 글
씨였다. 편지를 읽고 잠시 멍하게 앉아 있다가 무심코 창밖을 바라
보았다. 미친바람에 긴 머리칼을 마구 휘날리며 단풍나무 숲으로
사라져가는 그녀의 뒷모습이 아프도록 시야에 들어왔다.

시건방진 이종문,
한없이 작아지다

내가 수행하는 스님과 만나 대화다운 대화를 나누면서 의미 있는 시간을 처음으로 가졌던 것은 고등학교를 졸업하고 대학에 입학하기 직전의 일이었다. 바로 그 무렵 적어도 나에게는 결코 작지 않은 충격을 주었던 놀라운 사건들이 연달아 벌어졌다. 그렇지 않아도 세속 세계에 대하여 심한 혐오감을 느끼고 있던 나는 한동안 방황을 계속했다. 그러다가 마침내 내릴 곳을 찾지 못한 몇 송이 눈이 이리저리 휘날리던 어느 날 저녁, 어머니가 다니고 계시던 고향 근처의 기룡산 묘각사를 찾아갔다.

때마침 가부좌를 틀고 깊은 생각에 잠겨 계시던 늙은 스님에게 엉거주춤 절을 올리자 스님의 입이 고요히 벌어졌다.

"젊은이, 눈보라 몰아치는 이 추운 겨울에, 젊은이는 도대체 무슨 일로 이 첩첩산중까지 찾아왔는고?"

막상 질문을 받고 보니, 무슨 일로 찾아왔는지 나도 정확하게 알수 없었다. 갑작스러운 질문에 그만 말문이 탁 막혀버리자, 나의 얇은 입술이 먼저 당황하여 엉겁결에 책임질 수 없는 말을 덜컥 쏟아냈다.

"예, 스님. 머리를 깎고 중이 되기 위해 왔습니다, 스님."

스님은 내가 하는 서툰 행동을 한동안 말없이 지켜보시더니 그 무슨 선언처럼 말씀하셨다.

"뭐라고? 허허, 머리를 깎으러 왔다고? 머리를 깎기에는 자네의 머리가 아직 덜 굵었고, 아직 덜 여물었다. 정말 머리를 깎고 싶거든 머리가 다 굵고, 다 여문 뒤에 다시 오도록 하라. 오늘은 이미 날이 저물었으니 여기에서 하룻밤 묵고, 내일 아침에 하산을 하는 것이 좋겠구나."

이렇게 하여 나는 난생처음으로 스님과 함께 절에서 하룻밤을 지내게 되었다. 몇 송이 휘날리던 눈이 급기야 폭설로 변하면서 눈보라가 몰아치고 문풍지가 부르르 몸을 떨며 울었던 그날 밤은, 거창하게 표현해서 나의 정신사에 크게 기록될 만한 날이었다. 왜냐하면 그날 밤 나는 스님으로부터 불교 신앙의 구심점을 이루는 부처에 관한 적지 않은 이야기들을 들었고, 그것이 현재까지도 불교에 대한 나의 인식의 기본적 토대를 이루고 있기 때문이다.

"부처는 이 세상에 없던 진리를 처음으로 창조하신 분이 아닐세. 애초부터 이 우주 사이에 가득 차 있었던 진리를 처음으로 깨달으신 분이 바로 부처일 뿐이거든. 부처가 깨달은 진리를 우리도 누구나 깨달을 수 있고, 깨달으면 누구나 그분과 조금도 다름없는 부처가 된단 말일세."

스님의 말씀은 내가 막연하게 알고 있던 불교에 대한 통념을 완전히 뒤엎는 혁명적인 내용으로 가득 차 있었고, 따라서 그것이 사실인지 의심이 될 지경이었다.

"스님, 그러면 저같이 못난 놈도 깨닫기만 하면 부처가 될 수 있다는 뜻입니까."

"당연하지. 깨닫기만 하면 자네가 바로 부철세. 제발 자네, 어서 깨닫고 부처가 되시게."

처음 듣는 이야기였지만 정말 신선한 이야기였다. 깨달으면 나도 부처가 될 수 있다니, 부처가 고유명사가 아니라 보통명사라니, 이 얼마나 신명 나고 가슴 벅찬 일인가.

"그분은 결코 전지전능한 신이나 절대자가 아닐세. 육체적으로 보면 생로병사를 전혀 벗어나지 못한 보통 인간이었고, 별세를 하실 때도 우리가 생각하는 것처럼 그 무슨 황홀한 열반에 드신 것이 아니라 혹독한 병으로 처절한 고통 속에 돌아가셨으니까."

나는 귀를 쫑긋이 세우고 스님의 무릎 앞으로 바짝 다가갔다. 조용히 시작되었던 스님의 설법은 점점 더 뜨겁게 달아오르기 시작했다.

"전지전능한 절대자가 아니라 진리를 깨달으신 위대한 인간에 불과했기 때문에, 부처는 자신이 신앙의 대상이 되기를 거부했네. 부처가 돌아가실 때 제자들에게 남긴 유언이 뭔지 아나? 부처 자신을 의지하지 말고 각자 스스로의 내면에 있는 진리의 등불을 밝히라는 것이었어. 같은 맥락에서 제자들에게 불상을 세우지 못하게 했고, 실제로 수백 년 동안 불상이 세워지지 않았다네. 전지전능한 절대자가 아니기 때문에 신앙의 대상이 될 수도 없고, 또 그렇게 되어서는 결코 안 된다는 부처의 위대한 정신이, 그래도 그 옛날엔 구체적인 현실 속에서 살아 움직이고 있었다, 그 말일세."

내가 느끼고 있던 오늘날 불교의 현실과는 거리가 멀어도 너무 먼 이야기였다.

"하지만 스님, 사실이 그러하다면 바로 이 절에 불상이 있는 것은 도대체 어찌 된 일입니까? 우리의 어머니들이 부처님 앞에 때묻은 지폐를 올려놓고 부모님의 건강을, 아들의 합격을, 남편의 사업 성공을 위해 손이 닳도록 빌고 또 비는 것은 도대체 어찌 된 일입니까?"

나의 반론에 스님은 고요히 눈을 감고, 가만히 고개를 끄덕였다.

"그런 의문을 가지는 것은 너무나도 당연하고 자연스런 일일세. 그러나 부처님께 복을 달라고 애걸복걸 비는 기복불교祈福佛敎는 절대 불교의 진면목이 아닐세. 그것은 어디까지나 불교사의 전개 과정에서 이런저런 이유로 파생되어 나온 불교의 변화된 모습일 뿐일세. 물론 그것도 넓은 범주에서 불교가 아닌 것은 아니야. 하지만 세속화된 대중적 기복불교와 자력으로 부처가 되려는 구도불교求道佛敎는 아주 엄격하게 구별해야 하겠지. 거듭 말하지만 불교는 원천적으로 누가 구원해주는 신앙이 아니라 자기 스스로의 깨달음을 추구하는 신앙일세. 따라서 부처님께 아무리 빌어봐도 무능한 부처님이 해주실 수 있는 일은 아무것도 없는 것이 확실하네. 여보게, 자네. 자네는 절대 부처에게 매달리지 말고 자네 스스로 부처가 되시게."

하도 오래전 이야기라서 스님이 그날 밤 하신 말씀이 제대로 정리되었는지는 나도 잘 모르겠다. 그러나 어쨌든 그날 밤 스님이 하신 이와 같은 요지의 말씀들은 나로서는 그 이후에도 좀처럼 들어보지 못한 참으로 감동적인 설법이었다.

그렇다고 하여 내가 설법에 감동한 나머지 부처가 되는 일에 목을 매달고 입산수도하는 고행의 길을 걸었던 것은 물론 아니었다. 오히려 나의 젊은 날은 세속 세계의 허무함을 잊기 위하여 취생몽사주醉生夢死酒를 퍼마시는 가운데 서서히 지나갔다. 하지만 그러한 가운데서도 취했던 술에서 깨어나면 그날 밤 스님이 하신 말씀이 나의 귓전에 오래도록 메아리쳤다.

"여보게, 자네. 자네는 절대 부처에게 매달리지 말고 자네 스스로 부처가 되시게."

그러던 어느 날이었다. 나는 우연히 오랫동안 소문으로 들어왔던 팔공산 갓바위의 돌부처를 찾아갔다. 입추가 이미 지나기는 했지만 아직 가을은 오지 않은 가운데 늦더위가 기승을 부리고 있었다. 내가 가파르기 짝이 없는 천길만길의 아찔한 벼랑길을 후들거리는 다리로 땀을 뻘뻘 흘리며 올라갔을 때, 언제 어디로 왔는지 뜻밖에도 수많은 사람이 돌부처 앞에서 무수하게 절을 올리고 있었다. 도대체 이 돌부처에게 무슨 부탁이 있는지는 몰라도 그들의 눈빛에는 염원을 넘어서 애원과 비원이 짙게 어려 있었다. 그 가운데 몇몇은 돌부처의 오른손을 지성스럽게 어루만지고 나서, 부처의 손을 어루만졌던 바로 그 손으로 자신의 몸을 어루만지는 동작을 끊임없이 되풀이하고 있었다. 어떤 이에게 그 연유를 물어보았더니, 돌부처의 손을 어루만진 손으로 자신의 아픈 곳을 어루만지면 병이 낫는다는 대답이 돌아왔다. 이와 같은 민간 속설 때문인지 돌부처의 오른손은 천 년 묵은 때가 반질반질하게 윤기를 발하고 있었다.

"야악사아아여래부울 야악사아아여래부울……."

누가 옆에서 툭, 건드리면 울음보를 터뜨리며 대성통곡을 할 것 같은 사람들이, 거의 넋이 빠진 몽롱한 상태에서 약사여래불을 끊임없이 부르고 있었다. 갓바위 돌부처가 다소 시큰둥하고 무관심한 표정으로 그들의 그런 모습을 말없이 굽어보고 있었다.

그날 내가 본 갓바위의 풍경은 복을 달라고 애원하는 신앙의 전형적인 모습을 그대로 보여주고 있었다. 몇 년 전 묘각사 스님으로부터 받은 가르침을 불교에 대한 절대적 진리로 신봉하고 있던 나로서는 정말 어안이 벙벙한 일이었다.

"쯧쯧, 쯧쯧."

나는 자신도 모르게 혀를 차면서 돌부처 앞에 꿇어앉아 애걸복걸 빌고 있는 저 가엾은 중생들에게 일장 연설을 퍼부었다. 말할 것도 없이 마음속으로 퍼붓는 웅변 같은 연설이었다.

'친애하는 중생 여러분! 저 돌부처는 결코 전지전능한 신이나 절대자가 아닙니다. 여러분이 아무리 애걸복걸 빌어봤자, 그에게는 어떤 능력도 없기 때문에 여러분의 소원을 전혀 들어줄 수 없습니다. 여러분, 보십시오. 말이 부처지 거대한 돌덩어리 아닙니까. 지금 비록 부처의 모습을 하고 있긴 하지만 원래부터가 돌덩어리였고, 지금도 서서히 돌덩어리로 돌아가고 있는 중 아닙니까. 저 무심한 돌덩어리에게 손이 닳도록 삭삭 빌어서 도대체 무엇을 어쩌자는 겁니까. 자, 자, 여러분. 이제 다들 그만하시고 하산下山을 하시지요. 하산을 하세요.'

중생들에 대한 일장 연설을 끝낸 나는 돌부처에게도 화살을 돌렸다.

'갓바위 부처님! 당신도 역시 마찬가집니다. 당신이 무능하다는 것은 누구보다도 당신이 제일 잘 알고 있지 않습니까. 저렇게 애원하는 중생들에게 아무것도 해줄 수 없으면서, 이렇게 가부좌를 틀고 앉아서 절이나 받고 있다니, 도대체 이게 말이 됩니까. 이제 그만 요즈음 유행하는 '양심선언'이나 하시고 난 뒤에, 절을 정말 예쁘게 하는 처자가 있거든 그녀의 손목을 덜컥 잡고 얼른 하산하여 살림이나 차림이 어떠신지요.'

갓바위 부처와 그 앞에서 죽으라고 절을 올리고 있는 중생에 대한 나의 생각은 그다음 해였던가, 입학시험을 치르는 날에 완전히 절정에 도달했다. 우연히 그날 팔공산 등행길에 갓바위에 들렀을 때, 어마어마하게 많은 사람이 이 높은 산 위에 와글와글 올라와서 무수하게 절을 올리고 있고, 갓바위 부처가 그들을 말없이 굽어보고 있었다. 아니다, 실상 갓바위 부처가 그저 말없이 중생들의 모습을 굽어보고 있는 것이 아니라, 가끔씩 오른손을 슬며시 들어 입을 살짝 가리고 쿡쿡 웃고 있는 것을 나는 우연히 보고야 말았다. 말할 것도 없이 그것은 입학시험에 아무런 도움을 줄 수도 없는 자신에게 애걸복걸하는 저 어리석은 중생들의 행태가 어처구니없어서 웃고 있는 것일 터였다.

생각해보라. 갓바위 부처 스스로가 가부좌를 풀고 산을 내려가서 입학시험에 직접 응시한다 하더라도 줄줄이 낙제점을 받게 될 것이 뻔하지 않은가. 우리나라 부처이니 국어는 그런대로 맞힌다고 하더라도 수학과 영어는 완전 백지를 낼 수밖에 없을 터이고, 과학이나 제2 외국어도 그 결과가 불을 보듯 뻔할 터다. 동국대학교 불교학과의 특별전형에 불교철학 특기자로 지원하면 혹시 합격할 수 있을지 몰라도 다른 대학에는 지원할 엄두조차도 내지 못할 것이다. 자기 자신도 입학할 수 없는 돌부처에게 입학시험에 합격하게 해달라고 이렇게 줄기차게 빌어대다니, 아무리 목석같은 돌부처인들 어찌 쑥스럽지 않을 것이며, 어찌 허허 우습지 않겠는가.

갓바위 돌부처에 대한 나의 태도가 이러하였으므로 나는 언제나 돌부처에게 절을 하는 대신에 콧방귀를 흥, 뀌고 산을 내려왔다. 아직 시퍼런 피가 펄펄 끓고 있던 젊은이로서 기고만장하고 오만방자하기 짝이 없었던 나의 이와 같은 태도는 한동안 전혀 수정되지 않았다. 바로 그 기고만장과 오만방자의 배경에는 묘각사 스님으로부터 단 하룻밤 동안 들었던 알량한 불교 지식이 도사리고 있었음은 말할 것도 없다.

그러나 갓바위 부처님 앞에 서는 횟수가 늘어나면 늘어날수록 기이하게도 나의 마음에 미묘한 변화가 일렁대기 시작했다. 마침내 여남은 번 정도 갓바위에 올랐을 때, 나는 그동안 내 마음속에 숨어 있었던 또 다른 내가 중얼거리는 소리를 들었다.

'그래, 저 돌부처는 신도 아니고 절대자도 아니다. 물론 그 어떤 소원도 들어줄 수 없다. 하나의 거대한 돌덩이에 불과한 것은 어제나 오늘이나 마찬가지다. 하지만 돌덩이라도 저토록 위엄 있고 거룩한 돌덩이라면 절을 한번 올리고 싶기도 하다. 물론 나는 저 돌부처에게 기원할 것이 아무것도 없고, 기원할 것이 있다고 하더라도 저 돌덩이에게 빌 만큼 어리석지 않다. 그저 존경하는 스승에게 절을 하듯이 그렇게 절을 해보는 것이다.'

하지만 마음속의 또 다른 내가 곧바로 손사래를 치고 눈을 부릅뜨며 고개를 완강하게 가로저었다.

'무슨 소리냐. 저 무심한 돌덩이에게 절을 하다니, 자네 지금 어떻게 된 거 아니냐. 아니 자네는 도대체 자존심 같은 것도 없어?'

얼굴을 달리하는 두 가지 생각의 다툼 때문에 내 마음은 한동안 격렬하게 요동을 쳤다. 하지만 내가 스무 번 정도 갓바위에 올라갔을 때, 결국 나는 갓바위 부처에게 고개를 숙이고 말았다. 처음에는 부처님께 쑥스러웠고, 내가 한동안 그토록 가엾게 여겼던 중생들에게 쑥스럽기도 하여 부처님 정면에서 절을 올리지도 못하였다. 멀리 떨어진 곳에서 주위에 아는 사람이 아무도 없음을 확인한 뒤에, 부처님의 뺨에다 대고 그저 서너 번 어설프게 합장을 한 것이 전부였던 것이다.

내가 서른 번도 넘게 갓바위에 올랐을 때 내 마음이 또다시 나에게 속삭였다.

'얘야, 절을 하고 싶으면 정정당당하게 절을 해라. 절을 하고 싶어서 절을 하는데 도대체 무엇을 망설이느냐? 부처님이 잘 보실 수 있는 곳에서, 이왕이면 오체투지로 정성을 다하여 절을 하여라.'

드디어 나는 돌부처가 굽어보고 있는 마당 한복판에서 오체투지로 절을 올리기 시작했다. 아무런 목적의식도 없이 허심탄회하게 절을 올리고 나면, 어떤 평화가 막무가내로 밀려오곤 했다. 한 쉰 번 정도 갓바위에 올랐을 때는 세 번으로 시작한 오체투지가 드디어 백여덟 번에 이르렀다. 급기야 도대체 내가 절을 몇 번이나 했는지 도저히 헤아릴 수도 없고, 헤아리는 일에 관심도 없는 멍청한 상태에 이르기도 했다. 저토록 거룩한 돌덩이에게 절을 하고 싶어서 그냥 막무가내 절을 올렸을 뿐이었던 것이다.

마침내 예순 번 정도 갓바위에 올랐을 때, 내 마음이 또다시 나를 이렇게 유혹하기 시작했다.

'얘야, 너는 지금 아무런 능력도 없는 돌덩이에게 절을 하고 있다. 이왕 돌덩이에게 절을 할 바에는, 저 돌덩이가 아무런 기원도 들어

줄 수 없다 해도, 무언가 절실한 기원을 담고 절을 해보는 것이 좋지 않겠느냐?'

그러나 마음속의 또 다른 내가 이번에도 곧바로 손사래를 치고 눈을 부릅뜨며 고개를 완강하게 가로저었다.

'무슨 소리냐. 저 무심한 돌덩이에게, 아무것도 들어줄 능력이 없는 저 무심한 돌덩이에게 기원을 하다니, 그래서 도대체 어쩌겠다는 거냐?'

한동안 내 마음은 다시 격렬하게 요동을 쳤다. 하지만 나는 결국 기원을 담아 절을 올리기로 최종적인 결정을 내리고 말았다. 만약 기원을 담는 것이 잘못이라면 절을 하는 것부터가 잘못일 터인데, 지금 와서 절조차 하지 않는다는 것은 도저히 있을 수 없는 일이었다.

기원을 담기로 최종적인 결론을 내리기는 했지만, 무슨 기원을 담을 것인가를 결정하는 것도 만만한 일은 아니었다. 그동안 세월의 흐름과 함께 다소 식기는 했으나 아직도 나는 시퍼렇게 피가 끓는 젊은이였고, 개인적인 일로 애걸복걸 저 돌덩이에게 빌고 싶은 마음은 추호도 없었다. 나는 가장 크고 위대한 것을 위하여 기원하기로 마음을 정하고 이렇게 중얼거렸다.

'그래, 이왕이면 큰 것으로 하자. 무엇이 가장 크고 위대한 기원일까? 옳거니, 이 우주 간에 존재하고 있는 모든 생명체의 행복을 위하여 기원하면 되겠구나!'

나는 한동안 이 우주 간에 존재하고 있는 모든 생명체의 행복을 기원하면서 돌부처에게 절을 올렸다. 그러나 마음의 절절함과 진실성이 없는 아이디어 차원의 즉흥적 기원은 공허하고 허망하기 짝이 없는 일이었다. 얼마 후 나의 기원은 세계 평화로 축소되기 시작했고, 그것이 다시 분단된 조국의 통일로 축소되었으나, 공허하고 허망하게 느껴지기는 마찬가지였다. 마침내 나의 기원은 마음의 절절함과 진실성의 확보라는 거룩하고도 아름다운 명분 아래 옹졸하게도 가족과 학교의 범위로 급격하게 축소되었다.

"부처님, 저의 아버지와 어머니께서는 이제 연세가 많으십니다. 그렇다 보니 이런저런 병으로 건강이 좋지 않으십니다. 부처님이시여, 당신이 아무런 힘이 없음을 알고 있사오나, 그래도 혹시 도와주실 수 있으시다면 그분들에게 건강을 주소서. 형님, 아우님, 누님 가족들께 복을 내려주시고, 저의 아내와 아이들에게도 행운을……. 아, 참, 그리고 우리 학과 학생들은 모두 착하고 열심히 공부를 하고 있으나 취업의 문이 너무나도 좁사옵니다. 부처님, 제발 그들에게……. "

나는 신을 신봉하는 사람들이 그들의 절대자에게 기도를 드리듯이, 부처님께 턱없이 매달리기 시작했다.

하지만 얼마 후에는 가족과 학교의 범주조차도 나에게는 너무 넓은 것임이 밝혀졌다. 바로 그 무렵에, 난데없이 육모방망이를 들고 한밤중에 나타난 저승사자들이 내 뒤통수를 힘껏 후려쳤던 것이다. 나는 귓갓길에 느닷없는 방망이의 세례를 받고 다 자란 보리밭에 피를 토하면서 쓰러졌다. 시퍼런 보리밭이 삽시간에 시뻘건 피바다를 이루었다. 쿨룩, 쿨룩, 기침을 거듭할 때마다 다시 피가 한 움큼씩 왈칵 쏟아져 나와 남은 보리밭이 다시 붉은 피로 범벅을 이루었다. 가래와 천식으로 누가 목을 조르고 있는 듯이 가슴이 온통 갑갑해왔다. 현대 의학으로도 현상을 유지하며 살아갈 수 있을 뿐 완전 치료는 불가능하다는 그 이름도 낯선 '기관지 확장증'이라는 병이었다.

몇 달에 걸쳐 약을 먹으며 백방으로 요양한 끝에 겨우 몸을 추스른 나는 정말 오랜만에 가쁜 숨을 몰아쉬며 필사적으로 천길만길 벼랑 위의 갓바위에 올랐다. 그 무슨 불편한 심기라도 있는지 잔뜩 찌푸린 날씨였으나 그날따라 돌부처는 봄날 피어나는 백목련처럼 환하게 웃으면서, 어여 오라고, 나에게 손짓을 하는 것 같았다.

"부처님이시여, 저는 아직 젊은 나이에 몹쓸 병에 걸렸습니다. 저의 병을 고쳐주십시오. 더구나 당신은 인간의 질병을 다스린다는 약사여래불이 아니옵니까. 마음만 먹으면 얼마든지 고쳐주실 수 있지 않습니까."

나는 정신없이 절을 하면서 나의 육신을 이토록 고통스럽게 만드는 병으로부터 자유롭게 해달라고 부처님께 애걸복걸 매달렸다. 그러고 나서 천 년 묵은 때의 윤기가 함초롬히 흐르는 부처님의 드리워진 오른손을 오래, 오래도록 어루만졌고, 부처님의 손을 만진 바로 그 손으로 확장되어 있는 나의 기관지를 다시 오래도록 어루만졌다. 잔뜩 찌푸린 하늘에서 기어이 펑펑 쏟아지는 눈발을 그 무슨 산짐승처럼 막무가내로 뒤집어쓰고서……

연곡사야,
문빗장을 슬쩍 풀어놓아라

전남 구례에서 경남 하동으로 달려가는 버스에 몸을 실을 때마다, 나는 언제나 앉을 자리를 결정하지 못하여 곤혹스러움을 느낀다. 내가 왼쪽 창을 택하면, 청정한 대 바람에 은어 비늘 같은 머리칼을 흔들며 희디흰 모래밭을 시퍼렇게 흐르는 섬진강에 대한 예의가 아니다. 만약 오른쪽을 택하면, 그 깊이를 알 수 없는 벽공을 향하여 참으로 장중하게 가부좌를 틀고 있는 지리산에 대하여 실례가 된다.

　내가 이 나라의 길 가운데에서도 그 웅대함과 유장함으로 단연 돋보이는 이 아름다운 길을 오고 가면서 쌍계사나 화엄사에 다녀온 것이 모두 몇 번이나 되었는지 현재로서는 기억조차도 할 수가 없다. 그러므로 바로 이 길가에 서 있는 '연곡사鷰谷寺' 안내판을 그냥 스쳐서 지나버린 것이 모두 몇 번이었는지도 도저히 기억해낼 도리가 없다.

문화유산 답사를 유일한 취미로 삼고 있는 사람이 자동차로 불과 10분 만에 닿는 20리 거리의 연곡사를 이처럼 매양 스쳐 지나고 말았다는 것은 나 자신도 도무지 이해할 수 없는 이상한 일이 아닐 수 없다. 왜냐하면 연곡사는 화엄사와 쌍계사의 명성에 가려 그 이름조차 아는 이가 드문 조그만 절에 불과하지만, 우리나라에서 가장 아름다운 부도浮屠인 동부도(東浮屠, 국보 53호)와 북부도(北浮屠, 국보 54호), 삼층석탑(보물 151호), 현각선사탑비(玄覺禪師塔碑, 보물 152호), 동부도비(東浮屠碑, 보물 153호), 서부도(西浮屠, 보물 154호) 등 국보 두 점과 보물 네 점을 그 가슴에 품고 있는 석조石造 문화재의 야외 박물관이기 때문이다. 그러므로 대구의 문화 예술 단체인 '예술마당 솔'이 이른바 지리산 답사 5개년 계획을 세우고 그 네 번째 행사로 왕시리봉을 넘어 연곡사로 가는 길로 일정을 잡았을 때, 적어도 나로서는 남다른 감회가 없을 수 없었다.

하지만 일행이 구례군 토지면 소재지에서 왕시리봉 정상을 향해 발걸음을 옮겨놓기 시작하면서 연곡사는 나의 뇌리에서 점점 아득하게 사라져버렸고, 그 대신에 '우리나라의 꽃 이름 외기'에 온통 넋을 잃고 말았다. 왜냐하면 왕시리봉 일대는 실로 무수한 야생화들이 그 나름의 자태와 색깔을 지닌 채 짙은 향기를 내뿜고 있는 야생화의 전시장이었기 때문이다.

더구나 이 거대한 산봉우리는 그 높낮이의 차이에 따라서 녹음이 무성한 여름으로부터, 제비부리같이 연약한 잎새를 이제 막 뾰족하게 내밀기 시작하는 초봄까지가 같은 시점에서 공존하고 있었고, 야산식물과 고산식물이 골고루 분포되어 있어서 놀라운 다양성을 지니고 있었다. 그러므로 일행은 초봄에 피는 꽃으로부터 한여름에 피는 꽃에 이르기까지, 낮은 산에 피는 꽃으로부터 높은 산에 피는 꽃에 이르기까지를 같은 날 같은 산에서 한꺼번에 만나는 경이로움 앞에 황홀하게 도취할 수밖에 없었다.

우리는, 경주 개발 500년 계획을 세워 경주시 전체를 500년에 걸쳐서 서서히 외곽으로 옮겨야 한다는, 감동적이기는 하지만 실현 가능성이 거의 없는 주장을 편 시인인 이하석 형의 가르침에 따라 이 나라의 꽃 이름을 외우기 시작했다. 산수국, 조팝나무, 붓꽃, 금붓꽃, 은방울꽃, 금방울꽃, 둥굴레, 솜양지꽃, 제비꽃, 노랑제비꽃, 얼레지, 흰제비꽃, 봄맞이꽃, 현호색, 마리, 동자꽃, 때죽나무, 노루귀, 구슬부림, 덩쿨꽃나리…….

모두가 마치 전생의 어느 초등학교에서 같이 공부하다가 뿔뿔이 흩어졌던 시골 소녀처럼 아리따운 꽃들이었다. 게다가 오랫동안 잊고 있었던 그 소녀들의 이름처럼 귀여운 꽃 이름을 외우며 걷다 보니, 이날의 산행은 땀을 뻘뻘 흘리는 등반이 아니라 대자연의 신비로 가득 찬 낯선 숲길에서 전생의 동무들을 다시 만나 봄 소풍을 가는 느낌이었다. 그러다 보니 일행이 왕시리봉 정상에 올랐을 때, 우리가 정상을 정복한 것이 아니라, 정상이 자진하여 우리들의 발밑으로 걸어 들어온 것 같은 이상한 느낌마저 들 지경이었다.

왕시리봉 정상에서 일행이 모두 육중한 지리산맥과 아득히 굽이치는 섬진강을 넋을 잃고 바라보고 있을 때, 나의 뇌리에 불현듯 크게 떠오른 것은 우리나라의 꽃 이름을 외우는 동안 가뭇게 잊고 있던 연곡사였다. 나는 연곡사가 품고 있는 문화재들을 조금이라도 더 오래도록 보아야겠다는 다급한 마음으로, 홍류동계곡을 물소리보다도 더 빠른 속도로 거의 뛰다시피 달려 내려갔다.

하지만 나를 포함하여 앞서 가던 몇 사람이 피아골 입구 남산마을에 닿았을 때 뜻밖의 사건이 벌어지고 말았다. 바로 그날 이 마을에서는 가정 형편상 환갑도 칠순도 못 해드린 아픔을 오랜 한으로 품고 있던 이가 팔순에 가까운 어버이의 생신을 맞이하여 한판 큰 잔치를 벌이고 있었고, 우리는 그만 자신도 모르게 그 잔치판에 편입되어버렸던 것이다. 애초에는 그냥 막걸리로 목이나 축이고 갈 생각이었으나 목을 축이고 일어서는 순간, 놀랍다고 해도 좋을 사건이 일어났다. 그날 아침 잔치의 주인공인 그 어버이가 받았다고 생각되는 커다란 상에 산해진미가 가득히 얹혀서 들어온 것이다. 우리 일행이 막무가내로 술과 음식을 권하는 주인의 간절한 정성을 겨우 뿌리치고 다시 일어나려고 하는 순간, 이번에는 떡국 상이 밀어닥쳤다.

내가 떡국을 급하게 퍼먹고 연곡사를 향해 달려갔을 때, 부처님 맙소사! 나머지 일행은 이미 모두 연곡사에서 내려오고 있었고, 버스는 시동이 걸린 상태로 언제라도 출발할 만반의 준비를 갖추고 있었다. 그러므로 나는 근년에 새로 지은 대적광전大寂光殿의 부연附椽

이 흐릿하게 보이는 것 같기도 한, 바로 그 지점에서 다시금 발길을 되돌릴 수밖에 없었다.

그리하여 마침내 연곡사는 단 한 번도 가본 적이 없으면서도 내가 가장 그리워하는 절이 되어버렸다. 한말 의병 활동의 본거지가 되어 순국한 의병들과 함께 조국을 위하여 제 몸을 불태웠고, 남북 상잔의 피아골 전투에서 잿더미로 변했다가도 또다시 일어선 연곡사여! 부디 몸 성히 잘 있다가, 그대에 대한 나의 그리움이 가슴속에 두루 사무쳐서 인연이 닿는 그날이 오거든, 그때가 설사 눈보라가 냅다 휘몰아치는 칠흑 같은 밤이라고 하더라도 그대 품에 사시는 큰스님도 모르시게 문빗장을 슬쩍 풀어놓거라.

우리 집 꽃나무에
각시붕어 살고 있다

내 아이들이 아직 어렸을 때, 나는 거실에다 거실의 크기와 어울리지 않는 제법 거대한 어항을 사다 놓고 수십 마리의 물고기를 기른 적이 있었다. 어항 속에 기를 물고기를 고를 때, 나는 수족관에 있는 다양한 물고기들 가운데서 아무런 망설임도 없이 '수마트라'라는 열대어 새끼들을 선택했다.

수마트라 새끼는 우선 그 체구가 하늘에 갓 돋아난 초승달보다도 훨씬 더 작을 정도여서 '작은 것이 아름답다'는 미학의 명제에 아주 잘 부합하는 물고기다. 게다가 그녀의 가슴에 달려 있는 귀여운 지느러미는 좌우동형의 새빨간 나비넥타이를 이루고 있다. 그뿐만 아니라 점점 자랄수록 주둥이에도 순도 100%의 새빨간 장밋빛 루주를 바르고, 등지느러미와 꼬리 부분에도 전북 순창에서 생산되는 새빨간 고추장을 뒤범벅 하여 곱게 화장을 하기 시작한다.

더구나 자랄수록 붉은 기운이 점점 더 짙어지는 몸통에도 순도 100%의 새까만 줄무늬가, 그것도 네 번이나 힘차게 세로로 내리긋고 있어서 전체적인 색채가 대단히 강렬하다. 아주 날렵한 몸맵시에 걸맞게 그 동작도 대단히 민첩하여 앞을 향해 역동적인 헤엄을 치다가도 즉석에서 몸을 홱, 돌리는가 하면, 마음만 먹으면 등과 배의 상하 방향을 일순간에 냅다, 완전히 뒤집어엎기도 한다. 특히 이리저리 떼를 지어 수초 언저리를 유유하고도 자유자재하게 헤엄치고 있는 모습은 환상적이고도 고혹적이었다.

그러므로 나는 귀여워도 정말 깜찍하게 귀여운 이 물고기와 반짝 눈을 마주치는 순간, 첫눈에 필이 딱 꽂히고 말았다. 실제로 한동안 이 물고기에 완전히 눈이 멀었으며, 급기야 기기묘묘하게 서커스를 부리는 수마트라를 바라보는 재미가 퇴근 시간을 앞당기게 하기에 이르렀다.

나보다는 나이가 여러 살 적지만 가까운 친구처럼 생각되는, 하지만 언제나 나에게 '선생님'이라고 깍듯이 부르는 후배가 있었다. 경우에 따라서는 예리한 비판의 칼날을 마구 휘둘러서 사람의 등골을 오싹하게 하기도 하는 아주 무서운 후배이기도 했다. 어느 날 밤, 그가 우리 집을 방문했다. 나는 그에게 순도 100%의 붉은빛과 검은빛을 온몸에다 칠한 채 눈이 부시도록 발랄하게 뛰노는 수마트라를 가리켰다.

"수마트라라는 열대어야. 요즘 이 물고기를 바라보는 재미로 산다고 해도 과언이 아닐세. 이 물고기가 내 퇴근 시간을 앞당겨 놓았을 정도이니까."

나는 상대가 가지지 못한 것을 내가 가지고 있다는 데서 오는 뿌듯함이 담겨 있는 어투로 말했다. 그러나 한동안 수마트라를 물끄러미 바라보고 있던 그의 입에서 전혀 예상치도 못했던 말들이 튀어나왔다.

"아름답게 보면, 아름답다고 말할 수도 있기는 하겠네요. 하지만 선생님, 진솔하게 말씀드려서 이 물고기의 아름다움이 우아하고 고귀한 아름다움은 아닌 것 같습니다. 어딘지 모르게 좀 천박하고 유치찬란한 아름다움이라는 느낌을 아무래도 지우기가 어렵잖아요."

내가 절절하게 사랑하는 것을 모욕하는 것은 나를 모욕하는 것이나 조금도 다를 바가 없는 법! 나는 그 후배가 하는 예상 밖의 말에 얼굴이 화끈, 달아오르면서 수치심과 모욕감이 확 밀려왔다. 화가 치밀어 오르기도 하고 어안이 벙벙하기도 했다. 그렇거나 말거나 그다음 순간 그의 입에서는 더욱더 심한 말이 튀어나왔다.

"붉은 빛깔에도 천차만별의 차이가 있지요. 먼동이 터오는 순간의 아침 하늘빛처럼 사람의 마음을 환희로 뜀박질하게 만드는 그야말로 환한 빛깔도 있지만, 늙은 작부의 입술에 처발라진 루주와도 같이 처량한 빛깔도 있습니다. 이 물고기의 경우는 물론 '아침 하늘빛'에 더 가깝지만 '처발라진 루주빛'도 좀 섞여 있는 것이 사실이지 않습니까. 검은 빛깔에도 천차만별의 차이가 있지요. 별이 찬란하게 빛나도록 그 바탕이 되어주는 깜깜한 밤하늘빛도 있지만, 비 오는 장례식 날, 축축하게 젖은 근조謹弔 화환花環에 처량하게 매달린 검은 리본 같은 빛깔도 있습니다. 이 물고기의 경우는 물론 '밤하늘 빛'에 더 가깝지만, '검은 리본 빛' 같은 분위기도 조금 섞여 있지 않습니까. 야단스러울 뿐만 아니라 고삐 풀린 망아지처럼 남의 보리 밭을 마구 짓밟으며 제멋대로 까불고……."

웅변처럼 터져 나오는 당혹스럽고도 충격적인 발언에, 나는 그만 몸과 마음이 멍해져 오기 시작했다. 그러한 가운데서도 그의 말에 어떤 진실이 담겨 있다는 느낌을 아무래도 부정할 수가 없었다. 이런 기미를 읽었는지 그가 돌연 제안을 했다.

"선생님, 수마트라 대신 각시붕어를 키워보세요."

"각시붕어라니, 각시붕어가 뭔데?"

"우리나라의 시내와 연못에서 지금도 살고 있는 토종 민물고깁니다."

"연못에 살고 있어? 연못에 살고 있는 민물고기 가운데 수마트라보다도 더 아름다운 물고기가 있다는 거야?"

내가 의구심을 나타내자, 그의 어투는 자갈밭에 떨어진 럭비공처럼 더욱더 울퉁불퉁 튀어 올랐다.

"왜요? 우리나라 민물고기는 수마트라보다 더 아름다우면 안 된다는 법이라도 있습니까? 우주의 중심이 바로 여긴데도 다른 곳에서 중심을 찾고, 우리 집 꽃이 아름다운데도 남의 집 뒤란을 기웃대고 싶으세요?"

나는 그만 울화통이 터져 소리를 질렀다.

"그래, 각시붕어가 수마트라보다 더 예쁘다는 거야 뭐야. 도대체 무슨 말을 하고 싶은 거야?"

나의 역정에도 불구하고 그의 어조는 더욱더 완강하고 단호하였다.

"물론입니다. 엄밀하게 말해서 다른 사물과의 비교는 성격에 대한 비교일 뿐 우열에 대한 비교가 아닙니다. 그러므로 사람마다 얼마든지 느낌이 다를 수는 있겠지요. 그러나 우열의 차이가 너무 심하면 성격의 차이도 무색한 법인데, 단언컨대 이 경우가 바로 그런 경웁니다. 만약 믿어지지 않으시면 이 어항에다 각시붕어와 수마트라를 함께 집어넣고 한 달만 서로 비교해보시죠."

"그토록 아름다운 각시붕어를 도대체 어디 가서 구할 수 있겠어."

후배가 하는 말이 아무래도 석연치 못하다고 생각한 나는 이렇게 대꾸하며 넌지시 거부의 뜻을 밝혔지만, 그는 이렇게 응수를 했다.

"그 점은 걱정하지 마십시오. 마침 우리 집 어항에서 수많은 각시붕어들을 키우고 있거든요. 필요한 만큼 분양해드릴게요."

내가 미처 마음을 정하지도 않았는데, 그는 바로 그날 밤에 각시붕어들을 즉각적으로 수송해 와서 내 어항 속에다 퐁당퐁당 집어넣어 버렸다.

3, 40마리의 수마트라와 3, 40마리의 각시붕어가 같은 어항 속에 동거하게 되면서, 고기들의 밀도가 갑자기 엄청나게 높아졌다. 게

다가 서울 중류층 사람들은 '동사리'라 부르는 모양이지만, 내 고향 사투리로 '뿌구리'라 부르는 물고기 두 마리가 각시붕어들과 함께 수송되어 어항 속 돌 밑에다 살림을 차렸다. 그들은 인상이 다소 험악하고 성격이 우락부락한 깡패 출신이었으므로, 누가 선출하기도 전에 자기들 스스로 군기반장에 취임하였다. 이렇게 하여 대략 일흔도 넘는 물고기 떼가 와글와글, 와글와글 같은 밥솥에다 강낭콩이 섞인 쌀밥을 해 먹으며 한 지붕 세 가족의 새로운 생활을 시작하게 되었다.

어항 속에 있는 물고기의 분포가 갑자기 크게 변하기는 했지만, 사람의 시선을 잡아끄는 것은 여전히 수마트라들이었다. 뿌구리들은 언제나 시큰둥한 모습으로 검은 돌 밑에 꿈쩍도 않고 엎드려 있었다. 그 존재 자체가 눈에 띄는 일이 별로 없다 보니 비교될 기회조차 거의 없었다. 각시붕어도 수마트라와 직접 비교가 되기에는 아무래도 여러모로 역부족이었다. 물론 각시붕어가 아름답지 않다는 것은 아니지만, 전체적으로 부드럽고 은은한 빛깔을 띠고 있는 각시붕어에 비해 수마트라는 색깔 자체가 대단히 강렬했다. 따라서 무심코 바라보면 어항 속에는 수마트라의 현란한 빛깔과 날렵한 동작이 그 무슨 강렬한 악센트처럼 번쩍번쩍 광채를 발할 뿐이었다. '도대체 각시붕어들은 다 어디 간 거야?' 하고 유심히 들여다보면, 그제야 각시붕어들이 보조개에 얇은 홍조를 띄우면서 '저 여기 있어요', '저도 여기 있는데요' 하고 수줍게 손을 들며 하나 둘씩 나타났던 것이다.

하지만 점점 시간이 지나가면서 각시붕어의 은은한 아름다움이 서서히 드러나기 시작했다. 그녀의 아름다움은 호들갑을 떨어야 속이 시원한 그런 종류의 것이 아니라 격조와 품위를 갖춘 것이었다. 그 이름에 걸맞게 이제 막 시집을 온 각시처럼 행동조차 곱고도 어여뻤다. 더구나 몸통의 뒷부분에서 꼬리까지 이어진 새파란 줄은 앳된 처녀의 관자놀이 위에 바르르 떨며 나타나는 파란 정맥처럼 아름다웠다. 특히 산란기가 되면 오히려 수컷의 몸통 부분에서 무지갯빛 혼인색이 아주 은은하게 나타나는데, 이 무렵의 고즈넉한 자태는 말로 표현하기 어려울 정도였다. 요컨대 수마트라의 요염하고도 현란한 빛깔이 피부에다 물감을 덕지덕지 덧칠한 것이라면, 각시붕어의 그것은 몸속의 어떤 충만함이 밖으로 얼비쳐서 피부를 뚫고 나오는 빛이었다. 아름다운 마음이 가슴속에 가득 차서 아무리 숨기려고 발버둥을 쳐도 살갗 위로 번져 나오는 그윽하고 격조 높은 그런 빛 말이다.

후배가 말한 대로 한 달이 지나가자 나의 마음은 각시붕어 쪽으로 완전히 기울었다. 밥을 먹다가도, 신문을 보다가도, 아내와 담소를 나누다가도 시선이 자꾸만 그녀를 향하여 달려가는 것을 도무지 어찌할 수가 없었다. 그와 동시에 번쩍번쩍 빛나는 수마트라의 현란함이 어지럽게 느껴지기 시작했다. 접때 그 후배가 '찬란'이란 아름다운 말 앞에다 '유치'라는 관형사를 갖다 붙인 이유를 대강 알 만하게 되었을 때, 나는 수마트라의 자존심에 상처를 주지 않으면서 그들을 명예퇴직 또는 정리해고 시킬 방법을 모색하기 시작했다. 때

마침 이웃에 사는 수은이 엄마가 우리 집에 놀러 왔다가 수마트라에 넋을 잃고 서 있는 것을 보았다. 나는 얼른 수마트라를 죄다 잡아내어 수은이네 어항 속에다 풍당풍당 집어넣어 주고는, 속으로 쾌재快哉라 만세를 불렀다. 오오 상쾌하다, 오오 통쾌!

쾌재라 만세를 부르기는 했지만, 수마트라가 사라지자 어항 속에는 어떤 허전함이 감돌기 시작했다. 게다가 언제부턴가 남아 있는 각시붕어마저도 그 숫자가 자꾸 줄어드는 느낌이 들더니, 어느 날 문득 자세히 보니 어항 전체가 텅 빈 것처럼 느껴졌다. 만약 붕어가 죽어서 그렇다면 그 시신이라도 물 위에 둥둥 떠야 하는데, 물 위에 떠 있는 시신을 본 적은 단 한 번도 없었다. 그러니까 숫자가 크게 줄어든 것은 분명한데 그 원인은 도무지 알 수가 없었고, 원인을 알 수 없는 가운데서도 붕어는 자꾸만 줄어들었다.

그러던 어느 날 저녁, 모처럼 가족들과 함께 삼겹살을 구워 먹고 전봇대로 이를 쑤시면서 무심코 어항 속을 쳐다보고 있었다. 어항 속에 놓여 있는 검은 돌 뒤에 잠복하고 있던 뿌구리 한 마리가 갑자기 혼신의 힘을 다해 솟구쳐 오르더니, 그 거대하고도 무시무시한 아가리를 왈칵, 벌렸다. 그다음 순간 뿌구리의 날카로운 이빨들이 무심히 헤엄치며 지나가고 있는 귀여운 각시붕어를 그 머리부터 통째로 삼켰고, 밖으로 삐져나온 붕어의 꼬리가 서너 번 좌우로 처절하게 몸부림쳤다. 그러나 뿌구리가 그 무지막지한 아가리를 한 번 더 왈칵 벌리자 순식간에 각시붕어는 흔적도 없이 사라져버렸고, 어항 속에는 정말 아무 일도 없었다는 듯이 지극한 평화가 다시 너울거렸다.

어항 속의 세계를 공포로 몰아넣고 시치미를 떼고 있는 뿌구리를 내 눈으로 직접 보는 순간, 우리 사회의 도처에 깔려 있는 뿌구리형 인간들에 대한 불같은 증오가 치밀어 왔다. 나는 이 나쁜 녀석들을 사회로부터 잠시 격리시키기로 결심하고, 두 놈을 즉각 체포하여 화장실의 양변기에다 집어넣었다. 내일 아침에 살펴봐서 만약 이놈들이 반성하는 기미가 역력하다면 다시 어항 속에 넣어주어 진심으로 과거사를 두고두고 참회할 기회를 주고, 그렇지 않다면 정말 피눈물이 쏟아지도록 엄중 문책할 생각이었다.

그다음 날 아침에 살펴보았더니 뿌구리들은 전혀 반성하는 기미도 없이 이리저리 어슬렁거리면서 양변기 속에서 유유자적 잘만 놀고 있었다. 도대체 우리에게 무슨 잘못이 있기에 이렇게 감금하느냐고, 볼멘 목소리로 항의라도 하는 듯한 표정이 역력했다. 화가 치밀 대로 치밀어 오른 나는 양변기의 레버를 힘껏 눌렀다.

"이 나쁜 놈들아, 쏴아~ 회돌이를 치면서 내려가는 이 시원한 물줄기를 따라서 가거라, 네 고향 낙동강으로."

어항 속의 세계를 기겁과 경악과 공포로 몰아넣었던 뿌구리가 사라지자 어항 속에는 진정한 의미에서 평화가 왔다. 각시붕어들이 더는 두려움에 떨 필요도 없이 자신의 삶을 마음껏 향유할 수 있게 되었음은 말할 것도 없다.

하지만 이 지극한 평화와 함께 어항 속에 또 다른 변화의 조짐이 서서히 나타나기 시작했다. 이상하게도 각시붕어들의 운동량이 뚜렷하게 줄어들면서 동작이 현저하게 느려진 것이다. 아침마다 먹이를 주면 생기발랄하게 뛰어올라 서로 뒤질세라 채어 가던 놈들이 먹이 앞에서도 시큰둥한 표정을 지으면서, '날 잡아 먹으라'며 고문관 흉내를 냈다. 한마디로 만사가 모두 다 귀찮은 모양이었다.

처음에는 봄을 타는가 보다 했는데, 여름이 와도 이러한 현상이 더욱더 심화되어가기만 했다. 혹시 붕어들이 집단적으로 시름시름 병을 앓고 있는 것은 아닐까, 하는 걱정이 밀려왔다. 물고기를 다루는 병원은 아직 없을 터이므로 어디 가서 알아봐야 하나, 하고 조바심을 내면서도 시간만 보내던 어느 날에 나는 미꾸라지 양식을 소재로 한 어느 수필가의 산문 한 토막을 읽게 되었다.

그에 의하면 미꾸라지를 잡아먹고 사는 강력한 천적은 뱀장어다. 그럼에도 미꾸라지를 양식하는 사람은 양식장에다 미꾸라지와 함께 뱀장어를 넣어준다. 상식적으로 생각하면 뱀장어가 미꾸라지를 다 잡아먹을 터이므로 납득할 수 없는 생뚱한 처사가 아닐 수 없다. 그러나 좀처럼 납득할 수 없는 바로 그곳에 이 우주 속에서 살아가고 있는 생명체들의 오묘한 비밀이 숨어 있다.

미꾸라지 양식장에 뱀장어를 넣으면 물론 멍청한 미꾸라지 몇 마리 정도는 뱀장어에게 잡아먹힌다. 하지만 대부분의 미꾸라지들은 생명이 언제나 적에게 노출되어 있으므로 절대로 긴장을 풀 수가 없고, 살아남기 위하여 언제나 역동적으로 움직이지 않을 수 없다. 따라서 뱀장어와 함께 자란 미꾸라지는 더욱더 건강하고 근육질로 단련되어 있으므로 추어탕을 끓여도 맛이 더 좋고, 그만큼 비싼 값을 받을 수가 있다.

이 수필을 읽는 순간 번개처럼 스쳐 떠오르는 생각에, '아하! 그렇구나' 하고 무릎을 쳤다. 너무나도 억울하게 고향으로 돌아가다 급류에 휘말려 사망했을 뿌구리에게 진심에서 우러나는 애도를 표한 뒤, 후배에게 전화를 걸어 뿌구리 두 마리를 다시 분양받았다. 새로 부임한 뿌구리들이 험상궂은 인상을 쓰며 군기를 잡기 시작하자 어항은 조금씩 더 싱싱하고 건강한 세계로 뒤바뀌더니, 달포쯤 지난 뒤엔 아연 활기를 되찾았다. '자연의 도전에 대한 인간의 응전이 바로 인류의 문명과 역사를 발전시키는 바탕이 된다'는 아놀드 토인비의 역사 이론은 어항 속에 살고 있는 물고기의 세계에도 적용되는 생존의 논리이자 역사 발전의 법칙이었던 것이다.

1991년 3월 17일 일요일!

그날은 불과 사흘 전에 구미에서 방류한 페놀이 낙동강 하류 지역을 광범위하게 오염시킴으로써 엄청난 파장을 불러일으켰던 날이었다. 그날따라 특별히 해야 할 일이 아무것도 없었다. 나는 얼마 전부터 벼르기만 하다가 실행에 옮기지 못하고 있었던 어항의 물갈이를 시작하였다. 물갈이를 끝내고 주변 청소를 하다가 쳐다보니, 거의 대부분의 각시붕어가 그 작은 주둥이들을 수면에다 내놓은 채 부글부글 거품을 내뿜고 있었다. 물고기의 건강에 치명적인 적신호가 커질 때 나타나는 현상이었다. 물갈이를 하는 과정에서 큰 실수가 있었다고 판단한 나는 서둘러 물갈이를 다시 하였다.

그러나 바로 그 무렵부터 5분이나 10분, 혹은 30분 간격으로 각시붕어들이 한 마리씩 한 마리씩 흰 배를 부옇게 드러낸 채로 물 위에 둥둥 떠오르기 시작했다. 각시붕어뿐만 아니라 왕성한 식욕과 체력을 자랑하는 뿌구리들도 마침내 아가리를 비스듬히 벌린 채 수면 위로 둥둥 떠올랐다. 급기야 그날 저녁이 되었을 때, 정말 놀랍게도 어항 속의 수많은 식구들 가운데 단 한 마리의 각시붕어를 제외하고는 모두 유명을 달리하였다.

나는 이 엄청난 사태 앞에서 당황하고 경악하면서도 그들의 시신을 가장 아름답게 장례 치를 방법을 골똘히 생각했다. 집안 식구들이 모두 사랑했던 각시붕어를, 그들이 죽었다는 이유만으로 차마 쓰레기통에 버릴 수는 없는 일이었다. 그렇게 하는 것은 자라나는 아이들의 정서교육에도 좋지 않을 터였다.

이 궁리 저 궁리를 하고 있는데, 대학 시절에 읽었던 국어학자 서정범 선생의 「나비 이야기」라는 수필 한 대목이 불현듯 떠올랐다. 어항 속에 살고 있던 열대어 부부가 뜻밖의 사태로 갑자기 유명을 달리했는데, 물고기의 죽음 앞에서 슬픔에 젖어 있는 어린 딸을 위하여 죽은 물고기를 색종이에 싸서 화단에다 묻어준 이야기였다. 상황 자체가 너무나도 흡사하였으므로 나는 선생의 수필을 슬쩍 본뜨기로 마음먹었다.

그날 아이들과 우리 부부는 모두 스물다섯 번의 장례를 치렀다.

눈을 부릅뜬 채 유명을 달리한 각시붕어들을 형형색색의 색종이에 싸서 베란다의 화분 언저리에다 한 마리씩 한 마리씩 묻어나갔다. 끝까지 살아남은 단 한 마리의 각시붕어는 더 살까 말까를 망설이면서 우리들이 하는 일을 오래도록 지켜보고 있더니, '도대체 이게 뭐예요? 정말 이래도 되는 거예요?' 하며 꼬리를 홱, 틀고 외면하였다. 그날 저녁 어항 속에서는 홀로 남은 각시붕어가 눈물 흘리며 우는 소리가 가없이 훌쩍훌쩍 떠올랐다.

그날 밤 늦게 장례식을 마치고 우리가 떡국을 먹고 있을 때 어디 아주 가까운 곳에서 먼먼 뻐꾸기의 울음이 들렸다. 이제 막 이가 돋은 막내 아이는 나뭇잎 같은 작은 손바닥을 폈다, 오므렸다 반복하면서 뻐꾸기의 울음소릴 흉내 내었다.

"떡꾹, 떡꾹!"

마침 떡국을 먹고 있어서 그랬던가, 아이는 아예 뻐꾸기의 이름조차도 '떠꾸기'로 바꾸어 이렇게 말했다.

"아빠, 떠꾸기가 떡국 좀 달래. 아빠, 우리 떡국 좀 주자요."

하지만 그 순간에 떠꾸기는 스르르 문을 닫고 벽시계 속 둥지로 사라졌다. 떡국을 다 먹은 큰아이는 나무젓가락으로 십자가를 만들어 각시붕어들의 공동묘지 위에 꽂아주었다. 그러고는 "내년 3월에 제사 지내줄게" 하며 뭐라고 혼자 중얼거리더니, 제풀에 넘어져서 잠이 들었다. 그날 밤 밤새도록 어디 아주 가까운 곳에서 부옇게 목쉰 떠꾸기의 울음소리가 멀리, 멀리까지 울려 퍼졌다.

그해 3월 말, 살아남아 있던 단 한 마리의 각시붕어도 마침내 눈을 부릅뜬 채 친구들 옆에 고이 묻혔다. 5월이 되어 온 누리에 봄이 돌아왔을 때, 비실비실하던 베란다 화분 속 작은 꽃나무는 돌연 가지마다 무성한 잎새가 돋아나더니, 어느 날 문득 유난히도 붉은 꽃을 울컥 피웠다.

　그러던 어느 날 나는 친구들과 함께 청도군 이서면 대전리에 있는 장엄하기 짝이 없는 은행나무(천연기념물 301호)를 참배하러 갔다. 높이가 무려 30미터에 육박하고 가슴둘레가 9.5미터나 되는 거대하고 우람한 나무였다. 그러나 나무의 크기보다 더 놀라운 것은 이 나무의 나이에 대한 학자들의 견해차가 무려 900살에 이른다는 점이었다. 요컨대 이 나무의 나이에 대해서는 400살 정도라고 주장하는 학자도 있었고, 1,300살이라고 주장하는 학자도 있었다. 그런데 최첨단 전자파로 측정한 결과 나무의 나이가 1,300살 이상으로 판명됨으로써 400살을 주장하던 학자들이 모두 합죽이가 되었다는 소문도 있었다. 만약 그렇다면 이 나무는 태조 왕건이 고려왕조를 세웠을 때 이미 200살이 되어 있었으며, 태조 이성계가 조선왕조를 세웠을 때는 이미 700살이나 되었다는 결론이 나온다.
　이와 같은 나무의 나이보다도 더욱더 흥미가 있었던 것은 이 나무에 얽힌 오래된 전설 한 토막이다. 이 지역에서 입에서 입으로 전해오고 있는 전설에 의하면, 이 은행나무가 위치한 자리에는 원래 우물이 있었다고 한다. 어느 해 여름, 삼복더위 속에 길을 걸어가던 아름다운 처녀(혹은 수도하는 승려)가 목이 말라서 성급하게 물을 마시려고 하다가 그만 실수로 우물에 빠져 익사하는 사건이 일어났다. 바로 그 처녀의 호주머니에 은행알 하나가 들어 있었다. 얼마 후 처녀의 호주머니에서는 좌우동형의 나비넥타이를 닮은 노오란 떡잎 두 개가 바르르 몸을 떨며 돋아나서 처녀의 육신에다 뿌리를 박았다. 그 어린 떡잎은 처녀의 아름다운 영혼과 육체를 흡수하고 우물물을 마음껏 마시면서 성장에 성장을 거듭하여 거룩하고 우람한 거목이 되었다. 말하자면 이 은행나무의 전생은 아름다운 처녀였고, 이 은행나무는 그 처녀의 후생에 해당된다는 것이다.

대전리 은행나무에 얽혀 있는 이와 같은 전설을 듣는 순간 나는 불현듯이 지난겨울에 있었던 스물다섯 번의 장례식을 떠올렸다. 분갈이를 한 적도, 거름을 준 적도 없는데도 화분의 꽃나무가 유달리도 무성한 까닭도 그제야 비로소 짐작할 수가 있게 되었다. 화분에 고이 묻힌 물고기의 육신과 그 속에 들어 있던 아름다운 마음들이 꽃나무에 의하여 완벽하게 흡수됨으로써 그들은 이제 꽃나무가 되었던 것이다.

그날로부터 내 눈에는 베란다 꽃나무의 수액을 따라 귀여운 각시붕어들이 유유히 헤엄치며 오르락내리락하는 모습이 또렷이 보이기 시작했다. 꽃나무의 무수한 잎새마다 홍조를 띠며 수줍게 손을 들던 귀여운 얼굴들이 은은히 얼비쳐서 나타났다. 옛날 우리 집 어항 속에 살았던 그 귀여운 물고기들이 이제 베란다의 꽃나무 속에서 평화롭게 살아가고 있는 것이다.

미꾸라지
살리기

1997년도 11월 초가 아니었나 싶다. 그 무렵에 아내는 일주일에 한 번씩 경남 밀양에서 서실을 운영하고 계시던 어느 서예가로부터 한글 궁체를 배우고 있었다. 폐가의 우물가에 7년째 엎어놓은 요강 단지 밑에도 어김없이 햇볕이 들 것 같은 참 환한 어느 늦가을 아침, 막 출근을 하려는 나를 아내가 딱, 가로막고 나섰다.

"오늘 제가 밀양 가는 날인데요, 하늘이 너무나도 높고 푸르러 혼자 가다가는 어디 머나먼 들녘 끝에서 울음보를 터뜨리고 말 것 같아요. 마침 수업도 없는 날이니, 나하고 밀양에 같이 가면 안 돼요?"

그러고 보니, 그날은 학교에 수업이 없는 날이었다. 게다가 감수성이 예민한 아내가 하늘이 너무나도 높고 푸르다는 단 한 가지 이유로, 가다가 어디 낯선 들판에서 울음보를 터뜨리도록 방치하는 것도 남편의 도리는 아닐 터였다. 나는 아내를 향해 고개를 끄떡였다.

우리가 탄 차가 황금물결이 이리저리 일렁대는 들판을 오래도록 달려 밀양에 닿았을 때, 나는 아내에게 제안을 했다.

"밀양까지 같이 오기는 했지만, 서실까지 같이 갈 필요는 없을 것 같아. 영남루 대청마루에 누워 이리저리 나뒹굴고 있을 테니, 서예 학원에는 당신이 대표로 혼자 갔다가 오후 1시까지 영남루로 오소. 오랜만에 식사라도 같이하고 갑시다. 만약 그때까지 오지 않으면 거기서 식사를 하는 걸로 알고 내 민생고는 알아서 해결을 할게."

아내가 차를 몰고 떠나자 나는 곧바로 영남루 대청마루에 드러누워 티 없는 하늘을 쳐다보았다. 쳐다보고 다시 쳐다보다가 문득 시계를 보니 벌써 1시가 후딱 지나 있었다. 어슬렁어슬렁 시장통에 있는 보리밥집으로 들어갔다. 큰 그릇에다 보리밥과 각종 나물을 알아서 덜어 먹는 뷔페식 보리밥의 맛이 정말 장난이 아니었다. 이제까지 먹어본 보리밥 가운데 단연 장원이었다.

배가 터지도록 먹은 뒤에 전봇대로 이를 후비면서 어슬렁거리며 돌아왔더니, 내가 영남루를 내려간 직후에 영남루에 도착했던 아내가 오래도록 나를 기다리고 있었다. 아내의 배에서는 꼬르륵 소리가 났다. 같이 밥을 먹기 위하여 밥도 안 먹고 허둥지둥 달려왔다는 것이다. 아내를 조금 전의 그 보리밥집으로 안내를 했고, 보리밥을 먹어본 아내도 감동적인 맛이라고 야단이었다.

그런데 말이다, 몇 번 보리밥을 정신없이 입으로 운반하던 아내가 돌연 숟가락을 탁 놓고 일어섰다.

"빨리 가요. 우리가 지금 한가하게 보리밥을 먹고 있을 때가 아니어요."

어안이 벙벙해진 내가 물었다.

"아니, 지금이 보리밥을 먹을 때가 아니라면 도대체 뭐를 할 때라는 거요?"

"지금은 보리밥을 먹을 때가 아니라 미꾸라지를 살릴 때예요."

"아니, 미꾸라지라니? 아닌 밤중에 갑자기 미꾸라지는 무슨 얼어 죽을 미꾸라지야?"

영남루 앞에서 헤어진 아내가 서실에 가서 글씨를 쓰고 있을 때, 벽에 걸린 검은 비닐봉지 속에서 푸드득하는 소리가 들렸다. 글씨를 같이 쓰던 아주머니가 비닐봉지를 힐끗 쳐다보며 중얼거렸다.

"저놈의 미꾸라지 정말 모질고 독한 놈이군. 달포가 넘었는데도 아직도 살아서 꿈틀거리네."

"미꾸라지라니? 무슨 미꾸라지요?"

의아해진 아내가 정색을 하고 묻자 그 아주머니의 대답이 이렇다.

"달포도 넘은 일이지요. 서실 처녀가 밤늦게 청소를 하는데, 어인 일인지 거대한 미꾸라지 한 마리가 의자 밑에서 꿈틀대고 있는 것을 보았답니다. 뜻밖의 사태에 기겁한 처녀가 우여곡절 끝에 그 미꾸라지를 잡기는 잡았는데, 막상 잡고 나니 처치하기가 여간 곤란한 게 아니었지요. 엄연히 꿈틀꿈틀 살아 있는 생명체를 쓰레기통에다 버릴 수도 없고, 가까운 곳에 추어탕집이 있기는 하지만, 차마 추어탕이 되게 할 수도 없고……. 생각다 못한 처녀가 임시방편으로 검은 비닐봉지에다 물을 가득 붓고, 그 속에다가 미꾸라지를 넣은 뒤에 벽에 있는 대못에다 걸어뒀는데 아 글쎄, 그 미꾸라지가 아직도 저렇게 살아 있으니 생명이 모질긴 모진가 보죠."

"왜 저 미꾸라지를 도랑에다 넣어주지 않고 저렇게 못에다 걸어두는 거죠?"

"누가 도랑까지 가져가 넣어줘요? 미꾸라지가 살 만한 도랑, 말이 그렇지 여기서 꽤 멀어요."

"그렇다고 그래, 물속에 사는 미꾸라지를 달포가 넘도록 대못에다 걸어둔다는 것이 도대체 말이 되기나 합니까. 저 미꾸라지 저 주세요. 대구로 돌아가다 도랑에 적당히 넣어줄게요."

이렇게 하여 인수인계받은 미꾸라지를 살펴보았더니 거의 탈진 상태였는데, 그 탈진 상태의 미꾸라지를 차에다 싣고 왔다는 것이다.

"보리밥 한 그릇 먹는 시간 차이로 미꾸라지가 죽을지도 모르는데, 내가 깜박하고 밥을 먹고 있다니…… 죽으면 내 책임이어요. 그러니 어서 일어나세요."

아닌 게 아니라 미꾸라지는 완전 탈진 상태였다. 대구로 돌아오면서 우리는 여러 번에 걸쳐 들판가에 자동차를 세웠다. 말할 것도 없이 미꾸라지를 시급히 물에 넣어주기 위해서였다. 그러나 이미 수확 직전의 늦가을에 접어든 시점이어서 들판은 물론이고 작은 도랑들도 모두 물이 말라 있었다. 물이 말라 있는 도랑에다 무책임하게 미꾸라지를 넣어주고 돌아올 수도 없는 일이었다.

그리하여 마침내 우리는 밀양 출신의 미꾸라지를 밀양 땅에다 넣어주지 못하고, 청도 적천사磧川寺 어귀에 있는 넓은 들판 한복판 큰 도랑에다 겨우 넣어줄 수가 있었다. 아내의 손을 떠난 미꾸라지는 한동안 그 자리에 멍한 상태로 그대로 있더니, 고개를 돌려 두 번 큰 절을 꾸벅하고는 도랑물 속으로 사라져버렸다.

그날 밤 아내는 이상한 꿈을 꾸었다고 한다. 백발이 성성하고 수염이 배꼽까지 드리워진 노인이 긴 지팡이를 짚고 나타나서 잠자는 아내를 한참 동안이나 그윽하게 내려다보더니, 오래도록 이마를 어루만지다가 이렇게 말씀하시는 것이었다.

"여보시오, 부인. 정말 고맙소. 내 오늘 부인에게 큰 은혜를 입었소. 오늘 부인이 그토록 애써 살려준 그 미꾸라지는 사람들이 볼 때는 하찮기 짝이 없는 미물일지 몰라도 나에겐 대를 이을 삼대독자요. 어디 그뿐이겠소. 그놈은 내 며느리의 남편인 동시에 내 귀여운 손자, 손녀들의 애비이기도 하오. 그러므로 그놈이 잡혀간 뒤에 집안에 온통 곡소리가 끊어질 날이 없었는데, 부인 덕분에 다시 웃음을 되찾게 되었으니 그 고마움을 어떻다 하겠소."

아내가 꿈속에서 모기만 한 목소리로 앙증맞게 대답했다.

"은혜는 무슨 은혜이옵니까. 저는 그저 살아야 할 권리가 있는 것을 살려주었을 뿐이옵니다."

"허허, 부인! 부인은 겸손의 미덕까지 갖췄구려. 내 이토록 어여

쁜 부인에게 큰 선물을 내릴까 하니 앞으로 최소한 일주일 동안은 절대로 제피(추어탕에 넣는 산초 열매 가루)를 손에 대지 마시오."

그때 마침 아내는 '대한민국 서예대전'에 궁체 작품을 출품해두고 일요일에 진행될 심사 결과에 촉각을 곤두세우고 있었다. 그러므로 그녀는 그 며칠 동안 '큰 상을 받았다'는 푸른 편지가 날아올지도 모른다면서 남모르게 희망에 부풀어서 지냈다.

하지만 아내는 큰 상은커녕 작은 상도 받지 못했다. 심사 전날인 토요일 오후에 오랜만에 고향에 들렀더니 어머니, 그러니까 아내의 시어머니께서 시부모의 말을 단 한 번도 거역한 적이 없는 내 착한 아내에게 이렇게 말씀하셨던 것이다.

"느그들이 모처럼 온다 캐서 미꾸라지 한 사발 사다 놨다. 옛날에는 나도 미꾸라지 요리를 잘했는데, 이제 나이가 들어서 그런지 징그러워서 영 못 만지겠다. 야야, 니가 이거 어떻게 해서 추어탕을 맛있게 끓여보거라. 제피도 좀 장만해놓고……."

채송화 헤아리던
그 스님은 어디 가고

여행이나 답사를 좋아하는 사람치고 아직도 여전히 고전적인 운치를 지니고 있는 천등산天燈山 봉정사鳳停寺에 가보지 않은 사람은 아마도 별로 없을 것이다. 왜냐하면 이 사찰은 우리나라 최고의 목조건축물인 극락전極樂殿(국보 15호)을 위시하여 대웅전大雄殿(국보 311호), 화엄강당華嚴講堂(보물 448호), 고금당古今堂(보물 449호) 등 아주 유서 깊은 건축물들이 지극한 고요 속에 졸고 있는 목조건축의 야외 전시장이기 때문이다.

게다가 봉정사는 〈달마가 동쪽으로 간 까닭은〉이라는 유명한 영화의 촬영지일 뿐만 아니라, 영국의 엘리자베스 여왕이 방문하여 그 한국적인 아름다움에 감탄사를 연발하면서 다시 한 번 그 이름을 천하에 떨쳤다. 나도 물론 여러 번에 걸쳐 봄날 우화루雨花樓의

툇마루에 앉아 달마가 동쪽으로 온 까닭을 곰곰 생각해보기도 했다. 불경스럽게도 명옥헌鳴玉軒 반석에 우뚝 앉아 옥이 우는 듯한 물소리를 들으면서 소주잔을 기울여도 보았음은 말할 것도 없는 사실이다.

그러나 이상하게도 같은 천등산의 다른 모퉁이에 위치하고 있는 개목사開目寺라는 자그마한 절에는 좀처럼 발길이 닿지 않았다. 봉정사 대웅전이나 강화도 정수사 대웅전 등 유사한 사례가 전혀 없는 것은 아니지만, 개목사 원통전(보물 242호)은 맞배지붕으로 된 본전本殿 건물임에도 불구하고 불당佛堂 앞에다 넓고 시원하게 마루를 깔아놓은 특이한 양식으로 되어 있다. 그뿐만 아니라 이 아담한 건물을 측면에서 보면 이등변삼각형이 아니라 앞 지붕의 폭이 뒤 지붕의 그것보다 마루의 폭만큼 더 길게 구성되어 있는데, 이 점은 우리나라 건축물에서 달리 그 사례를 찾아볼 수가 없을 것 같다. 그러므로 안동 지역을 답사할 때마다 언제나 일정에 포함되어 있으면서도, 여기저기를 둘러보다 보면 막상 좀처럼 발걸음이 닿지 않는 곳이 바로 개목사였다.

그러니까 벌써 10여 년 전, 열흘토록 내리던 비가 그치고 하늘이 티 없이 푸르던 날! 출근을 하다가 나는 문득 자동차를 돌리고 개목사를 향하여 숨이 막히도록 달려 나갔다. 왜 그랬는지 갑자기 목구멍이 울컥 북받치더니, 한 번도 가본 적이 없는 이 작은 절집이 하염없이 그리워졌던 것이다.

물론 봉정사에서 산길로 걸어갈 수도 있지만, 좀 아슬아슬하긴
해도 개목사 마당까지 차가 올라가는 길이 있었다. 하지만 승용차
를 몰고 개목사를 향해 달려가던 나는 그 초입에서 차를 돌리지 않
을 수가 없었다. 열흘 전에 내린 큰 비로 개목사 가는 산길 어귀가
완전히 유실되는 바람에 승용차로는 도저히 목적지에 갈 수가 없었
던 것이다. 어찌할 도리가 없었던 나는 봉정사로 되돌아와 차를 세
워놓고, 걸어서 고작 30분 정도의 거리에 있다는 개목사를 향하여
천등산 숲 속으로 뛰어들었다.

　　낮은 산이라고 할 수는 없지만 고산준령도 아닌 천등산. 그러나
막상 그 속에 숨어 있는 개목사를 찾는다는 것은 결코 쉬운 일이 아
니었다. 숲 속에는 작은 길들이 여기저기 나 있어서 어느 길이 개
목사로 가는 길인지 도무지 짐작할 수가 없었다. 게다가 지척도 구
분할 수 없을 만큼 안개와 구름이 온통 자욱하게 깔려 있어서 당나
라의 시인 가도賈島의 다음 시구와 다를 바가 아무것도 없는 상황
이었다.

　　　只在此山中 틀림없이 이 산속에 있기는 한데
　　　雲深不知處 구름이 깊어서 있는 곳을 모르겠네

　　'뛰어봐야 부처님 손바닥 안이겠지' 하는 심정으로 30분 거리의
개목사를 찾아 두 시간 동안이나 정신없이 산길을 헤매고 있는데,
홀연 안개와 구름이 걷히고 하늘이 환하게 밝아왔다. 주위를 둘러

보니, 뜻밖에도 내가 서 있는 곳이 바로 천등산 꼭대기였는데, 꼭대기를 제외하고는 산 전체가 온통 흰 구름에 뒤덮여 있어서 개목사는커녕 봉정사가 있는 곳도 짐작할 수 없었다.

'에라, 모르겠다' 하는 심정으로 무턱대고 조그만 오솔길을 따라 하산을 하다 보니, 산허리 쪽에서 일어나는 한 자락 거대한 흰 구름 더미 속에 고색창연한 기와집 추녀가 문득 나타났다 사라졌다. 틀림없이 개목사일 것 같아 그 구름을 향하여 달려갔더니, 구름 더미 속에 사진으로 눈에 익은 개목사 원통전의 뒷모습이 보였다.

원통전 뒤편에서 절 마당을 향해 내려가던 나는 마당에서 일어나고 있는 다소 이색적인 풍경 앞에서 자신도 모르게 발걸음을 멈췄다. 원통전 마당에는 정말 거대한 흰 구름 더미가 두둥실 깔려 있었다. 바로 그 흰 구름 더미 속에서 여든은 훨씬 넘어 보이는, 늙어도 엄청 늙은 스님 한 분과, 그보다도 오히려 더 늙어 보이는 보살님 한 분이 각각 허리를 구부리고 앉아 무언가 작업에 열중하고 있었다.

처음에는 마당의 잡초를 뽑나 보다 했는데, 자세히 보니 그게 아니었다. 원통전 마당에는 여러 가지 색의 채송화가 비를 맞고서 앙증맞은 꽃들을 활짝 피우고 있었다. 이 늙은 스님과 보살님은 바로 마당에 두둥실 떠 있는 흰 구름 더미 속에 앉아서 비를 맞고 이제 막 피어난 채송화들을 색깔별로 낱낱이 헤아리고 있었던 것이다.

"하나, 둘, 셋, 넷…… 붉은 꽃은 모두 마흔두 송이고……"

보살님이 붉은 꽃을 헤아릴 때, 노승은 노란 꽃을 헤아리고 있었다.

"하나, 둘, 셋, 넷……. 노란 꽃은 모두 서른다섯 송이고……."

노승이 노란 꽃을 헤아릴 때, 보살님은 흰 꽃을 헤아리고 있었다.

"하나, 둘, 셋, 넷……. 흰 꽃은 모두 스물네 송이고……."

보살님이 흰 꽃을 다 세고 나자 노승이 땅바닥에 적어 합산했다.

"백한 송이라고요? 이상하다, 아까는 백여덟 송이였는데……. 우리 다시 한 번 세어볼라니껴."

보살님이 노승더러 이렇게 말하자 그들은 또다시 채송화꽃을 색깔별로 헤아려 합산하기 시작했고, 일순 흰 구름이 다시 밀려와서 노승과 보살님을 훅, 덮었다.

원통전 기둥 뒤에 몸을 숨기고, 흰 구름 속에서 채송화를 하나하나 헤아리는 팔순 노인들의 이 감동적인 소꿉장난을 바라보노라니, 그만 숨이 확, 막혀 왔다. 이 놀라운 절경을 함부로 깨트리면 틀림없이 큰 죄가 될 터였다. 나는 그들의 소꿉장난이 완전히 끝날 때까지 제법 오래도록 기다렸다가 헛기침을 하며 마당에 내려섰다.

"이 구름 속에 대체 어디 갔다가 산에서 이렇게 내려오니껴?"

내가 봉정사에 승용차를 세워놓고 첩첩 구름 속을 헤매었던 사연을 널어놓자 노승이 하는 말이 이렇다.

"차가 있으면 개목사로 바로 와도 되는데……. 큰 고생 했니더."

알고 보니 노승은 자신이 사는 절로 오는 길이 이미 열흘 전에 폭우로 유실되어버린 것조차도 가맣게 모른 채, 보살님과 함께 구름 더미 속에 묻혀 채송화를 헤아리고 있었던 것이다.

"우여곡절 끝에 기어이 찾아오신 것을 보니, 우리 절하고 숙세의 인연이 있는 갑니더. 반갑니더. 그러나저러나 사람이 만나서 반갑고 난 뒤에는 묵을 끼 있어야 되는 법인데, 아무꺼도 대접할 끼 없어서 우야노."

노승은 한동안 민망한 표정을 짓고 있더니, 이내 바가지가 철철 넘치도록 찬물을 가득 퍼 오면서 중얼거렸다.

"내 정신 좀 봐라. 이렇게 맛있는 거 놔놓고, 묵을 끼이 없다니……."

나는 찬물 한 바가지를 모두 마신 뒤에 두 늙은이가 채송화를 헤아리던 원통전 마당에 아직도 나뒹구는 흰 구름 더미 속에서 노승과 한나절을 함께 놀았다. 그는 동문서답 같은 생뚱한 선문답을 늘어놓아 사람을 당황하게 하지도 않았고, 심오한 불교 교리로 사람의 기를 죽이지도 않았다. 그가 시종일관 강조하는 말의 핵심은 '힘이 들더라도 세상을 착하게 살아야 한다'는, 너무나도 뻔해서 하나마나 한 이야기에 불과했다. 하지만 그의 목소리에 담겨 있는 진솔한 마음이 어떤 형언할 수 없는 감동이 되어 밀려왔다.

이윽고 하직 인사를 하자, 노승은 여름방학 때 와서 며칠 푹 묵고 가라고 했다. 원통전에 계시는 관음보살님과 동침이라도 하면 모를까, 아무리 둘러보아도 며칠은커녕 단 하루도 묵고 갈 방이 없는데도 말이다. 노승은 절 앞에 있는 은행나무까지 따라 나와서 나를 전송했다. 내가 봉정사로 내려가는 고갯마루, 그러니까 개목사가 보이는 최후의 장소에서 왠지 느낌이 이상하다 싶어 개목사 쪽으로 고개를 돌렸다. 노승은 아직도 은행나무 아래 서서 나의 뒷모습을 지켜보다가, 어서 가라고 손짓을 했다. 바로 그 순간 거대한 흰 구름 더미가 그 무슨 해일처럼 밀려오더니, 말라비틀어져 자신의 옷자락의 무게조차도 제대로 이기지 못한 채 서 있는 노승의 작은 몸을 왈칵, 덮쳤다. 그리하여 마침내 처음에는 몸 전체가 죄다 보였으나 잠시 후에는 어서 가라고 손짓을 하는 노승의 오른손의 그 손짓만이 흰 구름 더미 속에 두둥실 떠 있는 것이었다.

그날 이후, 나는 시도 때도 없이 개목사를 그리워했다. 하지만 내가 막상 개목사를 다시 찾았던 것은 그로부터 3, 4년이 지난 어느 초여름 일요일이었다. 그날 모처럼 아내와 함께 아파트 옆에 자리 잡고 있는 조그만 공원 길을 산책하다가 그 언저리에 황홀하게 피어 있는 채송화들을 보는 순간, 개목사와 그 슬하에 살고 계시는 노스님이 울컥, 떠올랐던 것이다.

채송화들이 귀여운 꽃단추처럼 여기저기 피어 있는 원통전 마당에서 먼 산에 일어나는 흰 구름을 바라보고 계시던 스님은 한동안 나를 알아보지 못했다. 내가 알은체하며 인사를 올렸더니 스님은 그제야 생각이 나시기는 나신 것인지, '어이~ 거사니임 아이니껴' 하며 천천히 다가와서 슬며시 나를 부둥켜안았다.

그로부터 3, 4년 뒤에 다시 개목사를 찾았을 때, 원통전 마당에는 채송화 대신에 밟으면 철벅철벅 쇳소리가 나는 검푸르고 삐죽삐죽한 돌 조각들이 발이 푹푹 빠지도록 깔려 있었다. 지난번 작별을 할 때, '곧 고향으로 돌아갈 예정'이라고 하시던 스님의 말씀이 떠올랐다. 아니나 다를까, 스님은 이미 재작년에 입적하셨고, 새로 오신 스님이 그사이에 절의 면모를 완전히 일신—新했다는 것이었다.

아아, 깜찍하게 귀여운 채송화 대신에 밟으면 철벅철벅 쇳소리가 나는, 면모 일신이라도 정말 이상하고 그야말로 획기적인 면모 일신이여!

느그 집 앞 자갈길이
모래가 된 거 아나?

초등학교 5학년 때 영화를 처음 봤다. 초등학교 6학년 때 기차를 처음 탔고, 중학교 졸업하던 날 처음으로 짜장면을 먹어봤다. 고등학교 1학년 때 신호등을 처음 봤고, 고등학교 2학년 때 전화를 처음으로 걸어봤다. 바나나를 처음으로 먹어본 것은 대학교에 입학하던 바로 그해였다. 하지만 내가 이성에 대한 연애 감정을 처음으로 느끼고 '순애는 내 거다' 하고 몰래 썼다 지웠던 것은 초등학교 3학년 때 일이었다.

그해 가을, 우리 집 식구들은 고향에서 20리쯤 떨어져 있는 '임고'라는 곳으로 이사를 갔다. 홀로 고향을 떠나 그곳에서 초라한 한약방을 경영하고 계셨던 아버지를 따라, 우리 집 전체가 그쪽으로 옮겨 가게 되었던 것이다.

바로 그 이사를 가는 날, 처음으로 걸어보는 낯선 골목에서 눈동자가 샛별같이 초롱초롱한 한 여학생과 시선이 딱, 마주치고 말았다. 그다음 날, 아버지를 따라서 새로 다니게 될 학교에 갔더니, 정말 놀랍게도 어제 본 샛별이 우리 교실에 다소곳이 앉아 눈동자를 초롱초롱 반짝이고 있었다.

알고 보니 샛별은 우리 집 앞집의 앞집, 그 앞집의 앞집에 있는 아담한 초가집에서 외할머니와 살고 있었다. 내 키가 작은 데다 담장이 세 개나 겹쳐져 있어서, 아무리 발돋움을 하더라도 샛별의 집은 보이지 않았다. 하지만 앞뜰에 서 있는 감나무에 올라가서 보면, 담 너머로 저만치 그녀가 살고 있는 집의 환한 지붕이 고스란히 그 모습을 드러냈다. 경우에 따라서는 마당을 오고 가는 샛별의 모습이 어렴풋이 보이기도 했다. 나는 무시로 감나무 위에 올라가서 그녀의 집을 망연자실하여 바라보곤 했다. 우리 집 식구들도 내가 감나무에 올라가서 놀기를 유달리도 좋아하는 이상한 취미를 가지고 있다는 것을 모두 다 알고 있었지만, 왜 그런 취미를 가졌는지는 끝끝내 아무도 알지 못했다.

학년이 자꾸 올라가면서 감나무에서 샛별의 집을 바라보는 것만으로는 도저히 만족을 할 수 없게 되자, 나는 그녀의 집 앞을 무수히 오고 가면서 그녀의 동정을 엿보기 시작했다. 경우에 따라서는 하루에도 무수하게 이런 일들이 되풀이되었다. 이러다가 들키면 큰일인데, 하며 발걸음을 애써 돌려봐도 잠시 후에 보면 나는 또다시 그 집 앞 살구나무 밑에서 기웃대고 있었다. 그 시절 그녀는 나에게 하나의 거대한 자석이었고, 나는 그녀에게 조그만 못대가리 같은 존재였다. 벗어나려고 아무리 노력해도 속내도 모르고 가만히 앉아 있는 그녀로부터 도저히 벗어날 수가 없었다.

그러나 나는 숙맥 중에서도 아주 특별한 숙맥이었다. 내가 초등학교 시절에 그녀에게 시도해본 거의 유일한 행동이 있었다면 하얀 종이로 비행기를 접어서 그녀의 집으로 서너 번 정도 날려 보낸 일이 전부였다. 아무런 사연도 없고, 누가 날렸는지도 전혀 알 수 없는 비행기를, 그것도 초롱초롱 별이 반짝이는 캄캄한 밤중에 담 너머로 남모르게 날려 보냈다. 그러니 그것이 도대체 무엇이란 말이며, 그래서 도대체 어쩌겠단 말인가. 마침내 나는 그 샛별에게 그 어떤 감정 표현도 끝끝내 해보지 못한 채로 초등학교를 졸업하게 되었으며, 그녀도 또한 이런 나의 마음을 아는지 모르는지 제대로 말도 한 번 걸어주지 않았다. 설사 말을 걸어준다고 한들 나 같은 숙맥이 도대체 그녀에게 무얼 어쩔 수가 있겠는가.

우물쭈물하는 사이에 어언 졸업식이 다가왔고, 졸업식을 하던 날 우리는 성적표와 함께 졸업 앨범을 받아 들었다. 그 앨범 속에는 당연히 샛별의 사진도 있을 터였다. 나는 앨범을 아무도 모르게 살며시 넘겨 그녀의 얼굴을 찾아내고는, 마음속으로 붉은 색연필로 동그라미를 두 번이나 치고 나서 중얼거렸다.

"기다려라, 샛별아. 멀지 않아 내가 너에게 가마."

바로 그 순간, 내 짝으로 있던 성격이 걸걸하고 막된 친구가, 집이 가난하여 앨범도 사지 못했던 그 친구가 내 앨범을 **빼앗아** 후다 닥 넘겼다. 마침내 바로 그 샛별을 찾아내고는 연필에다 침을 묻혀 아주 확실하게 동그라미를 쳤다. 그러고는 주위에다 대고 마구 소리를 질러대는 것이었다.

"느거들 봐라. 야는 내가 점을 찍었다. 그러니께이 느그 모조리 다 관심 끊어라. 알았제, 으이."

아직 너무 어린 나이였으므로 나는 그때까지 '질투'나 '증오'라는 단어의 의미를 전혀 모르고 살고 있었다. 그런데 그 순간에 나는 이러한 단어들이 지닌 의미를 한꺼번에 확, 깨칠 수가 있었다. 지금 생각하면 참으로 우스운 일이지만, 적어도 그 순간에는 내 몸에 있는 모든 피가 정수리를 향하여 일시에 역류하여 솟구쳐 올랐다. 내이 자식의 멱살을 잡고 주먹으로 아구통을 몇 대 날리고 싶었던 것이다.

그러나 나는 아구통을 날릴 시도조차 해보지 못한 채로 중학생이 되었고, 음악 시간에 초등학교 3학년 때 배워도 충분히 이해할 수 있는 노래 한 곡을 때가 늦어서야 배우게 되었다.

오가며 그 집 앞을 지나노라면
그리워 나도 몰래 발이 머물고
오히려 눈에 띌까 다시 걸어도
되오면 그 자리에 서졌습니다

다 알다시피 이은상의 시에 현제명이 곡을 붙인 〈그 집 앞〉이다. 이 노래를 처음 들었을 때, 나는 갑작스러운 고압 전류에 감전된 것처럼 아찔한 충격을 받았다. 이렇게 짧막하고 쉬운 시에다 샛별로 향하는 나의 마음을 이토록 절묘하게 간파하고 완벽하게 포착했다는 점에 대하여 입을 딱, 벌리지 않을 수가 없었다. 아마도 시인이 나의 행위를 오래도록 지켜본 뒤에 이 시를 지은 것이 분명하다는 느낌이 들 정도였다. 어느 날 나는 이 짧막한 시를 백지에다 적고, 그 백지로 종이비행기를 만들어 그녀의 집으로 날려 보냈다. 그러나 누가 날려 보냈는지도 적혀 있지 않은 종이비행기를 날려 보낸들 그것이 도대체 어쨌다는 말인가.

내가 다시 종이비행기에 시를 실어 그녀의 집을 향해 날려 보냈던 것은 고등학교 1학년 때 일이었다. 당시 한문 교과서에 실려 있었던 조선 중기의 걸출한 여류 시인 이옥봉李玉峰의 「몽혼夢魂」이란 시를 읽는 순간, 문득 아직도 애잔한 감정의 잔재가 남아 있었던 그녀를 향하여 다시 한 번 비행기를 날려보고 싶었던 것이다.

近來安否問如何 요 근래 우리 임은 어찌 지낼까
月到紗窓妾恨多 사창에 달이 오면 더욱 애가 타
若使夢魂行有跡 내 영혼 꿈길에도 자취 있다면
門前石路半成沙 그대 문 앞 돌길이 모래 됐으리

이옥봉이 사랑하는 남편으로부터 억울하기 짝이 없는 소박을 맞

102

고 남편을 그리워하며 지었다는 시다. 보다시피 화자는 잠만 자면 꿈을 꾸게 되고, 꿈을 꾸면 임 계신 문 앞길을 수백수천 번씩 하염없이 오고 가는 행위를 끊임없이 되풀이하게 되는 모양이다. 꿈속에서 걸어가는 발걸음에도 발자취가 있기만 하다면 임 계신 문 앞의 돌길이 밟히고 다시 밟혀 반쯤은 모랫길로 바뀌고 말았을 것이라고 하니, 동서고금에 이토록 절절한 사랑시가 어디에 다시 있겠는가. 나는 「그 집 앞」의 조선시대 버전인 이 기막힌 사랑시를 읽고 아득한 옛날에도 나와 같은 마음을 가진 사람이 살고 있었다는 사실이 너무나도 가슴 벅차게 느껴졌다.

나는 이 세상 모든 나뭇잎이 온통 다 떨어져 내리는 저물 대로 저문 어느 가을날, 다시 한 번 종이비행기를 접어 초등학교 3학년만 되어도 충분히 알 수 있는 이 시를 실었다. 그믐달만 처연히 살구나무 집을 내려다보고 있는 새벽, 세월의 흐름과 함께 이제 처녀티가 슬슬 나기 시작한 그녀를 향하여 비행기를 힘껏 날렸다. 하지만 저만큼 날아가던 비행기는 마당을 한 바퀴 빙 돈 뒤에 유턴하여 다시 돌아와 내 가슴에 안기고 마는 것이었다.

에너지가 없어도 흘러가는 것은 세월밖에 없다고 하더니, 과연 세월이 쏜살같이 지나서 우리들이 모두 대학생이 되었을 때, 나에게 편지 한 통이 날아왔다. 뭉게구름 뭉게뭉게 피어오르는 저 머나먼 남쪽에 살고 있던 그녀가 보낸 편지였다. 화들짝, 편지를 뜯어보았으나 내용은 그저 안부나 묻는 것이 전부였다. 한마디로 말하여 실망스러울 정도로 심심한 편지였다. 그녀에 대한 열정이 완전히 식은 것은 아니었지만, 묻는 안부에 대답이나 하는 심심하기 짝이 없는 답장을 보냈다.

그러고서 몇 번 심심한 편지를 주고받던 어느 날, 그녀에게서 전화가 걸려 왔다. 중학교 동창생인 자기 친구를 나에게 소개하고 싶다면서, 한번 만나자는 것이었다. 이제 어릴 때의 감정은 희석될 만큼 희석되었으나 아직도 식은 재 밑의 화롯불처럼 감정의 불씨가 남아 있었던 나로서는 대단히 섭섭한 제의였다.

'소개를 하려면 자기 자신을 나에게 직접 소개하면 될 것을, 자기 친구를 소개할 게 뭐람.'

투덜거리면서 약속 장소에 나갔더니, 세 처녀가 나란히 앉아 있었다. 그녀와, 그녀가 소개하려는 처녀, 그리고 그녀들과 중학교 동창생인 동시에 샛별과 초등학교 동창생이므로 나의 초등학교 동창생이기도 한 또 다른 처녀가 그들이었다.

그녀는 나에게 그녀의 중학교 동창생을 소개했다. 옥으로 깎은 것 같은 티 없이 희고 고운 얼굴이었지만, 기이하게도 나의 마음은 들러리로 따라온 초등학교 동창생 쪽으로 급격하게 기울었다. 그리하여 마침내 나는 바로 그 들러리와 7년 동안의 연애 끝에 결혼에 골인하였고, 샛별은 샛별대로 좋은 사람 만나 결혼했다.

그녀와 아내는 초등학교와 중학교 동창으로서 아주 절친한 사이였고, 나도 또한 그녀들과 초등학교 동창이었으므로 결혼 후에 우리는 이제 친구가 되어 허물없이 어울렸다. 한번은 우리 집을 방문

한 그녀와 셋이서 흥취가 물씬 넘치도록 맥주를 마신 적이 있었다. 나는 중학교 때 배웠던 〈그 집 앞〉을 노래하고, 고등학교 때 배웠던 이옥봉의 한시를 낭랑하게 읊고 난 뒤에 정색을 하고 그녀에게 물었다.

"여보게, 친구. 지금으로부터 40년 전에 느거 집 앞 자갈길이 반쯤 모래가 된 일이 있었는데, 혹시 너 그거 알고 있었냐?"

그러자 얼굴의 홍조를 한 옥타브 높인 그녀의 벌어진 입술 사이로 정말 놀라운 말이 쏟아져 나왔다.

"어머머머! 정말 그때 그런 일이 있었나? 그런데 친구야, 40년 전에 느거 집 앞 자갈길이 반쯤 모래가 된 일이 있었는데, 너는 그거 혹시 몰랐었니?"

그녀의 말에 나는 환호작약했다. 만시지탄이 없는 것은 아니지만 내가 몹시도 좋아했던 그녀가 나를 몹시도 좋아했다는 것을, 40년 만에 확인하는 순간이었다. 가슴이 격하게 쿵쿵 뛰었다. 나는 감격과 기쁨과 환희와 희열이 뒤범벅이 된 형언할 수 없는 감정으로 그녀를 향하여 돌진하며 외쳤다.

"야, 니이 그러면 말을 해야지. 말을 해야 내가 알 거 아냐. 도대체 입은 뒀다 어디에 쓸 거니."

그러나 그녀는 나에게 싸늘하게 손사래를 치면서 정색하고 숙연히 말했다.

"하지만 종문아, 너 착각하지 마라. 나는 그때 느그 형님을 얼마나 좋아했는지, 느그 형님은 아마 꿈에서도 모르고 있을 끼라."

칼로
물 베기

어느 날 아침, 출근을 하려는데 아내가 나를 가로막고 나섰다.

"당신, 오늘이 무슨 날인지 알고 계세요?"

"무슨 날은 무슨 날, 우리 장모님 제삿날이지."

"저녁에 제사에 가실 거예요?"

"가야지, 그럼. 정말 부득이한 경우를 제외하고 내가 언제 장모님
이나 장인어른 제사에 안 간 적 있어?"

"없어요."

"그럼, 없지. 없고말고. 그런데 뜬금없이 왜 이런 생뚱한 질문이
야?"

"당신, 솔직히 말해 가기 싫어하잖아요?"

그것은 사실이었다. 장모님에게는 딸과 사위가 여럿 있었으나

모두 멀리 살고 있어서 사실상 제사에 참석하기가 어려웠다. 그렇다 보니 매양 우리 부부만 참석하는 것이 나로서는 조금 뭣하기도 했고, 나만 독불장군으로 항렬이 높다 보니 재미가 있을 리도 없었다. 꿔다 놓은 보릿자루처럼 근엄하게 버티고 있다 보면, 아랫사람들을 어렵게 만드는 측면이 있는 것도 사실이었다. 그러므로 솔직히 기쁜 마음으로 제사에 참석하지 못한 경우도 없지는 않았는데, 나의 이와 같은 마음을 아내가 이미 정확하게 간파하고 있었던 모양이다.

사실이 그렇기는 했지만, 사실대로 말했다가는 곤란한 상황이 벌어질 것 같았다. 나는 오히려 한 옥타브 목소리를 더 높여서 다소 과장된 어투로 대꾸했다.

"아니, 도대체 무슨 소릴 하는 거야. 내가 장인, 장모님의 제사에 기쁜 마음으로 참석해야 나도 당신에게 증조부, 증조모, 할아버지, 큰할머니, 작은할머니 제사에 기쁜 마음으로 참석해달라고 요청할 수 있잖아. 당신이 시골에서 거행되는 그 많은 시집 제사에 기꺼이 참석하여 제수 준비한다고 애를 먹는데, 내가 엎어지면 코 닿을 데서 거행되는 처갓집 제사에 참석하지 않는다면 말이 되겠어. 그러다가 당신이 우리 집 제사를 보이콧하면 내가 도대체 무슨 명분으로 당신을 설득할 수 있겠어."

"그럼 오늘 몇 시까지 집에 오실 거예요?"

"밀린 원고가 하나 있으니까…… 늦어도 저녁 9시까지는 꼭 돌아올게. 12시는 넘어야 제사를 지내니까 그래도 시간은 충분하잖아."

"그래요. 그럼 기다릴게요."

하지만 그날 저녁 9시까지 집으로 돌아오지 못했다. 그날 오후 나
는 손바닥 하나로 하늘을 가리려는 참으로 가증스런 인간을 만났다.
그자의 혀를 뽑아 쟁기를 만든 뒤에 가시밭을 통째로 갈아엎게 하거
나, 그 주둥아리를 초강력 접착제로 확실하게 붙인 뒤에 공업용 재
봉틀로 총총 박아버리고 싶은 충동과 분노를 동시에 느꼈다. 발바닥
의 피가 뒷골을 향하여 일제히 역류했다. 그대로 있다가는 내가 먼
저 미쳐버릴 것만 같았다. 마주 앉아서 나의 분노를 지켜보고 있던
동료 하나가 자기도 덩달아 화가 나서 울퉁불퉁 제안을 했다.

"이 선생, 내가 쏠게. 우리 술이나 한잔합시다. 스트레스가 암 발
병의 원인 가운데서도 제일 큰 원인이라는데, 이런 날 술로라도 풀
지 않으면 암 걸립니다. 암요, 암, 암!"

동료의 입에서 술이라는 단어가 나왔을 때, 조금 전까지도 내 머
릿속에 강렬하게 도사리고 있던 '장모님 제삿날'이 가맣게 사라졌
다. 아직 해가 지기 전이었지만 술집으로 나가 이 술 저 술을 마구
퍼마셨다. 그날따라 유달리도 붉게 타오르는 늦여름의 황홀한 저녁
놀 속으로 '장모님 제삿날'이 가끔씩 몽환처럼 떠올랐지만, 이내 취
기 속에 잠겨버렸다.

우리는 그날 취중에서도 죄 없는 동료들을 몇몇 불러내고 술집을
몇 번이나 바꾸면서 통음을 거듭했다. 난생처음 있는 대취였다. 그
런 가운데서도 지금 일어서지 않으면 장모님의 제사에 갈 수 없다

는 희미한 생각이 들어 비상한 결단으로 일어섰으나, 그 뒤에 내가 무엇을 어떻게 했는지는 도무지 기억이 나지 않았다. 요컨대 나는 그날 술자리의 시작에 대해서는 알고 있으나, 그 끝에 대해서는 전혀 알지 못한 채로 장엄한 술자리를 마감했다.

이튿날 아침에 눈을 떠보니, 어떻게 돌아왔는지 안방에 드러누워 자고 있었다. 어제 있었던 사건들은 짙은 안개 속에 뒤덮여 있었으나, 안개 속에서도 기억의 파편들이 부침을 거듭했다. 그러다가 불현듯이 '장모님 제삿날'이 떠오른 순간, 그만 하늘이 노래지기 시작했다. 나는 옆에 누워 있는 아내를 흔들어 깨웠다. 부스스 일어난 아내의 얼굴에 아직도 여기저기 눈물 자국이 묻어 있었다. 문제를 수습할 수 있는 효과적인 방안이 전혀 떠오르지 않는 가운데 엉겁결에 이런 말이 튀어나왔다.

"여보, 어제저녁에는 술이 정말 엉망으로 취해서 통 기억이 나지 않구려. 설마하니 내가 장모님 제사에는 다녀온 거겠지?"

그때까지만 해도 말이 없던 아내가 갑자기 울화통이 터졌는지 발끈 화를 내며 달려들었다.

"뭐예요. 이 양반이 정말 꿈꾸고 있나. 술에 떡이 되어 술집에 누운 사람이 무슨 수로 장모님 제사에 다녀와요. 가기 싫으면 당신이나 가지 말면 될 일이지, 왜 나까지 못 가게 해요. 왜 나까지 불효자식을 만드느냐 말이에요. 해마다 참석하던 막내딸마저 참석하지 않았다고 우리 엄마가 얼마나 섭섭해했겠어요. 흑흑."

아내는 참고 있던 원통함과 서러움, 분노와 울분이 한꺼번에 폭발했는지, 어깨를 들먹이며 끝없이 흑흑, 흐느끼기 시작했다. 평소에도 늘 그렇지만 오늘따라 나는 아내 앞에서 한없이 작아져서 모기만 한 목소리로 중얼거렸다.

"여보, 미안해. 내가 참석하지 못하더라도 당신 혼자라도 다녀오지 그랬어."

"당신이 술집에 쓰러져 있다는데 내가 어떻게 제사를 가요."

"그랬나. 그렇겠군. 미안해, 미안해. 내 다시는 이런 실수를 저지르는 일이 없도록 진지하게 반성할 테니, 이번 한 번만은 당신이 너그럽게 넘어가 주구려. 다 그놈의 술이 웬쑤이니, 내 다시는 술을 마시지 않을 것도 당신 앞에 이렇게 맹세할게."

"흥, 맹세? 맹세 되게 좋아하시네. 한두 번 맹세해야 그 말을 믿지. 흥."

오늘따라 아내는 이상할 정도로 집요하게 물고 늘어졌다. 이번 기회에 나의 술버릇을 확실히 고치기로 작정한 모양이었다. 이대로 막무가내 밀리다간 아찔한 벼랑 아래 그대로 추락해버릴 것 같아서 나도 그만 전략적인 울화통을 터뜨리고 말았다.

"그럼 지금 나보고 도대체 어떻게 하라는 거야. 나 지금 진심으로 반성하고 있고, 당신 앞에 진솔하게 사과했잖아. 진심으로 반성하고 진솔하게 사과하는 사람에게 당신 이거 너무한 거 아냐. 그래도 안 된다면 어디 당신 마음대로 해봐. 흥."

나는 후닥닥 자리에서 일어나 주섬주섬 옷을 주워 입고 출근을 서두르기 시작했다.

110

아파트 앞에서 택시를 기다리고 있는데, 갑자기 설사를 겸한 복통이 시작됐다. 택시를 잡기만 하면 금방 도착할 수 있는 가까운 거리에 학교가 있었으므로 처음에는 좀 참아보려 했다. 하지만 택시는 좀체 오지 않았다. 복통은 점점 더 심해졌고, 설상가상으로 비마저 부슬부슬 내렸다. 어제 마신 술에다 늦더위 탓인지 온몸에서 땀이 줄줄 흐르는 데다, 바지가 다리에 척척 들러붙어 불편하기 짝이 없었다. 곧 난리가 날 것 같았으므로 화들짝 집으로 돌아왔더니, 아내는 안방에서 다시 잠을 자고 있는지 집 안 전체가 절집같이 고요했다. 나는 불편한 바지를 벗어 문어귀에 있는 내 서재에다 냅다 던져 넣고 곧바로 화장실로 뛰어들었다.

이제 바야흐로 마지막 작업을 끝낼까 말까 망설이고 있는데 딩동, 초인종이 울리더니 동네 아낙들이 우르르 몰려왔다. 아침마다 아내와 등산을 같이하는 아낙들로서 비로 등산이 어려워지자 이리로 몰려온 모양이었다.

그들은 거실에 둘러앉아 차를 마시기 시작했다. 내심 커피나 한 잔하고 돌아가겠거니 생각했지만, 느긋하게 녹차를 마시면서 이야기꽃을 피우기 시작했다. 바지를 벗어 서재에다 던져두고 들어왔기 때문에 밖으로 나갈 수가 없게 된 나는 본의 아니게 화장실에 앉아서 그들이 피우는 수다스러운 이야기들을 고스란히 들을 수밖에 없었다.

"어머, 이 집 분위기가 정말 장난이 아니네요. 저 나무들하며 꽃들 좀 봐. 꽃집으로 착각하겠네. 도대체 저것들을 누가 저렇게 아름답고 무성하게 키웠어요."

"아, 저 베란다의 나무들요. 명준이 아빠가 나무들을 몹시 좋아하거든요."

나무에서 시작된 이야기는 거실 벽에 걸려 있는 각종 그림으로 돌아가더니 드디어 주식 투자와 부동산 투기로 옮겨붙었다. 주식 투자를 하거나 땅을 샀다가 벼락부자가 된 사람과 패가망신한 사람들의 이야기가 줄줄이 등장했고, 선망과 탄식과 기묘한 쾌감이 어우러진 감탄사가 봇물처럼 쏟아져 나왔다.

동네 아낙들의 호들갑스런 이야기들은 정말 줄기차게 이어졌다. 화제는 이제 부동산 투기에서 시댁 식구 흉보기로 옮겨져 '전국 시댁 식구 흉보기 대회'가 벌어지고 있었다. 아낙들은 돌아가면서 시아버지와 시어머니, 시동생과 시누이들을 도마 위에 올려놓고 마구 난도질을 하기 시작했다. 무슨 좋은 일이 그리도 많은지 수시로 호호 깔깔 호들갑스런 웃음보가 터졌다. 나는 아내가 과연 시댁 식구에 대해 어떤 발언을 할지에 촉각을 곤두세우고 있었다. 그러나 아내는 끝내 아무 말도 하지 않았다.

아내의 오랜 침묵은 대회에 참석한 동네 아낙들을 머쓱하게 했다. 이런 분위기를 감지한 한 아낙이 분위기 전환용 풍선을 띄웠다.

"명준이 엄마, 우리만 나쁜 사람 만들지 말고 명준이 엄마도 뭐라고 좀 해봐요. 허기야 명준이 엄마네같이 행복한 집안에 걱정할 일이 뭐가 있겠노."

한 아낙이 이렇게 옆구리를 쿡쿡 찌르자 마지못한 듯한 아내의 목소리가 들려왔다.

"글쎄요, 별로 할 말이 없군요. 제가 흉볼 만한 행동을 하고 다니는 시댁 식구들이 아무도 없거든요. 있다면 언제나 저를 감동시키는 시댁 식구들이 있을 뿐입니다. 저의 과제 가운데 하나는 늘 일방적으로 감동만 받고 있을 것이 아니라 시집 식구들을 제가 먼저 감동시키는 방법을 연구하는 일인데, 그게 잘 떠오르지 않아서 죄송스러울 뿐이지요. 미안해요. 다른 자리라면 몰라도 이런 이야기를 하는 자리에는 제가 끼어들 여지가 없네요."

뜻밖에도 자리에 찬물을 확 끼얹는 감동적인 말이 아내의 입에서 쏟아져 나오자, 나는 정말 가슴이 벅차도록 감격했다. 생각 같아서는 그냥 달려 나가 저 귀여운 아내를 힘껏 껴안아 주고 싶었다. 그러나 잠시 뜸을 들인 뒤 이어져 나온 아내의 말이 나를 비상하게 긴장케 했다.

"그런데 다만…… 명준이 아버지 때문에…… 화가 나 죽겠어요."

주위에 있는 아낙들이 얼씨구나 하고 아내의 곁으로 바짝 다가앉는 기척이 느껴지더니, 신바람 난 한 아낙의 수다스러운 목소리가 들려왔다.

"어머, 어머, 어머머머. 명준이 아버지가 왜요? 아! 바람피웠구나. 맞죠, 그죠. 아 글쎄, 사내들은 다 그렇다니까. 그래 도대체 스토리가 어떻게 되는 거예요?"

"아니에요. 바람은 무슨 바람을 피워요. 명준이 아버지 그런 일로 속을 썩인 적은 한 번도 없어요."

"그럼 뭐예요? 명준이 아버지가 도대체 뭘 어쨌다는 거예요? 이
거야 나 원, 답답하네."

"술을 너무 많이 마실 때가 있거든요."

"어머, 그 점잖은 양반이 그런 데가 있었나요. 당장 버릇을 고쳐
야 해요. 술버릇 그거 체질화되면 장난이 아니죠. 그래 명준이 아버
지가 술에 떡이 되어 뭘 어떻게 하기라도 했나요?"

"어제저녁은 친정엄마 제삿날이었거든요. 그런데 글쎄 같이 가
기로 한 명준이 아버지가 술에 취해서 술집에 드러누웠지 뭐예요.
오늘 아침에 내가 좀 집요하게 따지고 들었더니 뭐라고 했는지 알
아요?"

"아 글쎄, 뭐라고 했는데요?"

아내가 조금 전에 내가 한 말을 내 목소리로 묵직하게 흉내 내며
말했다.

"'나보고 지금 도대체 어떻게 하라는 거야. 나 지금 진심으로 반
성하고 있고, 당신 앞에 진솔하게 사과했잖아. 진심으로 반성하고
진솔하게 사과하는 사람에게 당신 이거 너무 심한 거 아냐. 그래도
안 된다면 어디 당신 마음대로 해봐. 흥.' 아 글쎄 이러고는 울퉁불
퉁 화를 내고 후닥닥 출근을 해버리는 거 있죠."

아내의 말이 끝나자 동네 아낙들이 우지끈, 다 들고일어났다.

"뭐예요? 아니 그 점잖은 양반이……. 이거 정말 적반하장이군
요, 적반하장!"

"명준이 엄마, 이거 그냥 넘어가지 마요. 그냥 넘어가면 버릇 됩

니다. 이 기회에 버르장머리를 확실히 고쳐야 한다고요."

"술김에 실수를 했다고는 하지만 그게 말이 되는 얘깁니까. 그 제사가 장모님 제사가 아니고 자기 어머니 제사였다면, 대낮부터 술을 퍼마실 생각이나 했겠어요. 결국 장모님 제사이기 때문에 퍼질러 앉아서 술을 퍼마실 수 있었던 것이고, 따라서 이건 아내와 처가에 대한 참을 수 없는 모독이에요, 모독!"

"그래요, 맞습니다. 입장을 바꾸어 명준이 엄마가 대낮부터 술에 취해서 시어머니 제사에 참석하지 못했다면 용서해주겠어요. 흥."

나는 갑자기 도마 위에 놓인 생선이 되어 여러 개의 칼로 비참하게 난도질당했지만, 꾹 참고 있을 수밖에 없었다.

그러나 참고 있고 싶어도 도저히 그냥 참고 있을 수 없는 뜻밖의 사태가 벌어지고 말았다. 총규탄대회가 아직도 한창인데 한 아낙이 이렇게 말을 했던 것이다.

"명준이 엄마, 저 화장실 좀 써도 되죠?"

"화장실 쓰는데 뭘 물어봐요. 저기가 바로 화장실이잖아요."

순간 하늘이 노래지고 간이 콩알보다 작아졌다. 땀이 비 오듯이 쏟아졌다. 동네 아낙들 앞에서 개창피를 당할 황당하고 경악할 사태가 벌어질 판이었다. 이런 사정을 알 리 없는 아낙이 화장실로 다가오는 기척이 났고, 손잡이가 좌우로 흔들렸다.

"어머, 화장실이 안으로 잠겨 있네요. 혹시 누가 있는 거 아니에요?"

"있기는 누가 있겠어요. 아이들은 모두 학교에 갔고, 명준이 아빠도 출근한 지가 이미 오랜데……."

이윽고 아내가 다가오는 모양이었고, 손잡이가 좌우로 크게 흔들렸다.

"정말 잠겼군요. 이상하네. 아 글쎄, 이게 왜 안으로 잠겼나? 잠깐만 기다려요. 내가 열쇠 가져올게. 어? 가만있어 봐. 이제 보니 화장실의 불도 켜져 있네."

아내가 습관적으로 화장실의 스위치를 툭, 내리더니 열쇠를 가지러 갈 모양이었다. 갑자기 나는 천길만길의 칠흑 같은 어둠 속에 갇혀버렸다. 도저히 더 이상 물러설 곳이 없는 절체절명의 위기였다. 나는 엉겁결에 젖 먹던 힘을 다해 소리를 질렀다.

"명준이 엄마~ 열쇠 가져오지 마라~. 여기 사람 있다아~."

화가 나기도 하고 취기가 아직 남아 있기도 했던 나는 이왕 내친 김에 동네 아낙들에게도 냅다 소리를 질렀다.

"보이소, 동네 아줌마들. 남의 욕 그만하고 집으로 돌아가서 아나보이소오~."

집이 온통 흔들리다 못해 무너져 내리는 듯한 소리였다. 아닌 밤중의 난데없는 천둥소리에 동네 아낙들이 기절초풍하고 혼비백산해서 벼락같이 후닥닥, 다다다다 달아나는 소리가 들려왔다.

최소한 한 시간 만에 겨우 화장실의 물을 내리고 밖으로 나온 나는 아직도 황당한 표정으로 서 있는 아내에게 짐짓 목소리를 높였다.

"당신이 나에게 어떻게 이럴 수가 있어? 내가 한 번 실수를 했기로서니 나를 도마에 올려놓고 이렇게 무참하게 난도질을 당하게 하다니, 이래야 당신 속이 시원해? 속이 시원하다면 내가 온 동네 아낙들을 다 불러줄 테니, 어디 더욱더 잔인하게 난도질을 해보라고."

아내가 한동안 무안하고 겸연쩍은 표정을 지으면서 다소곳이 서 있다가 입을 떼었다.

"분위기 때문에 마지못해 꺼낸 얘기였는데, 당신이 이렇게 난도질을 당할 줄은 미처 예상하지 못했어요. 저 지금 진심으로 반성하고 있고 당신에게 진정으로 사과드릴 테니, 오늘 아침 이 일 없던 걸로 해주면 안 돼요?"

나는 어이없다는 표정을 지었다.

"뭐? 없었던 일로 해달라고? 있었던 일을 어떻게 없었던 일로 한다는 거야?"

"그래도 이번 일은 없었던 걸로 해주세요. 다시는 이런 일 없도록 할게요."

"정 소원이 그렇다면 없었던 일로 할게. 그 대신에 한 가지 조건이 있어."

"무슨 조건인데요? 뭐든지 말씀해보세요."

"오늘 아침 일 없었던 걸로 하는 대신에 어젯밤의 일도 없었던 걸로 해줘."

아내는 순순히 고개를 끄덕였다.

나는 시댁 식구들을 감동시키는 방법을 연구하며 살아가고 있다는 착한 아내를 오래도록 껴안아 주었다.

어린아이에겐
너무 슬픈 영화

　나이가 예순 줄을 넘은 사람들은 아마도 대부분 이윤복이라는 한 불우한 소년의 일기를 소재로 한 아주 슬픈 영화를 통하여 '저 하늘에도 슬픔이' 있음을 맨 처음으로 알았을 것이다. 나도 또한 예외가 아니어서 그 소년을 주인공으로 한 이 영화를 통하여 '저 하늘에도 슬픔이' 있음을 비로소 알았다. 내가 이 세상에 태어나서 맨 처음 보았던 그 영화를 통하여.

　하지만 내가 40여 년 전에 관람했던 이 영화를 아직도 생생하게 기억하고 있는 것은 단순히 험난한 세파에 부딪히며 고뇌에 찬 삶을 살았던 한 소년의 슬픔 때문만은 아니다. 그것이 내가 이 땅에 태어나서 맨 처음 본 영화이기 때문이라고 할 수만도 없다. 요컨대 그것은 앞에서 말한 이유들과 함께 이 영화를 보기 위하여 시골 학교의 수백 명의 학생이 자그마치 왕복 40리나 되는 비포장도로를 걸었던 추억이 빚어낸 아름다운 무늬 때문이지 싶다.

나는 그때의 추억을 떠올리지 않고서는 그 옛날의 그 극장 앞을 지날 수가 없다. 그리고 묘하게도 그 극장은 고향으로 가는 길목에 위치하고 있으므로 결국 그때의 추억을 떠올리지 않고서는 이제 고향에도 갈 수가 없다. 그것은 초등학교 뜰에서 열리는 동창회에 참석하기 위하여 다녀왔던 이번 고향 걸음에서도 역시 예외가 아니었다. 내가 모는 차가 극장 앞을 지나서 고향으로 가는 길로 접어들자 갑자기 그날의 아련한 추억들이 오늘 새벽 일처럼 아주 선연하게 떠올랐던 것이다.

시골 초등학교의 수백 명 학생이 '저 하늘에도 슬픔이' 있는지를 알아보기 위하여 읍내로 향하여 가슴 벅찬 장도에 올랐던 것은 내가 초등학교 5학년 때였다. 돌이켜 보면 그날 그 많은 학생이 도시락을 싼 검은 보자기를 각각 하나씩 어깨에다 동여매고 한꺼번에 교정을 출발하던 모습은 제법 대단한 장관이었다. 지금은 웬만한 아이보다도 더 작아져 버렸으나 그때는 웬만한 어른보다 키가 컸던 어린이 회장이 교기를 펄럭이며 앞장을 섰다. 뒤이어 저학년부터 제 짝의 손을 잡고 2열 종대로 교문을 나서자 그 대열의 장엄함(?)은 말로 다 표현할 수 없을 정도였다. 선생님들의 '번호 붙여 가'에 난생처음 영화를 본다는 호기심 때문에 신바람 난 아이들의 악을 쓰는 고함이 조용한 시골 마을의 적요를 한꺼번에 흔들어 깨웠다. 그

리고 수많은 발자국이 비포장도로를 규칙적으로 밟을 때 풀풀 일어
난 먼지는 초가을 바람을 타고 인근 들판을 보얗게 덮었다.

그러나 신바람이 났다고 하더라도 아직 여름이 완강하게 남아 있
던 20리의 비포장도로를, 나이 어린 학생들이 한꺼번에 간다는 것
은 애초부터 무리한 일이었다. 처음에는 신이 났던 아이들도 얼마
되지 않아 모두 지칠 대로 지쳐버렸고, 그 후로부터는 가고 싶어서
가 아니라 혼자 돌아올 수가 없어서 꾸역꾸역 갔다고 해야 할 것이
다. 그리하여 마침내 천신만고 끝에 읍내에 닿았을 땐 이미 점심때
가 되어 있었고, 우리는 군청 앞에 있는 조양각朝陽閣 광장에서 이리
저리 퍼질러 앉아 반찬과 밥이 뒤범벅되어 있는 도시락을 먹었다.

식사 후 곧장 인근에 있던 극장에 닿았고, 입장을 하다 문득 쳐다
보니 티 없이 맑은 가을 하늘에는 슬픔의 그림자도 찾아볼 수 없었
다. 하지만 막상 영화가 시작되자 푸른 하늘에 갑자기 먹구름이 물
컥물컥 밀려오기 시작했고, 하늘은 온통 슬픔으로 출렁거렸다. 우
리는 모두 울지 않기 위하여, 설사 울더라도 남보다 늦게 울기 위하
여 갖은 애를 다 써보았다. 그러나 얼마 후 누군가가 코를 훌쩍이며
훌쩍훌쩍 울어버린 것이 신호가 되어 우리는 그만 일시에 울음을 터
뜨렸고, 아예 악머구리처럼 엉엉 소리 내어 우는 소리가 여기저기
서 들려왔다. 급기야 영화가 끝났을 때 극장 안은 제 아비와 어미를
잃어버린 어린 상주 수백 명이 한꺼번에 모여 있는 것처럼 눈물로
바다를 이루었다.

극장을 나온 우리는 다시 수백 개의 빈 도시락을 떨거덕거리며 왔

던 길을 울면서 돌아왔다. 영화를 보는 동안 슬픔이란 색안경을 쓰게 된 것일까. 좌우간 모든 것이 슬프게 보였다. 티 없이 푸른 가을 하늘은 티 없이 푸르다는 그 자체만으로도 자꾸 눈물이 났으며, 볏잎 위를 지나가는 바람 소리도 이유 없이 우리를 슬프게 했다. 그리하여 우리는 먼 산에 번지는 오딧빛 저녁놀을 바라보면서 최종적으로 슬퍼함으로써 그날 행사를 마감했던 것이다.

그날 밤에 나는 이상한 꿈을 하나 꾸었다. 그날 우리가 흘린 눈물들이 갑자기 강물로 변했고, 강물은 우리가 걸었던 비포장도로 위로 시퍼렇게 출렁거리며 흘러가고 있었다. 무슨 연유인지 확실하지 않으나 마침 그 강가를 지나가던 우리는, 우리가 흘린 눈물로 이루어진 강물 위에서 한가하게 뱃놀이를 하고 있는 어른들을 보았다. 그 순간 목구멍에서 울컥! 하고 그 까닭을 알 수 없는 맹렬한 분노가 치밀어 올랐다. 우리는 모두 그들을 향하여 일제히 돌멩이를 던졌으나, 그 어떤 돌멩이도 어른들의 뱃놀이를 중지하게 할 수는 없었다.

지난날에 대한 나의 짧은 회상이 이 언저리에 이르렀을 때, 시야에는 이미 고향 마을의 당나무들이 눈앞을 향하여 달려오기 시작했다. 그 옛날 온종일 걸려서 천신만고 끝에 다녀온 길을 도로 사정과 교통수단의 발전으로 말미암아 단 10분도 안 걸려 와버린 것이다. 나는 왠지 이와 같은 현상이 발전이나 편리라는 이름 아래 아름답게 느껴지기보다는 무엇인가를 상실했다는 느낌 때문에 허전한 마음을 감출 수가 없었다. 설사 그것이 발전이고 편리라고 하더라도 발전과 편리가 바로 행복인가, 하는 의문이 꼬리를 물고 일어나면서 불현듯 어느 시인의 시 한 편이 다시금 절실하게 떠올랐다.

> 도라지꽃빛 입술로 봄을 씹던 누부야
> 앞들 논 서 마지기 보릿골 이랑마다
> 긴긴 해 허기를 물고 꿈을 캐고 있었제.

> 꽃불 타던 산허리 뻐꾸기 봄을 울면
> 아지랑이 아물아물 나른한 한나절을
> 누부야 청보리같이 그래 살고 싶었제.
> ─문무학, 「청보리」

바로 그 순간, 동창회에 같이 참석하기 위하여 내 옆자리에 앉아 차창 밖의 티 없는 가을 하늘을 바라보고 있던 동창생 하나가 슬그머니 나의 손을 잡더니, 뜻밖의 말을 걸어왔다.

"아직도 저 하늘에는 슬픔이 있을까?"

의아해진 내가 이미 중년으로 변해버린 그 여인을 멍청하게 쳐다봤을 때, 여인은 다시 한 번 비감에 젖어서 물기 어린 목소리로 중얼거렸다.

"우리가 그날 흘린 눈물도 슬픔도 이제는 모두 다 아스팔트 속에 완벽하게 포장되어버렸는데, 그런데도 저 하늘에는 아직도 슬픔이 남아 있을까?"

그 여인의 물음, 아니 중얼거림에 나는 문득 때 묻은 옷차림 속에서도 잔치가 끝난 뒤에 새로 닦아놓은 놋사발처럼 환하게 빛나던 40년 전의 한 소녀의 얼굴을 떠올렸다. 그러고는 지금 내 옆에 앉아 높고도 푸른 가을 하늘을 오래 오래도록 응시하고 있는 여인의 얼굴을 쳐다보면서, 그녀의 손을 꼭 쥐었다.

이 세상 모든 아름다움의 최종적 귀착점은 언제나 슬픔이고 아픔이기 때문에, 저 하늘엔 아직도 슬픔이 출렁거리고 있을 것이라고 생각하면서……

그래, 저 홍시는
떨어질 수밖에 없고

새삼스러운 이야기가 되겠지만, 이 지상에 살아 있는 것들은 언젠가는 죄다 죽을 수밖에 없다. 나도 물론 이토록 아름다운 세상에서 오래 오래도록 살 예정이지만 언젠가는 저승으로 건너갈 수밖에 없는 존재다. 저승으로 건너가는 시점에서 내 인생 전체를 돌이켜 보면 아쉬운 점이 정말 많겠지만, 그 가운데 하나는 아마도 딸을 두지 못한 채 이 세상을 떠나가는 것이지 싶다.

만약 가능하기만 하다면 나는 죽어서도 2박 3일 동안은 시퍼렇게 살아남아 네모난 액자 속에서 환하게 웃으면서 지내고 싶다. 그 기간 동안에 쑥스럽게 큰절을 올린 뒤에, 삶은 돼지고기와 방울토마토를 안주로 삼아 소주를 마시는 친구들의 모습은 물론이고, 그들이 가져온 봉투 속의 부의금의 액수까지도 죄다 확인할 예정이다.

나의 죽음에 대한 가족들의 슬픔의 정도를 낱낱이 파악하여 학점을 매기고, 개별적으로 통지표를 발급하고 싶기도 하다.

그런데 바로 이 대목에서 천둥 같은 비보를 듣고 달려와 가슴과 땅을 번갈아 치며 대성통곡을 하다가, 더러 기절을 하기도 하는 딸의 모습이 없다는 것은 얼마나 쓸쓸하고 허전한 일인가. 그 옛날 중국 사람 기량杞梁의 아내가 남편이 전사하자 성城 아래서 이레 동안이나 대성통곡을 거듭했더니 마침내 성이 와르르 무너져 버렸다고 하는데⋯⋯. 누가 아는가, 내 딸이 통곡을 하다가 여남은 번 기절을 하면, 그 바람에 내가 깜짝 놀라서 다시 살아날 수가 있을지. 살아나서 마침내 슬퍼하는 딸의 등을 열여덟 번 토닥토닥 두드려주고 기쁜 마음으로 저승으로 떠나갈 수가 있을지⋯⋯.

딸에 대한 나의 선망이 이토록 병적으로 심했으므로 나는 가끔씩 '있지도 않은 나의 딸에게' 편지와 시를 쓰기도 했고, 우리 과 여학생들 앞에서 시도 때도 없이 딸 타령을 늘어놓기도 했다. 그랬더니 한번은 한 여학생이 진담 반 농담 반으로 '선생님, 제가 선생님의 딸이 되어드리면 안 될까요?'라고 말하는 순간, 듣고 있던 여학생들이 너도나도 모두 내 딸이 되겠다고 나서는 바람에 나는 팔자에도 없는 여러 명의 동갑내기 딸들을 두고 꿈같이 행복하게 지내기도 했다.

하지만 이렇게 하여 맺어진 딸들은 졸업과 동시에 나의 주위에서 서서히 멀어졌고, 급기야 시집을 가고 나면 소식이 완전히 뚝, 끊어져 버렸다. 그때는 휴대폰도 없던 시절! 처녀가 시집을 간다는 것은 전화를 마음대로 걸 수도 없고 편지도 마음대로 부칠 수 없는 곳, 그러니까 이 세상에서 가장 먼 곳보다 더 먼 곳으로 가버리는 것을 의미하는 것. 따라서 아무리 같은 교실에서 같은 책을 펴놓고 함께 공부한 사이라고 하더라도 내가 먼저 연락을 취하기도 결코 쉽지 않은 일이었다.

그러던 어느 해 늦은 가을날 퇴근길에, 문득 졸업을 하고도 수시로 연락을 해 오던, 나의 딸 가운데 단 하나 남아 있던 최후의 딸이 1년이 다 되도록 소식이 없었다는 생각이 들었다. 설마하니 시집을 가서 소식을 뚝 끊은 것은 아니겠지, 아무렴 아니겠지, 생각하면서 망설이다가 내 딸의 집으로 전화를 넣었는데, 전화를 받은 내 딸의 아버지가 하시는 말씀에 하늘이 노랗게 무너져 내렸다.

"아이고, 선생님. 가가 연락을 드린다 카디 바빠서 연락을 못 드린 모양이네요. 가는요, 오늘 낮에 결혼을 하고 파리로 신혼여행 떠났심더!"

내 딸이 시집간 그날 저녁 나는 단골로 들르던 어느 선술집에서 혼자 소주잔을 기울이다가, 딸을 시집보내는 아비의 처연한 심정으로 다음과 같은 아주 짤막한 시 한 수를 짓고, 거기다 「만추晩秋」라는 제목을 달았다.

그래,

저 홍시는

떨어질 수밖에 없고

가을날 내 뜰에 놀다 날아가는 새 떼들도

아 그냥 쳐다볼밖에,

그냥 쳐다볼

밖에…….

마당 언저리에 여남은 장의 붉은 낙엽들이 여기저기 흩어져 있고, 툭, 하는 소리와 함께 홍시가 떨어지던 어느 해 만추!

아주 사소한,
범우주적 행위

설사 그것이 아무리 사소한 것이라고 하더라도 우리가 하는 행위 가운데서 범우주적 행위가 아닌 것은 없다. 이와 같은 생각에 골똘히 빠져 연구실 청소를 하고 있는데, 바닥에 등을 대고 다리를 번쩍 든 채 풍뎅이 한 마리가 벌렁 누워 있다.

'웬 풍뎅이가 난데없이 이렇게 죽어 있담?'

풍뎅이는 이미 한없이 가벼워져서 하찮은 바람결에도 이리저리 몸뚱이가 흔들거렸고, 무수한 개미 떼가 가슴에 숭숭 뚫린 구멍을 따라서 일렬종대로 들락날락거렸다.

'아니, 도대체 웬 풍뎅이가 이렇게 난데없이 죽어 있담?'

곰곰 생각해보니, 그것은 결코 난데없는 죽음이 아니었다. 투명 유리창에 머리를 들이박고 필사적으로 푸드덕거리던 며칠 전 어느 날의 풍뎅이 한 마리가 불현듯이 뇌리에 떠올랐던 것이다.

그러니까 그저께, 그끄저께 오후, 창문이 모두 다 닫혀 있는데 도대체 어떻게 들어왔는지, 느닷없이 풍뎅이 한 마리가 연구실 안을 우왕좌왕에다 천방지축으로 빙빙 돌고 있었다. 그러다가 드디어 유리창을 향하여 저돌적으로 돌진을 하더니, 으악 비명 치며 툭 떨어져서, 바닥에다 등을 대고 다리 서너 개만 꼬물, 꼬물거리다가 급기야 '동작 그만'이었다.

"아아, 죽었구나. 오오, 열반!"

나는 풍뎅이의 시신을 치우려고 흰 종이 한 장을 그의 등 밑에다 밀어 넣었다. 그러나 웬걸, 놀랍기도 해라, 풍뎅이는 아직 열반에 든 것이 결코 아니었다. 죽은 듯이 누워 있던 풍뎅이가 돌연 과감하기 짝이 없는 이판사판의 뒤집기 한판을 참으로 맹렬하게 시도했던 것이다.

"푸더더더…… 더더…… 더더…… 더더더더 더더더덕…….."

풍뎅이는 온몸을 팽이처럼 빙글빙글 돌리면서 날개를 푸더더더……, 더더더덕거리다가 마침내 가까스로 일어나더니, 또다시 유리창을 향해 힘껏 돌진해서 이마를 들이박고 날개를 퍼덕이기 시작했다.

'정말 살고 싶은 모양이구나.'

나는 풍뎅이를 살려줘야 되겠다고 생각했다. 창문만 열어주면 저 푸른 하늘로 날아갈 터이므로 뭐 그리 어려울 것도 없었다.

그러나 내가 창문을 향해 막 발을 떼려고 하는 그 순간, 갑자기 전화통이 아주 다급하게 울리기 시작했다. 어느 보험회사 서울 본사에서 근무하고 있다는 낭창한 아가씨의 감미롭기 짝이 없는 코맹맹이 목소리가 귓바퀴를 돌며 울려 퍼졌다. 가입하고 싶어도 아무나 마음대로 가입할 수 없는, 만약 이 기회에 가입하지 않으면 두고두고 후회할 신상품 보험이 나왔는데, 최우수 고객인 나에게 보험에 들 수 있는 특별한 권리를 주겠다는 것이었다.

"아가씨, 저는 보험 따위에는 관심이 없거든요."

나는 전화를 끊으려고 했다. 하지만 그녀는 결코 호락호락 나가 떨어질 아가씨가 아니었다.

"고객니임! 관심이 없다고만 하시지 마시고 제발 관심을 좀 가져 보세요오. 그리고 고객니임, '보험 따위'라뇨. 보험이 얼마나 좋은 건데 거기에다 '따위'를 갖다 붙이세요오. 저도 나름대로 보람과 자부심을 가지고 보험 권유를 하고 있는데, 느닷없이 '따위'라는 말을 가져와서 '보험' 뒤에다 붙이시니 힘이 확 빠지네요, 고객니임!"

아차, 하고 잘못을 깨달은 내가 순순히 사과를 했다.

"아가씨, 정말 미안해요. 그런 뜻으로 말한 것은 절대 아니었는데……. 제가 진심으로 사과를 드릴게요."

"괜찮아요, 고객니임. 그 대신 진심으로 사과할 생각이 있으시면 보험 하나만 들어주세요. 들어주실 거죠, 네?"

그녀의 코맹맹이 목소리가 내 말의 꼬리를 확실하게 잡고 집요하게 물고 늘어졌다. 처음에는 물론 퍼덕이고 있는 풍뎅이의 몸부림에 몸과 마음이 온통 다 쏠렸지만, 결국 나는 서울에 있는 보험회사 아가씨에게 몸과 마음이 꽁꽁 묶여서 풍뎅이고 뭐고 다 잊어버렸다.

그리하여 마침내 지금 내 눈 앞에 풍뎅이 한 마리가 벌렁 죽어 있다. 생뚱한 똥딴지, 황당한 날벼락이 되겠지만, 어느 보험회사의 서울 본사 아가씨가 바로 그 범인임이 분명하다. 서울에 앉아서 전화 한 통을 걸었을 뿐인데, 대구에서 살고 있던 풍뎅이 한 마리가 난데 없이 임종을 맞이하게 되다니, 오늘부터는 아무 데나 불쑥 전화를 걸어서도 안 되겠네, 아아!

PART
02

나는 이미
칼 맛을 봤다

1997년 4월 어느 날, 나는 고려대학교에서 열린 한문학회에 참석했다가 늦은 밤중에 느닷없이 노상강도를 만났다. 그날 학회가 끝난후 몇몇 동학이 개운사 근처의 어느 조그만 생맥줏집에 오랜만에 모여 제법 도도한 주흥이 곁들여진 뒤풀이 행사를 벌이고 있었다. 뒤풀이가 한 고비를 넘겼을 때, 옆에 계시던 우리 스승께서 먼저 자리에서 일어나셨다. 스승을 집까지 모셔다 드리고 싶은 마음에 슬그머니 자리에서 빠져나온 나는 그리 멀지 않은 곳에 위치해 있던 스승 댁까지 함께 걸었다. 모신다는 표현을 쓰기는 했지만, 그때 나는스승보다 훨씬 더 취한 상태였고, 따라서 내가 오히려 스승의 자유로운 행보에 부담을 드렸던 산보였을 것이다.

문제의 강도 사건은 스승을 모셔다 드리고 다시 술집으로 돌아오

는 길에 일어났다. 내가 인적 없는 안암동 골목길을 가벼운 흥취에
젖어 천천히 걸어가고 있을 때, 얼굴이 곱상하고 준수하게 생긴 한
젊은 청년이 나에게 다가와서 하는 말이 이랬다.

"아저씨, 어쩌다 보니 집에 갈 차비가 없습니다. 죄송하지만 차비
좀 빌려주시면 안 될까요?"

이런 질문을 받으면 나는 무조건 차비를 빌려줄 의무가 있는 사
람이다. 젊은 시절에 무전여행을 대단한 낭만으로 착각하고, 이 넓
은 천지간 여기저기를 떠돌아다니면서 얻어먹고, 얻어 자고, 차비
까지 빌려서 돌아온 것이 어디 한두 번 있었던 일이던가. 나는 기쁜
마음으로 청년에게 대꾸했다.

"차비가 없으면 빌려드려야지요. 그래 얼마를 빌려드리면 되겠어
요?"

청년은 뜻밖에도 차비로서는 거액을 요구했다.

"5만 원만 주실래요."

나는 어안이 벙벙했다.

"아니, 무슨 차비가 그렇게 많습니까."

그러자 청년이 돌연 어울리지 않는 어설픈 동작으로 시퍼런 과도
를 빼 들고는 서투르게 소리를 질렀다.

"야, 이 새끼야. 줄 거야, 말 거야. 무슨 말이 많아."

거친 말을 울퉁불퉁 쏟아놓긴 했지만 청년의 목소리는 가늘게 떨
리고 있었다. 내가 떨기 이전에 그 자신이 먼저 불안으로 벌벌 떠는
것이 분명했다. 그럼에도 청년은 들고 있던 과도로 전광석화같이

내 배를 힘껏 콱, 찔렀다. 그야말로 단도직입적이었다.

"야, 이 개새끼야. 돈 내놔!"

순식간에 벌어진 돌발적 상황이었다. 나는 순순히 호주머니 속에 있던 지갑을 꺼내어 아무런 미련 없이 그에게 던졌고, 청년은 지갑과 함께 바람보다 더 빨리 사라져버렸다.

아무리 생각해도 강도로서는 여러모로 미숙한 강도였다. 다 알다시피 강도의 목적은 돈을 빼앗는 데 있는 것이지 사람을 찌르는 데 있는 것은 아닐 터. 그가 만약 경험이 많고 지혜로운 강도였다면 칼로 배를 찌르기 전에 돈부터 먼저 요구해야 하고, 그래도 돈을 주지 않을 경우에 칼을 휘둘러야 마땅했다.

하지만 틀림없이 초범이었을 그는 엉겁결에 그 순서를 거꾸로 했고, 그로 인하여 정말 본의 아니게 사람을 다치게 했던 것이다. 지갑에 든 돈을 차비로 하여 귀가한 그 청년도 바로 이 점 때문에 밤새도록 잠을 이루지 못하고 참회에 참회를 거듭하면서 기나긴 반성문을 썼겠지, 아마.

칼은 내 양복과 와이셔츠, 그리고 속옷을 완전히 관통한 뒤 배 속까지 깊이 들어간 모양이었다. 배에서는 연신 피가 쿨룩쿨룩 흘러나왔다. 나는 오른손으로 상처 부분을 힘껏 누르면서 어디에 있는지도 전혀 알 수 없는 병원을 향하여 어두운 골목길을 냅다 달렸다. 인적이 드문 골목인 데다 밤도 이미 깊어 구조를 요청할 만한 사람도 전혀 보이지 않았다. 오늘 밤에 내가 이렇게 허망하게 죽을 수도 있겠구나, 하는 위기감과 절망감이 거센 밀물처럼 밀려오고 있을 때, 가게의 안쪽에서 셔터를 내리고 있는 빵집 주인의 모습이 눈에 들어왔다. 나는 이미 쿵, 하고 닫힌 철제 셔터를 있는 힘을 다하여 쿵쿵 내리치며 다급하게 소리를 질렀다.

"아저씨, 문 좀 열어주세요. 강도를 만났어요. 119 구급차 좀 빨리 불러주세요"

나는 007 작전처럼 에옹에옹 달려온 구급차에 실려, 인근에 있는 고려대학교 안암병원 응급실로 아주 신속하게 운반되었다.

응급조치와 함께 피는 금방 멎었으나, 칼날이 간을 향해 돌진한 것이 뜨거운 감자로 남아 있었다. 만약 칼날이 간에 닿지 않았다면 상처 부위에 약을 바르고 붕대와 반창고를 붙이는 것으로 사실상 치료가 끝이었다. 그러나 만약 칼날에 간을 다쳤다면 간에 대한 별도의 치료가 필수적으로 요구되었으며, 그렇게 하지 않을 경우에는 예상 밖으로 심각한 사태가 벌어질 수도 있다는 것이었다.

따라서 간이 안전한지 확인해보지 않을 수가 없었는데, 그 당시로서는 그것을 확인할 수 있는 방법이 단 한 가지밖에 없었다. 칼로 배를 더 크게 갈라 간을 꺼내 들고 살펴보는 황당무계하고도 어처구니없는 방법 말이다. 의사는 바로 이 어이없는 수술에 동의해줄 것을 요구했고, 나는 어이없는 동의서에 순순히 지장을 찍었다.

수술 결과 간은 무사했다. 새옹지마塞翁之馬에 전화위복轉禍爲福! 평소에 제거하기 위하여 그토록 애를 써도 끄떡도 하지 않고 버티고 있던 두꺼운 뱃살이 칼이 더 깊이 박히는 것을 막아주었다는 것이다. 정황상 어쩔 수 없는 일이기는 했지만, 하지 않아도 별문제가 없는 수술을 한 셈이었다. 당연한 결과로서 2센티도 안 되던 상처가 졸지에 12.5센티로 늘어났다. 금 간 옹가지(아주 작은 질그릇을 가리키는 경상도 방언)에 테를 메어 다시 쓰고 뚫어진 가마솥을 때워서 다시 쓰듯, 의사는 고맙게도 배 밖으로 꺼낸 간을 배 속으로 다시 집어넣고, 배 속에 있는 간이 배 밖으로 튀어나오지 않도록 정성을 다해서 꽁꽁 기웠다.

결국 나는 강도에게 찔린 상처가 아니라 의사에 의해서 정당하고도 합리적으로 진행된 수술의 상처를 치유하기 위하여 안암병원에 링거를 꽂고 드러누웠다. 그해의 가장 아름답고 환한 봄날들을 푸른 하늘에 두둥실 떠가는 뭉게뭉게 뭉게구름 쳐다보며 망연자실한 심정으로 보낸 뒤에 다시 대구로 내려왔을 때, 대구에는 이미 신록이 대지를 뒤덮고 있었다.

안암동 뒷골목의 유혈 강도 사건은 나의 육신에다 영원히 지울 수 없는 억울하고도 아프기 짝이 없는 상처를 남겼다. 내가 아주 특별한 경우가 아니라면 대중목욕탕에 출입하지 않는 것도 그 아픈 상처와 무관하지 않다. 어두운 지하 주차장에 좀처럼 차를 세우지 않는 것도 그 강도 사건이 내 인생에 미친 영향일 것이다. 그러나 누가 뭐라 해도 그 강도 사건은 내 인생 전체에서 본전이 훨씬 넘는 아주 뜻깊고 의미 있는 사건이 아닐 수 없다.

무엇보다도 입원해 있는 동안 나는 존경하는 스승으로부터 아주 각별한 사랑을 받았고, 못난 제자는 그래서 정말 행복했다. 스승께서는 날마다 병원을 방문하여 따뜻하게 위로해주셨고, 병원의 행정적인 일까지도 직접 해결해주셨다. 게다가 사모님께서도 검정콩이 섞인 찰밥을 들고 스승과 함께 찾아오셔서 나를 뜨겁게 감동하게 했다.

아닌 밤중에 홍두깨처럼 노상강도를 만나 흉기에 난폭하게 찔렸던 경험 그 자체도 나로서는 정말 소중하다. 신문 지상에 노상강도 사건이 수시로 보도되고 있기는 하지만, 실제로 노상강도를 당해본 사람은 아마도 극히 드물 것이다. 더구나 피를 철철 흘리면서 거리를 냅다 뛰어가던 그 절체절명의 다급한 상황과, 에옹에옹 응급실에 실려 가서 어처구니없는 수술을 받고 낯선 타향의 병상에 드러누웠던 경험을 가진 사람들이 어디 그리 흔하겠는가.

하지만 내가 이 사건을 본전이 훨씬 넘는 사건이라고 규정하는 가장 큰 이유는 강도 사건 그 자체에 있는 것이 아니라 병원 생활에서 보고 느낀 경험에 뿌리를 두고 있다. 병상에 여유가 거의 없었던 병원 측에서는 수술을 끝낸 후에 급한 대로 자리가 하나 비어 있었던 암 병실에다 나를 집어넣었다. 여덟 명이 같이 사용하는 병실에는 결국 멀지 않아 저승으로 떠나야 할 운명을 안고 있는 암 환자들이 옹기종기 모여 있었다. 그 가운데 병증이 심한 두어 명의 환자에게는 이 암 병실이 이승에서의 마지막 시간을 보내는 공간이기도 했다. 병실에는 한탄과 절망과 근거 없는 희망이 뒤범벅되어 천근만근의 침묵과 비장감이 압도적으로 출렁대고 있었다.

그들은 모두 쥐꼬리보다도 훨씬 작은 희망을 가지고 죽음과 피를 말리는 한판 싸움을 벌이고 있었지만, 죽음에 대응하는 자세는 그야말로 천차만별이었다. 1년 365일 가운데 365일을 소주를 들이 퍼마신 결과, 위장 전체를 끊어내는 수술을 하게 된 말기 위암 환자 이 씨는 입원하는 그 순간부터 소주 타령을 불러댔다. 급기야 저녁이 되자 병원 문을 막무가내 뛰쳐나가 술에 떡이 되어 돌아왔으며, 이를 나무라는 어른들에게 이렇게 대꾸하여 말문을 막았다.

"오해가 심할시더. 위장을 둔 채로 치료를 한다면 나도 술을 끊을 끼시더. 그러나 내일이면 끊어낼 위장에다가 오늘 술을 들이부은들 무슨 상관이 있을끼니껴. 술을 들이마셔 위장이 더 상한들 내일 끊어내면 그만일시더."

이런 어이없는 사람의 반대편에 죽음을 눈앞에 두고도 희망을 결코 잃지 않던 20대의 젊은 청년이 있었다. 청년은 병 수발을 하고 있는 백발이 성성한 어머니와 함께 서로 돌아가며 끊임없이 농담을 하여 죽음의 공포가 엄습하는 병실에 수시로 웃음보가 터지게 하였다. 그러나 항암 치료를 받을 때마다 그는 언제나 초주검 상태로 축 늘어져서 기절한 채로 돌아왔다. 종일 아무것도 먹지 않은 채 꼼짝도 하지 않고 막무가내 엎어져 있을 때는 정말 죽은 것이 아닌가 싶다가도, 다시 서서히 고개를 쳐들고 끊임없이 농담을 퍼부어댔다.

하지만 어머니가 잠들었을 때 청년이 혼자 소리 죽여 우는 것을 나는 여러 번 보았다. 그 어머니가 깨어서 듣고 있으면서도 잠든 척하는 것도 물론 여러 번 보았다. 게다가 아들이 실신해 있을 때마다 복도에 나가서 흐느껴 우는 어머니의 뒷모습을 수시로 보기도 했으니, 그들의 웃음은 눈물의 다른 이름에 불과했다. 아들의 농담은 어머니에 대해서 그가 할 수 있는 마지막 효도였고, 어머니의 농담은 아들에게 어머니의 아픔을 가릴 수 있는 유일한 수단이었던 것이다.

좌우간 나는 최후의 처연한 저녁놀과 함께 죽음이 밀려오는 이 병실에서 일곱 명의 암 환자 및 그 가족들과 눈물겨운 애환을 나누었다. 이러한 과정에서 모든 생명체의 숙명이면서도 아직 나와는 별 상관이 없다고 판단하고 아주 먼 훗날로 유보해두었던 죽음에 대하여 나름대로 깊이 사색할 수 있는 기회를 가질 수가 있었다. 죽음에 대한 사색이 자연스럽게 삶에 대한 성찰로 이어졌음은 말할 것도 없는 사실이다. 바로 이와 같은 사색과 성찰이 가볍기 짝이 없던 나를 다소나마 깊고도 넓게 만들어주었다.

그리하여 마침내 안암동 강도 사건은 내 인생 전체에서 본전이 훨씬 넘는 사건으로 승화될 수 있었다. 그런 의미에서 나는 이 사건이 떠오를 때마다 청淸나라의 시인 계복桂馥의 다음과 같은 시를 읊어 보기도 한다.

意想不到處 정말 생각지도 못한 곳에서
峰巒忽自開 산봉우리들이 홀연히 나타나네
山境隨處佳 가는 곳마다 산이 아름다우니
誤到亦可喜 길을 잘못 들었어도 좋기는 마찬가지

이렇게 말하면 누군가가 딴죽을 걸지도 모르겠다.

"선생님, 아예 노상강도 찬가라도 부르지 그러세요. 그럼 노상강
도 한 번 더 당해보실래요?"

만약 이런 질문을 받는다면, 나는 질색과 기겁을 동시에 하고 손
사래를 치면서 대답하리라.

"아뇨. 천만에요. 같은 경험을 되풀이하기에는 인생이 정말 너무
나도 짧은데, 나는 이미 칼 맛을 봤잖아요."

오오! 그래 맞다,
불도저 앞의 삽

내 학력상의 최종 학교인 '푸른자동차학원'을 우여곡절 끝에 졸업하고, 영광스럽게도 면허증을 손에 쥔 다음 해였던 1998년에 있었던 일이다. 그 무렵에 나는 몇몇 동학과 함께 정신문화연구원(현 한국학중앙연구원)으로부터 적지 않은 연구비를 지원받아 고려시대 역사시에 관한 공동 연구를 수행하고 있었다.

그해 5월 어느 날, 지금까지 수행해온 연구에 대한 중간발표회가 정신문화연구원에서 개최되니 참석해달라는 공문이 날아왔다. 발표가 있던 날 아침, 여러모로 망설이다가 자동차를 직접 몰고 회의에 참석기로 마음먹었다. 무엇보다 연구원이 교통이 불편한 첩첩산중인 성남 땅 운중동雲中洞 구름골에 위치하고 있어서 기차를 이용하든, 버스를 이용하든 접근 자체가 용이하지 않았다. 게다가 조심스럽다 못해 소심하다 해야 할 내 성격에다 과감하게 메스를 대고 싶기도 했다. 부연하자면 면허증을 받은 지 1년이 가깝도록 사방 100리 밖을 제대로 넘어보지 못했던 내 서글픈 운전 경력에다 새로운 이정표를 획기적으로 세워보고 싶었던 것이다. 그래, 날자. 나도 내 애마愛馬에다 날개를 달고 좀 더 먼 세계를 향하여 마음껏 한번 날아가 보자는, 뭐 그런 생각 말이다.

발표회는 오후 2시에 열리기로 되어 있었다. 그러나 나는 아무래도 운전에 미숙했다. 게다가 시베리아를 향해 처음으로 날아가는 철새처럼, 초행길에 길을 잃고 이리저리 헤맬 가능성도 높았다. 이래저래 소심했던 나는, 아침밥을 먹고 천천히 출발해도 된다는 아내를 들볶아 꼭두새벽에 새벽밥을 먹고, 아직도 캄캄한 어둠 속에서 애마의 등에 덥석 올라탔다.

막상 채찍질을 해보니 내 말몰이 솜씨가 미숙한 것만도 아닌 것 같았고, 길을 잃고 헤매는 일도 없었다. 오히려 아무도 없는 새벽 고속도로를 자신도 모르게 마구 달리다 보니, 아직 10시도 채 되기 전에 차는 이미 성남 땅으로 접어들고 있었다. 이대로 달려가면 회의 시간보다 무려 네 시간이나 일찍 회의장에 도착할 터였다.

몇 시간 동안의 고속도로 주행으로 간이 커질 대로 커진 나는 순간적으로 운전대를 하남 방향으로 홱, 돌렸다. 하남에 가겠다는 것이 아니었다. 하남을 지나, 다산 선생의 유적지가 있는 마동을 지나, 남한강과 북한강이 그냥 한강이 되어 함께 흐르기 시작하는 양수리를 지나, 최종적으로 양평 용문사에 갈 예정이었다. 그 무렵 영남 지역의 고목을 두루 답사하고 있던 내가 몽매에도 그리워하던 우리나라 최대最大, 최고最高의 나무가 그 절 어귀에 바보처럼 성자처럼 서 있을 터였다. 높이가 무려 62미터에 이르고 가슴둘레가 14.5미터나 되는 나무, 신라 최후의 왕인 경순왕의 아들 마의태자가 망국의 비분을 가슴에 품고 금강산으로 들어가는 길에 심었다는 등 각종 전설이 주저리주저리 달려 있는 이 나무가 갑자기 보고 싶어졌던 것이다.

　머나먼 길을 단숨에 달려가서 용문사의 은행나무를 딱 1분 동안 가슴이 벅차도록 안아본 나는 곧바로 다급하게 유턴을 했다. 시간상으로 볼 때 회의 시간에 슬라이딩 아웃이 될 가능성을 배제할 수 없었기 때문이다. 다행스럽게도 나는 간발의 차이로 슬라이딩 세이프를 했고, 잘하지는 못했지만 그런대로 발표도 무사히 마쳤다. 게다가 당시로서는 거금이라 할 수 있는 50만 원의 발표비를 현금으로 수령하는 전혀 뜻밖의 쾌거를 이룩하기도 했다.
　하지만 내가 그날 발표회를 좀처럼 잊을 수 없는 것은 무난한 발표와 뜻밖의 쾌거 때문이 아니라, 그 학문적 열정에 대해 마음속으로 경의를 표해왔던 한 학자를 만났기 때문이었다. 발표회가 끝나고 다들 자리에서 일어설 무렵, 정신문화연구원에 몸담고 계시면서 고려시대 역사를 연구하고 계시는 허흥식 교수님과 인사를 나누게 되었다.
　"이 교수님, 저 허흥식입니다. 한번 만나 뵙고 싶었는데, 인연이

145

되려니까 이렇게 만나게 되는군요. 이거 정말로 반갑습니다."

그의 어투와 표정에는 반가운 기색이 역력했다. 물론 나도 무척 반가웠다. 허 교수님은 숫제 만인이 지켜보고 있는 가운데서, 만인으로부터 나를 완전히 격리시켰다.

"이 교수님, 이렇게 만났는데 내 연구실에 들렀다가 가시죠. 잠깐이면 됩니다."

그는 연구실 서가에 꽂혀 있던 책 한 권을 꺼내어 만년필로 서명을 하고는 나에게 건네주었다. 아직 잉크 냄새가 물씬 풍겨 나오는 『고려로 옮긴 인도의 등불』(일조각, 1997)이란 책이었다. 이 책의 주인공은 인도의 승려 지공指空 스님인데, 그는 고려 공민왕의 왕사인 나옹懶翁 혜근惠勤의 스승으로서 우리나라 불교사에 지대한 영향을 끼친 분이었다.

"제가 최근에 쓴 책입니다. 만난 기념으로 이거라도 한 권 드리고 싶습니다. 차라도 한잔하면서 담소를 나누고 싶습니다만, 일행이 기다릴 테니 서둘러 합류해야 할 것 같군요."

우리는 그날 일행과 어울려 저녁이 늦도록 술을 마셨다. 자리를 같이한 사람들이 대부분 고려시대의 역사와 문학을 연구하는 소장 학자들로서 서로 간에 학문적인 영향을 주고받는 처지였기 때문에, 처음 만난 사람들도 순식간에 십년지기로 변했다. 우리는 연구 자료의 빈곤으로 인하여 방치되어 있는 '참으로 위대한 고려시대'를 위해 비통스러운 잔을 높이 들었다. 연구자가 극히 적은 고려시대를 연구한다는 이유 하나로 학계에서 소외를 당하고 있는 외로움을 토로하기 위해서도 술이 필요했다. 안타깝게도 실현되지는 않았지만, 가칭 '고려학회'를 만들자는 제안까지 나오다 보니, 조각달이 이미 서산에 처연히 걸려 있었다.

그날 밤, 고등학교 후배인 김 교수의 집에서 하룻밤 묵으면서, 나는 앞으로 당분간 집으로 돌아가지 않기로 마음을 정했다. 우선 호주머니에 발표비로 받은 거액의 현금이 있었고, 그해는 마침 내 생애에서 처음으로 맞이한 연구년이기도 했기 때문에 시간적인 여유도 얼마든지 있었다. 연구년인데도 외국으로 나갈 계획도 없었으므로 이 정도의 돈과 시간을 쓰더라도 큰 죄가 될 것 같지는 않았다. 게다가 어제의 경험으로 미루어 보아 자동차 운전에도 별다른 문제가 없을 것 같았다. 생각이 여기까지 미치자 내 몸속에서 무시로 살아 꿈틀대고 있으면서 젊은 날을 여행과 답사로 점철케 했던 역마살이 고질병처럼 슬슬 도지기 시작했다.

물론 아내의 동의를 받아야 하겠지만, 아내는 나의 여행과 답사에 대해서는 언제나 대단히 관대한 편이었다. 한문학을 공부하는 사람으로서 역사의 현장을 찾는다는 것은 당연히 연구의 일부이고, 그것도 곰팡내 나는 연구가 아니라 살아 움직이는 연구라는 것이 현장 답사에 대한 아내의 견해였다. 그러므로 나는 이 기회에 자동차의 트렁크에 어제 받은 거금을 싣고, 그 돈이 죄다 없어질 때까지 우리나라의 유적지들을 아무런 목적도 없이 좌충우돌식으로 살펴보고 싶었다.

다음 날 아침 마침내 나는 장기간에 걸친 강도 높은 답사의 막을 올렸다. 사전에 치밀하게 계획된 것이 아니라 어느 날 문득 돌발적으로 시작된 답사였기 때문에 처음부터 기분이 내키는 대로 움직일 수밖에 없었고, 기분 그 자체를 존중하고 싶기도 했다.

맨 처음 들를 목적지조차도 전혀 결정하지 못한 채 성남 땅을 빠져나오고 있던 나는 남양주에 위치하고 있는 회암사檜巖寺를 향하여 유턴을 하였다. 어제 선물로 받은 책의 주인공인 지공 스님이 고려에 와서 주석駐錫하고 있었던 곳이 회암사였다는 데 생각이 미치자, 그 폐사지의 폐허 속에 무성하게 솟아올라 있을 봄풀들이 갑자기 그리웠던 것이다.

회암사지 답사를 끝낸 나는 경기도와 강원도 일원의 주요 유적지와 명승지들을 우왕좌왕 휘젓고 다니다가 드디어 두타산 무릉계곡에 도착하였다. 한문 문화권에서 몽환적 유토피아로 깊이 각인되어 있는 무릉도원에서 그 이름을 따온 무릉계곡은 명실상부하게 놀라운 절경이었다. 먼저 다녀온 어느 후배로부터 귀가 따갑도록 들었기 때문에 어느 정도 기대하기는 했지만, 눈앞에 펼쳐진 풍경은 기대치를 훨씬 뛰어넘는 것이었다.

무엇보다 먼저 계곡의 입구에 수백 명은 족히 앉을 수 있는 광활한 무릉 반석의 규모부터가 사람의 입을 딱 벌어지게 만들었다. 우리나라의 반만년 역사를 단군을 정점으로 하여 재편성한 두타산 거사居士 이승휴李承休가 탁족濯足을 하던 반석 위로, 두타산과 청옥

산에 떨어진 빗방울들이 모두 모여 콸콸 소리를 지르면서 흘러내리고 있었던 것이다.

게다가 이 거대한 반석 주위를 본격적인 출발점으로 하여 막무가내 치솟기 시작한 수십 수백 길의 아찔한 바위벼랑들이 총체적으로 풍기는 이미지는 여간 범상하지 않았다. 엄청 험상궂은 표정을 지으면서 계곡을 따라 시커멓게 늘어서 있는 이 무수한 수직 벼랑들이 금상첨화에다 점입가경의 경악할 풍경을 이루고 있었던 것이다.

더구나 간 날이 마침 평일인 데다 아직 오전이었으므로 삼화사三和寺를 지나면서부터는 인적이 완전히 딱, 끊겨 있었다. 천길만길의 벼랑들 사이로 숲이 무성한 산길이 청옥 같은 물소리를 따라서 끝없이 이어졌다. 밥 한 그릇 먹고 차 한 잔 마실 시간 동안 물소리를 따라 걸어갔을 때, 일순 시야가 확, 열렸다. 시커먼 바위벼랑들이 사방에서 불쑥 튀어나와 시야를 떡하니 가로막았고, 그 천길만길의 벼랑 사이로 폭포가 냅다 물줄기를 쏟아내고 있었다. 이제까지 전개된 절경들을 완전히 압도하고도 남음이 있는 숨 막힐 것 같은 풍경 앞에서, 나는 그만 '아!' 하고 신음 소리 같은 감탄사를 토해내고야 말았다.

폭포의 전모가 죄다 드러났을 때, 폭포수가 냅다 뛰어내리는 큰 웅덩이의 가장자리에 검은색의 개량 한복을 입은 한 사내가 혼자 무언가에 열중하고 있는 모습이 보였다. 자세히 살펴보니 사내는 젓가락 같은 것을 잽싸게 물속에 집어넣었다가, 다시 잽싸게 집어내는 동작을 되풀이하고 있었다.

　도대체 무엇을 하고 있는지 궁금증이 솔솔 일어났지만, 의문은 잠시 후에 바로 풀렸다. 물속으로 잽싸게 들어갔다 나온 그의 팽팽한 젓가락 사이에서 조그만 피라미 한 마리가 온몸을 휘청대며 이리저리 팔딱이고 있었던 것이다. 사내는 폭포수처럼 쏟아져 내리는 5월의 직사광선 아래서 눈부신 빛을 뿜는 은빛 비늘을 허공을 향하여 휙, 집어던졌고, 피라미는 심연의 한복판에 풍덩 떨어졌다. 허풍이 아주 심한 중국 무협영화에서나 나올 법한, 아니 어쩌면 내가 헛것을 본 것은 아닌지 스스로 의심스러워지는 놀라운 묘기가 눈 깜짝할 사이에 내 눈앞에서 벌어졌던 것이다.

　내가 벌어진 입을 아직도 다물지 못하고 있을 때, 인기척을 느낀 그가 하던 일을 멈추고 물가로 첨벙첨벙 걸어 나와서는 바위 위에다 엉덩이를 걸쳤다. 나는 다짜고짜 그에게 다가가 조금 전에 부린 묘기를 한 번만 더 보여달라고 졸랐지만, '묘기는 무슨 얼어 죽을 묘기냐'며 자꾸만 딴전을 부렸다. 도대체 무엇을 하시는 분이냐고 집요하게 물었더니, 그것이 그렇게 궁금하냐며 한마디 말을 툭, 뱉었다.

　"검객劍客입니다, 검객!"

　그러고 보니 그의 얼굴에는 칼자국으로 보이는 험상궂은 흉터가 도처에 점철되어 있었다. 어젯밤에도 누군가와 건곤일척乾坤一擲의 한판 대결을 겨루다 왔는지 끈적끈적한 진액이 미처 마르지 않은 채로 상처 주위에 묻어 있었다. 내가 호기심을 보이며 다가앉자, 검객은 이왕 내친김에 보여줄 것을 다 보여주기로 작심을 한 듯이 옆에 놓여 있는 가방을 풀었다. 낚시 가방처럼 생긴 긴 가방에서 쇳소리가 요란하게 일어나더니 시퍼런 칼들이 쏟아져 나왔다. 입을 딱, 벌리고 있는 나를 한 번 힐끗 돌아보더니, 검객은 가방의 안주머니에서 오래되고 낡은 한적漢籍 한 권을 꺼냈다. 『무비지武備志』라는 책이었다.

"명나라의 모원의茅元義라는 사람이 지은 무예에 관한 책이지요. 고대에 중국으로 흘러들어 간 우리나라 무술이 수록되어 있기도 한데, 조선시대에 전래되어 우리나라 무예사의 전개에도 대단히 큰 영향을 끼쳤습니다."

『무비지』에는 내공 깊은 무술의 갖가지 동작에 대한 상세한 설명이 적혀 있고, 그 여백에는 해당 무술의 기본자세들을 그림으로 그려 수록하고 있었다. 검객은 그 책을 소중히 접어 가방에 넣으면서 말했다.

"이 책이 저의 스승입니다. 이 책을 바탕으로 전통 무예를 익히고 있는데, 1년만 제대로 익혀도 세상에서 유행하는 일본 검도를 10년 익힌 사람들을 압도할 수 있지요"

이미 시간이 점심때를 지나가고 있었다. 검객이 가방에서 도시락과 소주를 꺼내며 말했다.

"노형! 점심 아직 못 하셨지요. 마침 김밥을 많이 싸 왔습니다. 같이 드십시다. 헛허허."

그는 소주병의 뚜껑을 열고 주위를 이리저리 두리번거렸다. 아마도 잔을 찾는 모양이었다.

"점심때마다 소주를 딱 한 잔씩 하는 것이 습관인데, 잔을 잊어버린 모양입니다. 노형! 노형이 들고 계시는 음료수 다 드셨습니까. 드셨으면 그 캔 좀 주시지요."

아무래도 목이 마를 것 같아 계곡 입구에서 산 캔이었다. 나는 캔에 아직도 조금 남아 있던 음료수를 훌짝 마시고는 빈 캔을 그에게 건네주었다. 검객은 가방에서 시퍼런 빛이 번쩍 일어나는 단도 하나를 쑥 뽑아 들더니, 방금 건네받은 음료수 캔을 도마 위에 얹힌 무를 썰듯이 간단하게 싹둑 잘라냈다. 캔의 아랫부분이 영락없이 잔으로 돌변하였다.

"비록 잔이 시원치 않기는 하지만, 어쨌든 이렇게 인연을 맺었으니 한잔하시지요."

나는 건네주는 잔에 가득 담긴 소주를 마시고, 그에게 잔을 건네며 물었다.

"그래 노형께서는 어쩌다가 검술을 익히게 되었습니까?"

검객은 시큰둥하게 대답했다.

"글쎄올시다. 저도 그 이유를 잘 모르겠습니다. 다만 어릴 때부터 칼이 너무 좋아서 칼을 가지고 놀았지요. 하기야 세상에 칼만큼 담박한 것이 없으니 반할 만도 하지 않습니까."

"아니, 칼이 담박하다니요? 피비린내 나는 칼이 어째서 담박하단 말입니까?"

그 순간 검객의 눈에서 서늘한 빛이 일어나더니, 뜻밖의 말들이 울퉁불퉁 쏟아져 나왔다.

"검객은 칼을 가지고 상대방과 생명을 건 싸움을 벌입니다. 싸워서 이기면 살고, 지면 그냥 죽습니다. 그러니 세상에 이보다 더 깨끗하고 담박한 것이 다시 무엇이 있겠습니까."

'담박'이라는 표현과는 달리 소름이 끼치는 말들이었다.

"담박한 것이 아니라 간담이 다 서늘해지는군요. 그래 노형은 어디서 검술을 익히시는지요."

"천하의 명산과 첩첩 유곡을 두루 돌아다닙니다. 이곳 두타산 무릉계곡도 바로 그중의 하나이고요."

"말이 났으니 말이지만 무릉계곡은 정말 대단한 절경이군요. 특히 이 용추폭포 일대는 그 가운데서도 압권이고요."

"그렇습니다. 정말 보기 드문 절경입니다. 하지만 무릉계곡의 진면목은 역시 폭우가 내릴 때입니다. 쿵쿵 울리는 천둥소리와 번쩍번쩍 지나가는 번갯불에 산천초목이 죄다 벌벌 떨고, 그 무슨 죽비 같은 장대비가 천지간을 무섭게 난타할 때, 이 계곡에는 벼랑 벼랑마다 돌연 무수한 폭포가 걸려서 골짜기를 향해 냅다 뛰어내립니다. 오줌을 질질 쌀, 기가 막히는 절경이지요."

그의 말로 미루어 보면 장마철에 폭우가 내리면 수많은 벼랑이 모두 다 수십 수백 개의 폭포로 돌변하여, 계곡은 온통 폭포의 산과 폭포의 바다를 이루게 되는 모양이었다. 그렇게 되면 우산을 쓰고 다니는 이상한 짐승을 제외하고는 모두가 뛰어나와 한바탕 축제를 벌이게 될 터였다. 상상만 해도 통쾌한 일이 아닐 수 없었다.

"하지만 말입니다, 무릉계곡의 진짜 절경은 여기가 아니라 다른 데 있습니다."

"아니, 여기보다 더 빼어난 절경이 어디 숨어 있기라도 하다는 겁니까? 도대체 거기가 어딥니까?"

검객은 허공을 지나가는 제트기 구름을 오랫동안 쳐다보다가 천천히 말했다.

"그렇습니다. 이곳과는 차원이 전혀 다른 참으로 놀랍고도 엄청 기험한 절경이 이 무릉계곡에 숨어 있는데, 아는 사람이 거의 없지요. 아니, 숨어 있다기보다는 무릉계곡과는 별도의 계곡이라 해야 옳습니다. 규모가 작은 계곡에 규모가 더 큰 계곡이 숨어 있을 수는 없을 테니까요. 올라오시다가 삼화사란 절을 보셨을 겁니다. 그 절의 뒤쪽을 바라보면 험상궂은 바위벼랑이 육중하게 딱, 버티고 있는데, 폭우가 내리면 장엄한 폭포로 변하는 곳입니다. 밑에서 바라보면 거기 무슨 큰 계곡이 있을 것 같지가 않지만 막상 올라가 보면 바로 그 너머에 실로 경이적인 계곡이 펼쳐지지요. 그러나 노형, 혹시라도 갈 생각은 하지 않는 것이 좋을 거요."

나는 그의 말 전체가 검객 특유의 허풍일지 모른다는 생각이 들어 반신반의하며 반문했다.

"왜요? 가면 안 되는 특별한 이유라도 있다는 겁니까?"

"목숨을 걸어야 할 정도로 대단히 위험한 곳이니까요. 장비를 완벽하게 갖추고도 접근하기가 매우 어렵기 때문에 등산객들의 출입이 완전히 통제되어 있기도 하고요. 저도 옛날에 삼화사에서 검술을 익힐 때 천길만길의 바위벼랑을 손에 땀을 쥐고 아슬아슬하게 타고 올라가서 단 한 번 본 적이 있을 뿐입니다."

검객의 표정에 그때 보았던 그 계곡의 풍경이 역력하게 떠오르는가 싶더니 단도직입적으로 턱, 하니 대못을 쾅 박았다.

"누가 뭐라 해도 그 기험하고 우람찬 스케일이 단연코 우리나라에서 제일가는 계곡입니다. 처음 본 순간 이토록 엄청난 계곡이 우리나라 땅에 존재하고 있다는 사실 자체에 깜짝 놀랐으니까요. 한마디로 말해서 기절초풍할 계곡입니다"

"아니, 도대체 어떻게 생겨먹은 계곡인지 자세히 설명 좀 해주시지요. 이거야 나 원 궁금해서⋯⋯."

그러나 검객은 한동안 듬성듬성 돋아난 검은 수염을 만지작거리다가, 고개를 좌우로 흔들었다.

"노형! 언어라는 것이 현상을 설명하기 위해 있는 것이기는 하지만, 언어로는 도저히 표현할 수 없는 현상도 많습니다. 지금이 바로 그런 경우고요. 구태여 표현을 해보라고 하면⋯⋯."

검객은 돌연 긴 칼을 뽑아 동서남북으로 번개같이 휘두르고 나서, 허공을 향해 혼신의 힘을 다해 외쳤다.

"우글우글우글우글우글우글우글 와아!"

그의 목소리는 벼랑과 벼랑에 맞부딪치며 오랫동안 메아리쳐서 한동안 산천초목을 벌벌 떨게 하였다. 어떤 섬뜩한 귀기가 도사리고 있는 메아리였다. 그것은 말로는 도저히 표현할 수 없는 그 계곡의 기겁하고도 기절초풍할 시각적 이미지를 청각적 이미지로 형상

화해낸 것이었다. 그의 표현이 이럴진대 아마도 그곳에는 틀림없이 이곳과는 전혀 다른 대단한 절경이 있을 터였다. 하지만 나는 시치미를 딱 떼고 그의 염장을 푹 질렀다.

"그런데 노형! 제가 보기에는 여기도 역시 정말 우글우글 와아! 한 계곡임이 분명하고, 이보다도 더 우글우글한 계곡이 다시 있을 것 같지가 않습니다. 솔직히 어느 쪽이 더 우글우글합니까."

검객은 어처구니없다는 듯 픽 웃었다.

"노형! 노형은 삽을 아십니까?"

"괭이의 형님 삽 말입니까. 그럼요, 알다마다요."

"그럼 다시 한 번 묻겠습니다. 노형은 불도저도 아시겠지요?"

"그럼요, 불도저를 모르는 사람이 어디 있겠습니까."

"그럼 됐습니다. 한마디로 말하여 불도저 앞의 삽입니다. 거기가 불도저라면 여기는 삽에 불과하다는 뜻이지요."

마침내 검객이 익살기가 어린 폭소를 하하하 터뜨리더니, 마지막 한마디를 툭 던지고는 자리를 털고 일어났다.

"노형! 따라 해보시지요. 불도저 앞의 삽!"

그러나 나는 따라 할 마음이 내키지 않았고, 결국 따라 하지도 않았다. 내 눈으로 직접 확인한 것도 아닌데 검객의 말을 액면 그대로의 진실로 받아들일 수가 있을까, 하는 의문이 자꾸만 일어났기 때문이다.

마침내 나는 좌충우돌과 우여곡절 끝에 7일 만에 비로소 집으로

돌아왔다. 경기도를 출발하여 서울, 경기도, 인천, 강원도, 충청북
도, 충청남도, 대전, 전라북도, 전라남도, 광주, 경상남도, 부산, 울
산, 경상북도를 거치면서 2천 킬로미터가 훨씬 넘는 거리를 달려 대
구에 있는 우리 아파트의 주차장에 차를 세웠다. 제주도를 제외한
남한 지역의 한 개의 특별시와 다섯 개의 광역시, 여덟 개의 도를 모
두 망라한 대장정이었다. 이제까지 자동차를 몰고 백 리 밖을 나가
본 적이 별로 없었던 나로서는 내 스스로가 너무나도 기특하게 여
겨졌다. 천신만고 끝에 역사적인 과업을 성취한 사람처럼 가슴이
고무풍선처럼 뿌듯하게 부풀어 오르기도 했다.

나는 집에 들어서자마자 남한 전체가 망라되어 있는 커다란 지도
를 찾아 펴놓고 다짜고짜 아내를 불러 세웠다. 그러고는 굵고도 붉
은 사인펜으로 내가 다녀온 답사 코스를 의기양양하게 그려나가기
시작했다. 엉성하나마 남한 지역 전체가 붉은 오랏줄에 완전히 포
위되었다.

"여보, 이것 봐요. 나는 이번에 제주도를 제외한 남한 전체를 일
망타진했소. 당신 나를 두고 소심한 겁쟁이라 비웃어왔지만 그게
아님이 입증되었어. 나는 이제 백 리가 아니라 천 리가 넘는 곳까지
도 마음대로 날 수 있는 힘찬 날개를 가지게 되었다고. 대단하지.
대단하잖아……."

아내가 말없이 웃으면서 고개를 끄덕였다. 나는 어떤 승리감에
도취된 상태로 짐 정리를 하기 위하여 고리타분한 양말 냄새가 풍
기는 여행 가방을 거꾸로 쏟았다. 거기서 책 한 권이 툭, 떨어졌다.

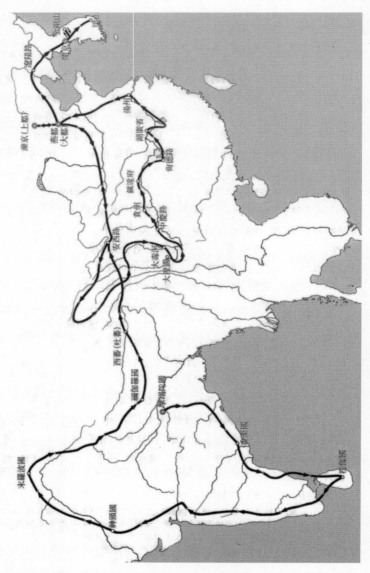

지공 스님이 걸었던 길(허흥식, 『고려로 옮긴 인도의 등불』, 일조각, 1997, 22p에서 인용)

허흥식 교수님에게 선물로 받았던 『고려로 옮긴 인도의 등불』이
었다.

 '그래, 내가 참 이런 책을 받았지' 하고, 무심코 서너 장 책장을 넘
기던 나는 그만 기절초풍하여 뒤로 쾅, 하고 넘어가고 말았다. 거기
에는 지공 스님이 고향인 인도를 출발하여 우리나라에 왔다가 북경
으로 돌아가서 열반에 들기까지의 머나먼 여행도가 여러 쪽에 걸쳐
수록되어 있었다. 나는 스님의 그 경이적이고도 기겁할 만한 여행
도 앞에서 어안이 벙벙하여 합죽이가 되고 말았다.

 앞의 그림에서 보다시피 지공 스님은 고구마처럼 생긴 인도 반도
의 동북쪽인 마갈타국摩竭陀國에서 태어나서, 포교를 하기 위해 인
도의 최남단까지 갔다고 한다. 같은 목적으로 스리랑카에 건너간
그는, 그림에는 나타나 있지 않지만 바다를 건너 미얀마로 가다가
태풍을 만나서 스리랑카로 되돌아왔던 것으로 짐작된다. 스리랑카
에서 다시 인도로 건너온 그는 고구마의 서쪽을 따라서 인도의 서
북부에 이르렀고, 마침내 히말라야 산맥을 넘어 서번西蕃에 도착하
였다. 이어서 중국을 횡단하여 북경에 도착한 지공은 무슨 사연이
있었는지 몰라도 중국의 서쪽 끝으로 다시 돌아갔다가, 처음 올 때
와는 달리 양자강을 따라 동쪽으로 와서 양주에 도착했고, 양주에
서 다시 북경으로 되돌아왔다. 북경에서 상도上都를 왕복한 뒤에 고
려로 건너온 지공은 회암사에 머무르면서 전국 방방곡곡에 유적을
남겼다. 그리하여 마침내 그는 그림에 나타나 있지는 않지만 다시
북경으로 돌아가서 열반의 세계에 들었던 것이다.

말할 것도 없는 사실이지만, 지공이 여행을 할 때는 자동차가 없던 시절이었다. 그러므로 그는 걸어 다니거나 고작해야 말이나 수레를 타고 그토록 머나먼 길을 오고 갔을 것이다. 그런데 나는 어떠한가. 시속 100킬로미터 이상을 달리는 엄청나게 빠른 승용차를 타고 7일 동안 고작 2천여 킬로미터를 여행하고 돌아오지 않았던가. 그러고는 전무후무한 대업적을 세운 것처럼 기고만장해 있지 않은가. 나는 갑자기 고려에 온 인도의 등불, 지공 스님 앞에서 한없이 작아지기 시작했다. 어디 주위에 쥐구멍이라도 있다면 머리카락 보일라 꽁꽁 숨고 싶은 심정이었다.

바로 그때, 나의 뇌리에 두타산 무릉계곡에서 만났던 검객의 말이 다시금 절실하게 떠올랐다. 지공이 종교에 봉사하기 위하여 발로 걸어갔던 그 고통스럽고도 장구한 여행에 비하면, 단 7일 동안 기분이 내키는 대로 마구 내달렸던 나의 여행이 바로 '불도저 앞의 삽'이었던 것이다. 그래 맞다, 불도저 앞의 삽! 나는 검객이 내뱉은 맨 마지막 말을 속으로 몇 번이고 따라 했다.

"불도저 앞의 삽, 불도저 앞의 삽, 오! 그래 맞다, 불도저 앞의 삽!"

다시,
사람만이 희망이다

천산 만산의 나뭇잎들이 된장과 고추장으로 뒤범벅되어 타닥타닥 타오르던 가을날이었다. 내가 청도 지역을 바람처럼 구름처럼 떠돌다가 문득 운문사에 도착했을 때, 한 여승이 운문사 처진 소나무(천연기념물 180호) 밑에서 팔짱을 끼고 흰 구름을 멍하니 바라보고 있었다. 가슴에 덕이 쌓이고 쌓이다 보니 도저히 더는 어쩔 수가 없어서 피부를 뚫고 나온 듯한 청수한 윤기가 얼굴에 가득 넘쳐흘렀다. 게다가 시선이 한없이 그윽하면서도 형형하게 빛나는 것으로 보아 대번에 예사 스님이 아닐 것 같은 예감이 들었다. 나는 문득 이 스님과 좀 오래도록 담소라도 나누고 싶은 어떤 충동을 느낀 나머지, 그에게 정중하게 합장을 했다.

"스님, 성불하십시오."

여승도 역시 이제 막 피어나는 연꽃 같은 미소를 환하게 지으면서 대꾸했다.

"거사님, 성불하십시오."

그러고서 여승은 나에게 해야 할 일을 다 했다는 듯이, 흰 구름 쪽으로 두둥실 시선을 다시 돌렸다. 나는 구름으로 달려가는 스님의 시선을 다시 내가 있는 쪽으로 힘껏 끌어당겼다.

"그런데 스님, 운문사에 있는 '동해童海'를 한번 안아볼 수 있도록 주선해주시면 안 될까요?"

스님이 고개를 갸우뚱하며 의아스러운 표정을 지었다.

"동해라니요? 그게 무언가요?"

"스님, 스님께서는 보물 제208호로 지정된 운문사의 저 유명한 구리 항아리를 알고 계시겠지요."

"압니다. 알다마다요. 고려시대에 만들어졌다는 구리 항아리 아닙니까. 그런데 그 구리 항아리가 어쨌다는 겁니까?"

"그 구리 항아리가 바로 동해이지요."

"아아, 그렇군요. 그런데 그 구리 항아리를 왜 동해라고 부르는지요?"

"저도 잘 모르겠습니다. 다만 그 항아리를 자세히 살펴보면 짤막하게 새겨진 글이 있는데, '1067년에 동해를 개조했다'는 내용이 포함되어 있습니다. 지역에 따라서 물을 담는 동이를 동해라고 부르고 있는 것을 보면, 여기서 말하는 동해는 물동이 같은 동이를 가리키는 말이 아닐까요. 어떤 부분을 어떻게 개조했는지는 몰라도

1067년에 개조했다고 했으니, 이 항아리의 제작 연대는 그보다도 훨씬 앞서는 것이고, 어쩌면 신라시대가 될 수도 있을 겁니다."

"그, 그렇습니까? 저도 두어 번 본 적이 있지만 무심코 보아서 그런지는 몰라도 그 항아리에 그런 글이 새겨져 있는 줄은 몰랐습니다. 우리 절의 보물에 대해서 오히려 제가 이렇게도 까맣게 모르다니 이거 정말 부끄럽군요. 그런데 거사님, 거사님께서 그 항아리를 안아보고 싶다고 하시니 무슨 특별한 사연이라도 있으신 것 같군요. 어디 그 사연 좀 들어보면 안 될까요?"

"고려 무신정권 때 임춘林椿이란 아주 저명한 문인이 있었지요. 1170년 정중부가 일으킨 무신의 난은 고려 전기의 문신 귀족들에게 거의 예외 없이 치명적인 타격을 가했지만, 특히 임춘에게는 돌연 극락에서 지옥으로 떨어지는 것 같은 비극적인 전환을 가져왔습니다. 무신의 난 직전에 그의 집안은 문벌귀족사회의 최상층에 위치한 것은 아니지만, 최상층을 향하여 뚜렷한 상승 곡선을 힘차게 그려가고 있었습니다. 그런데 한창 기세가 올라가던 집안이 무신의 난으로 풍비박산에다 일망타진되어버렸던 것이지요."

"임춘이라? 임춘이라면 우리나라 최초의 가전인 「국순전麴醇傳」과 「공방전孔方傳」의 작자가 아니던가요. 고등학교 때 국어 시간에 배웠던 기억이 나는군요."

"그렇습니다. 『파한집破閑集』의 저자 이인로와 함께 '죽림고회竹林高會'라는 문학 단체의 주축으로 활동하기도 하여 문학사에 단골로 등장하는 저명 인물입니다. 이규보, 이인로, 최자 등과 함께 무신

163

집권기를 대표하는 문인이죠. 귀족사회에서 문학적 능력으로 과거에 급제하여 세속적 공명을 이루려는 야망에 불타던 청년 임춘은 무신의 난이 일어나자 기득권을 완전히 박탈당했습니다. 우선 먹을 것이 아무것도 없었지만 먹을 것이 있다 해도 땔감이 없었고, 문인으로서 최소한의 체면을 유지할 문방사우文房四友조차도 절대적으로 결핍되어 있었습니다. 그래서 그는 친지와 유력 인사들에게 절박하기 짝이 없는 시문들을 보냈습니다. 앞앞이 한숨이고 구석구석 눈물로 점철되어 있는 이 시문들의 핵심적인 내용은 결국 이대로는 도저히 살 수가 없으니 제발 좀 도와달라는 것이었지요. 이와 같은 정황으로 보아 그는 최소한 개인적 동기에서도 당시 무신정권의 현실을 과감하게 거부할 법도 했습니다. 더구나 무신들에 의하여 타도된 문신정권과 마찬가지로 새로 들어선 무신정권도 정의로 충만한 정권이 아니지 않습니까. 그럼에도 그는 절대 빈곤과 세속적 출세에 대한 미련 때문에 스스로 자기 자신을 권력자에게 천거하면서 무신정권에의 기탁을 모색했습니다. 과거에도 여러 번 응시했으나 그때마다 번번이 낙방하여 끝내 뜻을 이루지 못하고, 30대 후반의 한창 나이에 백발이 되어 사망해버렸지요. 현재로서는 그의 사망 원인을 정확하게 파악할 방법이 없습니다. 하지만 만약 사망진단서가 남아 있다면 아마도 거기에는 '각종 울분과 분통 증후군에 시달리다가 마침내 굶어서 세상을 떠났다'라고 적혀 있지 않을까 생각되는군요."

"그렇군요. 그토록 저명한 문인이 비통한 삶을 살았군요. 그런데

164

거사님, 구리 항아리 이야기를 하다가 뜬금없이 임춘은 왜 임춘인
가요?"

"임춘의 시문은 궁핍했던 삶으로 인하여 그의 생전에 체계적으로
정리될 수 없었고, 안타깝게도 죽음과 함께 뿔뿔이 흩어졌습니다.
이러한 상황 속에서 불완전하게나마 그의 시문이 후세에 전해질 수
있었던 것은 지기知己였던 이인로 덕분이었지요. 임춘이 궁핍에 시
달릴 때부터 여러모로 도와주려고 애를 썼던 이인로는 흩어진 임춘
의 시문들을 서둘러 모아 여섯 권으로 구성된 문집을 편찬·간행했
습니다. 그것이 오늘날 우리가 볼 수 있는『서하집西河集』이지요. 그
러나 고려시대 문헌이 거의 대부분 그러했듯이 이인로에 의해서 간
행된『서하집』도 세월의 풍화작용과 전쟁의 소용돌이를 견뎌내지
못하고 점점 사라지기 시작했습니다. 급기야『서하집』이 완전히 사
라질 절체절명의 위기에 처했을 때, 이 소중한 책을 반드시 후대에
전해야 되겠다고 생각한 스님이 한 분 계셨는데, 그분이 바로 이 운
문사의 담인澹印 스님이지요."

"어머! 그런 일이 있었군요. 그래 그분이『서하집』을 어떻게 보존
했던가요?"

"담인은 어느 날 운문사에 대대로 전해오는 보물 중의 보물인 커
다란 구리 항아리를 꺼냈습니다. 조금 전에 이야기한 바로 그 항아
리입니다. 스님은 그 항아리에다 자신이 소장하고 있던『서하집』을
넣고 뚜껑을 닫은 뒤, 항아리를 다시 구리 탑 가운데다 정중하게 모
셨습니다."

"그래서요, 그래서 어떻게 되었습니까?"

"담인 스님은 구리 탑을 운문사 옆으로 흐르는 약야계(若耶溪 : 시내 이름) 언저리에 고이 묻었습니다. 후대에 누군가에 의하여 이 항아리가 발견되면『서하집』도 다시 부활하리라는 심정이었겠지요."

"그래서요, 그래서 어떻게 되었나요.『서하집』이 다시 부활되었나요?"

"그러고도 세월이 쏜살같이 흘러 담인 스님이 구리 항아리에다『서하집』을 넣고 땅에다 묻었던 일도 이미 아득한 과거가 되었습니다. 이제 모든 것이 다 잊혔던 조선조 숙종 때, 그 옛날 담인澹印 스님이 살고 있던 운문사에 이번에는 인담印澹 스님이 살고 있었는데, 그 스님이 어느 날 꿈을 꾸었지요. 한 도사가 나타나서 손가락으로 약야계 언저리의 어느 한 지점을 가리켰습니다. '여기를 파보시게. 만약 그리하면 기이한 보물을 얻게 되리라.' 꿈에서 깨어난 인담이 고개를 갸우뚱거리면서 도사가 가리켰던 곳을 파보았지요. 거기서 구리 탑이 나왔고, 탑 속에 모셔진 항아리가 나왔고, 항아리 속에 간직되어 있던 임춘의 문집『서하집』이 나왔습니다."

"그러니까 옛날 담인 스님이 묻어둔 것을 수백 년 뒤에 인담 스님이 다시 찾은 셈이군요. 담인이 묻은 것을 인담의 현몽으로 다시 찾다니, 세상에 어찌 이런 일이……. 거사님, 지금 거사님이 하신 말씀이 모두 역사적인 사실인가요? 내 귀엔 왠지 자꾸만 소설적 허구처럼 들리는군요."

"이야기가 워낙 기이하니까 그렇게 생각하실 수도 있겠지요. 하

166

지만 모두 사실입니다. 왜냐하면 이 전설과도 같은 이야기는 이익의 『성호사설』이나 하겸진의 『동시화東詩話』에도 수록되어 있을 정도로 세상에 큰 화제를 불러일으켰고, 『서하집』의 서문에도 적혀 있거든요."

"옛날 문헌들에 그렇게 기록되어 있다면 믿지 않을 수도 없겠군요. 그런데 거사님, 그래서 『서하집』이 오늘날까지 전해지고 있는가요?"

"담인이 묻고 인담이 발굴해낸 구리 탑의 행방은 묘연해졌으나 구리 항아리는 보물 제208호로 지정되어 아직도 운문사에 비장되어 있고, 『서하집』은 그 뒤 어느 청도 선비의 손으로 들어갔습니다. 이런 사실을 알게 된 임춘의 후손 임재무林再茂가 그 책을 구하여 1713년에 중간重刊했습니다. 이 중간본마저 점차 사라질 위기를 맞이하자 후손들에 의하여 여러 번 다시 간행된 끝에 오늘날까지 전해질 수 있었던 것이지요. 물론 임춘은 워낙 비중이 큰 문인이므로 『서하집』이 전해지지 않았다고 하더라도 『동문선』과 같은 선집이나 각종 시화집詩話集 등을 통하여 그의 시문이 산발적이나마 남았을 것입니다. 그러나 그것은 어디까지나 빙산의 일각에 불과하겠죠. 그러므로 『서하집』이 살아남은 것은 임춘과 그 후손을 위해서뿐만 아니라 우리나라 문학사를 위해서도 정말 다행한 일입니다."

"그러니까 결국 운문사의 구리 항아리가 『서하집』을 다시 후세에 전한 셈이군요. 거사님의 이야기를 듣고 나니 이제 그 항아리를 과거와는 다른 마음으로 바라보게 될 것 같습니다. 주위에 있는 도반들에게도 방금 거사님이 하신 이야기를 꼭 전해주어야 하겠고요."

"고맙고도 다행한 일입니다. 그런데 이왕 도반들에게 전해주시는 김에 한 가지만 더 전해주시지요."

"한 가지 더라니, 그럼 아직도 남은 이야기가 있나 보군요."

"경북 예천에 옥천서원玉川書院이란 서원이 있는데, 바로 임춘을 모신 서원입니다. 예천은 임춘이 무신의 난을 피해 와 약 7년 동안 숨어 살던 곳으로 지금도 후손들이 적지 않게 살고 있는 곳이지요. 그런데 옥천서원에 있는 각종 건물들의 수막새 기와를 보면 그 속에 예외 없이 커다란 항아리 문양이 들어 있습니다. 연꽃무늬 등으로 장식된 천편일률적 수막새에 비하면 대단히 이색적이어서 대번에 사람들의 시선을 잡아당기지요. 짐작하시겠지만 그 항아리가 바로 운문사의 구리 항아립니다. 『서하집』을 오늘날까지 전해준 이 항아리에 대한 고마움을 잊을 수가 없었던 임춘의 후손들이, 대원군의 서원철폐정책으로 철폐된 서원을 1985년 다시 복원하면서 수막새마다 운문사 항아리를 새겨 넣은 것이지요. 근년에 복원되어 이렇다 할 역사도, 문화유산도 없는 옥천서원은 이 창조적이고도 의미심장한 수막새로 인하여 비로소 이야기를 가지기 시작했으니, 모두 운문사의 항아리 덕분이죠."

"거사님의 말씀을 듣고 보니 그 항아리가 더욱더 소중하게 느껴지는군요. 그 자체가 나라의 보물이고, 가시적인 보물보다도 오히려 더 큰 가치가 있는 『서하집』을 몸속에다 갈무리해주었고, 게다가 멀리 예천에 있는 옥천서원의 수막새마다 살고 있으니, 운문사 항아리는 정말 힘이 세기도 하군요."

"그렇습니다. 그런데 스님, 바로 그 소중하고 힘이 센 운문사 항아리를 제 품에 한번 따뜻이 안아보면 안 되겠습니까? 고려시대 한문학을 공부하여 밥 먹고 사는 사람으로서, 『서하집』을 갈무리함으로써 저에게 밥을 먹게 해준 그 항아리에게 고마움을 표하고 싶습니다. 그렇게 하면 무신 집권기의 역사적 상황과 사회적 조건 속에서 고뇌에 찬 삶을 살면서 도처에 상처를 받았던 임춘의 영혼이 다소나마 치유될 것 같기도 하고요."

"안아보셔야죠. 안아보셔야 하고말고요. 그러나 이것 참 죄송해서 어쩌죠. 운문사 항아리는 운문사가 비장하고 있는 보물 가운데서도 보물이기 때문에 아무 때나 불쑥 안아볼 수 있는 것이 아니거든요. 우선 주지 스님의 허락부터 받아야 할 것 같은데, 요즈음은 주지 스님께서 출타 중이시고……. 거사님! 오늘은 불가능하지만 주지 스님께 허락을 받아 거사님이 안아보실 수 있도록 제가 어떻게든 주선해볼게요. 거사님께서 제 부탁 한 가지를 들어주기로 허락하시는 것을 조건으로 해서요."

"허락이라니요? 도대체 제가 허락할 게 뭐가 있겠습니까?"

"그래요. 허락이죠. 거사님이 안아보신 뒤에 저도 한번 안아봐도 좋다는 허락 말입니다. 어떻습니까. 허락해주실 거죠?"

"아닙니다. 절대로 허락할 수가 없습니다. 허락할 수가 없고말고요. 이 절이 비장하고 있는 보물이니 이 절에 계신 스님께서 당연히 먼저 안아보셔야지, 제가 감히 어떻게 먼저 안아봅니까. 저는 비록 다소 늦게 안더라도 스님이 안아보시고 난 뒤에, 스님이 안아보신 그 항아리를 내 품에 안아보고 싶거든요."

여승과 나, 그러니까 그사이에 우리가 된 우리는 호호 하하 소리 내어 웃으면서 처진 소나무를 천천히, 그것도 아주 천천히 한 바퀴 돌았다. 젖 먹던 힘을 다해 쏟아지는 늦가을 저녁의 맨 마지막 햇살에, 소나무의 푸른 잎새에서 반들반들 윤기가 일어났다. 때마침 불어오는 가을바람이 그 무수한 솔잎 하나하나를 아주 부드럽고 섬세하게 빗질하기 시작하자, 솔바람 소리가 쏴아~ 쏴아~ 하고 울려 퍼졌다. 그때마다 처마에 매달린 물고기가 가볍게 요동쳤고, 온 천지간에 낙엽이 마구 무너져서 이리저리 휘날리기 시작했다. 우리는 벌써 몇 번째 처진 소나무를 돌고 있었다.

"그런데 스님!"

스님은 서리 내린 날의 가을 하늘보다도 훨씬 더 깊고도 푸른 눈으로 나를 지그시 쳐다보았다.

"운문사는 정말 마음이 끌리는 절입니다. 그래서 저는 그동안 그 수를 헤아릴 수 없을 만큼 찾아오고 다시 또 찾아왔지요."

"그런가요? 그래 운문사에 있는 무엇이 거사님의 마음을 그토록 끕디까?"

"딱히 무어라고 한마디로 말을 할 수가 없습니다. 왜냐하면 운문사 전체가 거대한 매력의 덩어리거든요. 그 매력 덩어리를 인수분해하면 다시 매력의 세부적인 항목들이 줄줄이 사탕으로 나오게 되고요."

"그렇습니까? 그런데 거사님, 그 매력의 세부적인 항목 가운데서 한두 가지만 소개해주시지요."

"우리가 지금 몇 바퀴째 돌고 있는 이 운문사의 처진 소나무만 해도 그렇습니다. 아무리 천하장사라도 엄청나게 술을 많이 마시면 얼굴이 그만 불과해지고 몸가짐이 흩어지기 마련입니다. 온갖 추태를 다 부려놓고는 그다음 날 아침에 전혀 기억이 나지 않는다고 우기기 일쑤고요. 그런데 이 운문사 처진 소나무는 봄마다 막걸리를 열두 말씩이나 마시는데도 얼굴이 붉어지는 일이 없습니다. 추태를 부리는 일이 없으므로 기억에 없다고 우기는 일도 물론 없고요."

스님은 고개를 끄덕였다.

"그렇습니다. 제가 이 절에서 살기 시작한 지 10년이 훨씬 넘었지만 한 번도 자세를 바꾼 적이 없습니다. 한번 가부좌를 튼 그대로 의연하게 서 있는 저 소나무를 바라보면 장좌불와(長坐不臥 : 오랫동안 눕지 않고 앉아서 수행함)하는 수도자가 아닌가 싶기도 하죠. 특히 달빛이 교교하게 깔리는 밤에 바람이라도 불면 솔바람 소리가 마당에 고즈넉이 깔리는데, 그 그윽한 운치는 이루 말로 다 표현할 수 없지요."

"이 소나무는 제가 아는 범위 내에서 이 세상에서 가장 거룩한 자태를 지닌 나무의 왕입니다. 거룩한 성자처럼 보이지 않습니까. 이토록 의연하고도 청정하게 깨어 푸른 목탁 소리를 내고 있는 이 소나무를 만날 때마다 부처님을 대하듯이 두 손을 모으고 자꾸만 절을 하고 싶어집니다. 게다가……."

"게다가요, 거사님?"

"운문사에는 실로 위대한 종교음악이 있습니다. 짐작하시겠지만 새벽마다 울려 퍼지는 스님들의 새벽 예불 소립니다. 아시다시피 새벽 3시가 되면 어둠 속에 잠들어 있는 산천초목들을 깨우는 목탁 소리가 울려 퍼지지 않습니까."

"그렇습니다. 그 목탁 소리를 이어서 땅 위에서 살고 있는 중생들과, 물속에 살고 있는 중생들과, 하늘 위를 날아다니는 중생들을 구제하기 위하여 법고法鼓는 둥둥, 목어木魚는 따각따각, 운판(雲板 : 두드려 소리를 내는 구름 모양의 청동판)은 땡땡 소리를 내며 한바탕 야단법석을 벌입니다. 그래도 혹시 구제되지 못한 중생들이 있을까 봐 더엉~ 범종이 울리고요."

그 순간 나의 뇌리에는 그동안 대여섯 번 정도 본 적이 있는 운문사의 새벽이 떠올랐다. 법고와 목어, 운판과 범종이 한바탕 야단법석을 떠는 것과 때를 같이하여 찬물로 세수하고 옷매무새를 단정하게 가다듬은 200여 명의 스님들이 발자국 소리를 사각사각 내며 처진 소나무 옆을 사뿐사뿐 지나 대웅전으로 들어가는 모습 자체가 숭고하고도 가슴 뭉클한 감동을 불러일으켰다. 아니, 스님들이 대웅전으로 들어간다기보다는, 오히려 대웅전에 계시는 부처님께서 긴 들숨으로 스님들을 죄다 흡인吸引해 들이고 나면, 이윽고 아침 예불 소리가 천지간에 사무쳐 울려 퍼졌다.

지이시이임 귀이며어엉례에~.

사암계에 도오사아아 사아새애앵 자아부우우 시이아 본사아아 서어가아모니 부우우울~.

"사실 한 사람이 부르는 예불 소리는 경우에 따라서는 대단히 단조롭게 들릴 수도 있습니다. 그러나 200명이 넘는 여성 스님들이 공명통이나 다름없는 대웅전에서 일제히 부르는 염불 소리는 앳되고 청아하면서도 그 장중하기를 말로 다 표현할 수 없습니다. 단조로운 가락 수백 개가 합쳐져서 포괄적으로 빚어낸 단순미의 어떤 극치라고 할 수가 있겠지요."

"우리는 날마다 대웅전 부처님 앞에서 예불을 올렸을 뿐, 대웅전에서 울려 퍼지는 예불 소리를 객관적 입장에서 들어본 적이 없습니다. 그런데 우리가 부르는 염불 소리가 그토록 아름답단 말입니까?"

"적어도 저의 느낌으론 그렇습니다. 아름다운 들꽃이 향기인 줄도 모르는 채로 그윽한 향기를 내뿜듯이, 그것이 노래인 줄도 모르고 부르는 노래가 사람은 물론이고 산천초목의 심금까지 가슴 벅차게 울리는 것이지요. 아마도 이 운문사의 처진 소나무가 이토록 맑고 그윽한 자태를 지닐 수 있었던 것도 찬물에 세수를 한 뒤에 부르는 수많은 스님의 청아한 염불 소리를 새벽마다 옷깃을 여미고 들었기 때문이 아닐까요."

내가 하는 말을 듣고 있던 스님은 순간 고개를 갸우뚱했다.

"글쎄, 그럴까요? 그 점에 있어서는 거사님과 생각을 좀 달리하고 싶어지는군요."

"생각을 달리하신다 하시면, 어떻게 생각을 하시는가요?"

"물론 제삼자의 처지에서 보면 스님들의 청아한 예불 소리가 처진 소나무를 감화시켜 이토록 거룩한 자태를 지니게 했다고 볼 수도 있겠지요. 그러나 아침마다 예불을 하는 스님의 처지에서 생각해본다면 이토록 거룩한 소나무에게 감화를 받아 스님의 예불 소리가 저토록 청아하고 장중하다고 말하는 것이 사리에 더욱더 옳을 듯합니다. 실제로 스님들은 때때로 이 소나무 주변에서 수업을 하면서 '저 소나무처럼 청정하게 살아야지' 하고 다짐을 하곤 하지요. 그러니까 이 소나무는 이미 스님들의 스승이 되어 있는, 말하자면 소나무 스승인 셈입니다."

"스님의 말씀을 듣고 보니 과연 그런 것 같습니다. 저의 소견이 짧았나 보군요."

내가 뒤통수를 만지면서 다소 겸연쩍은 표정을 짓자, 스님은 이야기를 또 다른 차원으로 승화시키면서 내 아픈 뒤통수를 어루만져 주었다.

"아닙니다. 이런 이야기에 정답이 어디 있겠습니까. 개인적인 처지와 상상력의 발동 방향에 따라 얼마든지 견해가 다를 수 있죠. 거사님의 얘기를 다시 한 번 음미해보니까 저도 제 견해를 수정해야 할 것 같습니다."

"수정이라 하시면, 어떻게 수정을 하시려고요."

"거사님과 제 얘기를 절충해보려고요. 이토록 거룩한 소나무에게 감화를 받아 스님들의 예불 소리는 저토록 청아하고, 저토록 청아

174

한 스님들의 예불 소리에 감화되어 운문사 소나무는 이토록 거룩한 모습으로 서 있다고 생각하고 싶어요. 말하자면 이 양자가 주고받은 감화가 끊임없는 상승작용을 불러일으켜 양자 모두를 어떤 지극한 경지에 올려놓았다는 뜻이지요."

스님의 말씀에 자신도 모르게 나의 고개가 끄덕여졌다. 우리는 다시금 담소를 주고받으면서 처진 소나무를 두어 바퀴 더 돌았다.

"그런데 스님! 저는 이 세상에 존재하는 사물들 가운데 가장 신성이 깃들어 있는 것은 나무라고 생각하고 있습니다. 제가 아는 나무 가운데 가장 거룩한 나무는 바로 이 운문사 처진 소나뭅니다. 그러므로 저는 신이 계시다면 이 처진 소나무와 같은 모습으로 서 있지 않을까 하는 생각을 해봤습니다만……."

"어머, 그런가요? 이거 어쩌죠. 이번에도 저는 거사님과 생각이 다른데요."

"어떻게 다른데요? 어디 말씀 좀 해보시죠."

스님은 한동안 뜸을 들이다가 하얗게 웃으면서 입을 벌렸다.

"더러는 실망을 줄 때도 있고 더러는 미워질 때도 있지만, 제가 보기에는 그래도 역시 사람이 제일 아름답고 사랑스럽습니다. 그러므로 혹시 신이 계시다면 사람의 모습을 하고 있지 않을까요?"

인간을 절절하게 사랑해보지 않고는 도저히 할 수 없는 말이었다. 그럼에도 나는 왠지 스님의 말씀에 손사래를 치며 한 번쯤 딴죽을 걸어보고 싶었다.

"아니, 스님. 신이 사람의 모습을 하고 있다고요? 아무려면 그럴

리가 있겠습니까. 이 지상에 살아서 존재하고 있는 모든 것들 가운데 동족을 죽이는 것은 사람밖에 없습니다. 이 세상에 살아 있는 모든 것들이 사람 때문에 생존을 위협받고 있지 않습니까. 사람이 만약 신이라면 그런 신들이 다 죽어 없어져도 장송곡을 부르며 슬퍼해줄 짐승은 없을 겁니다. 오히려 이제 살판이 났다고 야호! 하며 뜀박질을 하겠지요. 그러므로 어느 시인은 사람을 '가장 잔인하고 흉물스러운 짐승'이라고 규정하기도 했던 것 아닙니까."

스님은 땅이 꺼지라고 크게 한숨을 쉬고 나서 한동안 침묵을 지키다가 말했다.

"일리가 있는 말씀이십니다. 하지만 이 세상 모든 꽃 가운데서도 '사람꽃'이 제일 아름답다고 노래한 시인도 있지 않습니까. 물론 저도 모든 사람이 신의 모습을 하고 있다고 생각하고 있는 것은 아닙니다. 끊임없는 자기정화를 통하여 사람의 가슴속에 숨어 있는 저 무섭고도 흉물스러운 짐승을 완벽하게 제압한 사람은 신의 모습을 하고 있다는 뜻입니다. 저의 스승이신 부처님이 바로 그러한 분이십니다. 이 처진 소나무가 아무리 거룩하다 해도 부처님보다 더 아름다울 수는 없을 겁니다. 말씀드리기 부끄럽지만 저 같은 사람이 수행을 한답시고 첩첩산중에 들어앉아 가부좌를 틀고 있는 것도 결국은 바로 그 흉물스러운 짐승을 제압하고 조금이라도 더 신의 모습에 접근하기 위해서라고 해야 되겠지요. 그런 의미에서 저는 박노해 시인의 「다시」라는 시를 즐겨 애송하고 있습니다."

희망찬 사람은
그 자신이 희망이다

길 찾는 사람은
그 자신이 새 길이다

참 좋은 사람은
그 자신이 이미 좋은 세상이다

사람 속에 들어 있다
사람에서 시작된다

다시
사람만이 희망이다

　스님이 그 시를 죄다 읊었을 때, 운문산 위에 두둥실 떠도는 뭉게
구름에 저녁놀이 곱게 물들고 있었다. 그 곱게 피어나는 저녁놀 아
래 스님의 말씀이 다시 도란도란 울려 퍼졌다.
　"사람이 세상을 다 망쳐놓은 것도 사실이지만, 망쳐놓은 세상을
바로잡을 가능성을 조금이라도 가지고 있는 것도 역시 사람밖에 없
습니다. 그러므로 결국은 사람만이 유일한 희망이 아닐까요?"
　스님은 그 형형한 눈으로 나를 쳐다보며 간곡하게 동의를 촉구하

였고, 나는 말없이 고개를 끄덕였다.

그때 따각따각 목어를 치는 소리와 함께 범종 소리가 더웅~ 하고 온 천지간에 울려 퍼졌다. 그와 동시에 우리는 서로 간에 합장을 하고 말없이 돌아서서 각각 제 갈 길을 향하여 걸어갔다. 한 사람은 종소리가 울리는 곳으로, 다른 한 사람은 그 종소리가 퍼져나가는 저 아득한 바깥, 사람들이 살고 있는 세상을 향하여……

뭐니 뭐니 해도
사람이 제일 절경

2004년 여름, 같은 학교에서 근무하고 있는 선후배 교수들과 함께 중국에 다녀온 적이 있었다. 진시황릉陵을 위시한 장안 부근의 유적지 몇몇 곳과 그 당시 우리나라 관광객들로 북새통을 이루고 있었던 장가계張家界 일대를 관광하기 위한 여행이었다.

우리 일행이 탄 관광버스에서 안내를 맡은 이는 연변 출신의 동포였다. 그는 입술을 잠시도 가만히 두지 않는 다변과 요설의 젊은 청년이었다.

"사람이 태어나서 장가계에 가보지 않았다면 100세가 되어도 늙었다고 말할 수가 없다는 말이 있습니다. 장가계의 아름다움을 단적으로 표현하고 있는 말이죠. 유방을 도와 한나라를 세우는 데 결정적인 역할을 했던 장량이 만년에 은거한 곳이기 때문에 장가계라 불리게 되었으니, 장가계는 '장 씨 집안 소유의 땅'이라는 뜻입니다. 전설적이고 몽환적 선경인 무릉도원이 딱히 어딘지는 알 수 없어도 장가계에 있다고들 말해왔고요."

청년은 머리가 비상한 사람이어서 장가계의 높이와 위치와 넓이와 연평균 온도와 강수량 따위를 모조리 외워서 설명하였다. 심지어 놀랍게도 그는 장가계에 살고 있는 20개 소수민족의 민족별 인구수와 전체 인구에서 차지하는 비율을 낱낱이 외워서 설명한 뒤에, 이렇게 덧붙이는 것이었다.

"약 3억 8천만 년 전 이곳은 망망한 바다였습니다. 바닷속에 있는 동안 석회질의 용해와 자연적인 붕괴 등으로 이 일대는 놀라운 바닷속 절경을 형성하였고, 그 후에 다시 천문학적 시간에 걸친 지구의 지각운동으로 바다 밑에 있던 절경이 육지로 솟아올랐죠. 장가계 일대가 얼마나 놀라운 절경인지는 얼마 후에 손님들께서 두 눈으로 직접 확인하시게 되겠지만, '와와 관광'이라는 장가계 관광의 별칭을 통해서도 충분히 짐작할 수 있습니다. 아무리 감정이 무딘 사람이라도 '와아, 와아!' 하고 감탄사를 연발하지 않고는 도저히 견딜 수가 없다는 뜻이지요. 자, 그럼 이제 본격적으로 '와아, 와아!' 관광이 시작되겠습니다."

아닌 게 아니라 장가계 일대는 입이 딱 벌어지는 놀라운 절경이었다. 관광 첫째 날 장가계의 정상 부분에 형성된 길을 따라 천천히 돌면서 눈 아래 펼쳐져 있는 기기묘묘한 산봉우리들을 내려다보았다. 과연 일찍이 내가 단 한 번도 본 적이 없었던 참으로 경이적인 풍경이었다. 산수의 아름다움이 천하제일이라는 계림에도 가본 적이 있었지만, 장가계의 절경은 계림과는 또 다른 차원으로 전개되고 있었다.

더구나 우리나라 금강산의 봉우리가 모두 만 2천 개인데, 장가계를 이루는 산봉우리의 수가 자그마치 7만 2천 개라는 설명에는 그만 기가 딱 질릴 지경이었다. 물론 7만 2천의 고립적인 봉우리 하나하나가 이룩하는 풍경만 해도 정말 오묘하기 짝이 없었다. 하지만 이 모든 봉우리들이 포괄적으로 조성하는 총체적 풍경은 대자연이 연출해놓은 한 편의 장엄한 서사시였다. 아마도 상상력의 천재가 가장 아름다운 절경을 혼신의 힘을 다해 상상해본 뒤에 이곳 장가계에 와서 본다면, 자신의 빈곤한 상상력에 울화통이 터질 것이 틀림없을 터였다.

아니, 산봉우리가 어찌 저렇게 생길 수가 있을까, 도대체 산봉우리가 저토록 기묘하게 생겨먹어도 조물주에게 죄가 되지 않을까, 하는 느낌이 드는 무수한 산봉우리가 가는 곳마다 우람하게 펼쳐졌다. 우리는 그만 이 놀랍고도 장대한 절경 앞에서 모두 자신도 모르게 입을 딱 벌렸고, 그 벌어진 입으로 와아, 와아! 하는 감탄사가 시도 때도 없이 쏟아져 나왔다. 결국 우리 일행의 장가계 관광도 온종일 감탄사를 토해낸 '와와, 와아! 관광'이 되었던 것이다.

하지만 그다음 날 장가계의 7만 2천 봉우리를 머리 위에 두고 깊은 협곡을 따라 답사를 하면서 장가계에 대한 나의 생각이 서서히 변모하기 시작했다. 물론 협곡에서 쳐다본 풍경도 어제와 다름없는 놀라운 절경이었다. 우리 일행들이 그 무슨 신음을 토하듯이 와아, 와아! 감탄사를 토해낸 것도 어제와 조금도 다를 바가 없었다.

그러나 협곡 주변에 마치 거대한 송곳을 세운 듯이 아찔하게 솟아 있는 저 엄청난 산봉우리들은 점점 나를 기겁하게 만들었다. 거의 대부분 칼로 두부를 자른 듯한 수직의 벼랑이었고, 걸핏하면 그 높이가 수백 미터였다. 그 아찔한 수직 벼랑을 따라서 형성된 협곡은 폭이 대단히 좁아서 목을 곧추세워 쳐다보지 않고서는 그 놀라운 절경들을 제대로 바라볼 수가 없었다. 당연한 일이지만 나는 이 절경들을 단 하나라도 놓치고 싶지 않았고, 따라서 목을 한껏 뒤로 쳐들고 눈을 최대한 크게 부릅떴다.

순식간에 목이 뻣뻣하게 굳었고, 눈알이 당장 튀어나올 것만 같았다. 약을 먹을 정도는 아니었지만 두통과 현기증이 뒤따랐다. 그렇다고 하여 이 기괴한 절경을 보는 것을 완전히 포기하고 답답하게 땅만 보면서 걸을 수도 없는 일이었다. 그것은 무엇보다도 욕망으로 점철되어 있는 내 감각기관의 속성상 도저히 불가능한 일이기도 했다. 마침내 장가계 연봉들은 자신에게 집요하게 집착하는 나의 멱살을 험상궂게 잡고 이리저리 흔들면서 윽박질렀다.

"감탄해라, 감탄해. 이런데도 네가 감탄하지 않겠다는 거야, 뭐야."

물론 그때마다 나의 혀끝에서 와아, 와아! 하는 감탄사가 신음처럼 쏟아져 나왔다. 그리하여 마침내 이 장대한 절경은 나를 점점 더 고압적으로 억압해 오기 시작하더니, 급기야 나의 팔을 비틀면서 항복문서에다 서명하기를 강요했다.

"항복해라, 항복해. 졌다고 생각되면 무릎을 꿇어야 할 것 아냐."

졌다고 생각한 나는 순순히 항복문서에 도장을 찍고 무릎을 꿇었다.

하지만 그것은 이미 자연에의 침잠이나 자연과의 합일이 아니라 자연과의 대결이자 투쟁이었다. 나는 단 한 번도 장가계의 절경을 가슴으로 그윽하게 안아보지 못했고, 그렇다고 해서 장가계가 나를 포근하게 안아준 적도 없었다. 그러고 보면 내가 장가계에서 봇물처럼 쏟아냈던 무수한 감탄사도 가슴에서 우러난 뜨거운 감동의 소산이 아니라 일단 눈이 보고 깜짝 놀랐고, 그 놀라움을 조건반사처럼 혀가 곧바로 토해낸 데서 나온 것일 터였다. 결국 나의 장가계 여행은 정말 기묘한 절경 앞에서 나의 눈이 기겁할 정도로 '깜짝 놀란 여행'이었지, 가슴속에서 뜨거운 밀물이 밀려오는 '벅차고 감동적인 여행'과는 아무래도 거리가 멀었던 것이다.

이 밖에도 장가계 여행은 이래저래 뒷맛이 개운치가 않았다. 식당에서 먹은 음식에 문제가 있었는지 정도의 차이가 있기는 했지만 우리 일행 전원이 식중독인지 이질인지를 앓은 것부터가 그랬다. 내가 처음 앓기 시작한 이 병은 한 사람이 나으면 또 한 사람이 앓기 시작했고, 중국에서 앓지 않은 사람은 한국에 와서라도 예외 없이 앓았다. 원래 우리는 중간 기착점인 장안에서, 천년 고도의 정취에 젖으면서 중국에서의 마지막 밤을 도저한 풍류와 낭만으로 몽환적인 도색塗色을 할 참이었다.

　　長安一片月 장안 하늘에 한 조각의 달
　　萬戶搗衣聲 집집마다 다닥다닥 다듬이 소리

　시기적으로 마침 그믐달이 처연하게 걸릴 무렵이었으므로 이태백의 이런 시라도 읊으며 피날레를 멋있게 장식하고 싶었다. 그러나 병원 찾을 힘도 없었던 우리 일행은 배가 아플 때는 단식이 최고라며 하루 동안 곡기를 끊고 호텔에서 울적하게 누워서 지냈다. 게다가 장안에서 장가계를 오가는 왕복 비행기가 두 번 다 한 시간이 넘도록 연착을 했는데도 사과 방송은 말할 것도 없고 안내 방송조차도 없었던 것도 나를 짜증 나게 했다. 중국 여행을 자주 하는 한 동료가 '중국의 국내 비행기는 연착하는 것이 보통이므로 지금 아주 정상적인 일이 벌어지고 있고, 정상적인 일에 짜증을 내서는 안 된다'고 자상스럽게 안내하긴 했다. 하지만 그런 안내조차도 짜증스럽기는 마찬가지였다.

　그러나 장안에서 김해로 가는 비행기를 탑승하는 순간부터 갑자기 급속도로 기분이 좋아지기 시작했다. 우선 우리가 타고 갈 비행기가 태극 무늬 선명한 우리나라 비행기였고, 그것도 중국 비행기와는 달리 정시에 우리를 기다리고 있어서 안심이 되었다. 게다가 중국의 스튜어디스들과는 전연 딴판인, 세계에서 가장 아름다운 우리나라 처녀들이, 탑승하는 나를 상냥한 웃음으로 맞이하자 가슴마저 가볍게 설레기 시작했다.

오래전에 읽었던 한 논문에 의하면 과거 당나라로 가는 신라의 사신들이 정상적인 여행을 계속한다고 볼 때, 경주에서 출발하여 장안에 도착하는 데 걸리는 시간은 대략 석 달 정도라고 한다. 우리는 당나라에 파견된 신라 사신들이 석 달 동안의 고통스런 여행 끝에 돌아온 머나먼 길을 우리나라 비행기를 타고 우리나라 처녀들이 제공하는 간식을 먹으면서 단 세 시간 만에 돌아왔다. 설사 당시의 역사적 조건 속에서 생존을 위한 부득이한 선택이었다고 하더라도, 과거 우리 조상들의 사대주의와 모화주의에 신물이 나 있었던 나로서는 가슴 벅찬 일이 아닐 수 없었다.

하지만 정작 나의 가슴에 눈물겨운 감동이 밀려오기 시작한 것은 비행기가 메마르기 짝이 없는 중국을 횡단하여 우리나라로 접어들고 나서였다. 비행기의 창으로 서해가 시퍼렇게 출렁대고 있었고, 출렁대는 바다에 연잎같이 떠 있는 다도해의 작은 섬들 사이로 고기잡이배들이 오락가락하고 있었다. 다랑이 논들의 굽이치는 곡선이 시야에 들어왔고, 푸르디푸른 산자락을 배경으로 하여 옹기종기 모여 앉은 집들이 보였다. 영산강인지 섬진강인지 이름을 알 수 없는 어떤 강물이 육감적인 S라인을 그리면서 이리저리 굽이치며 흐르고 있었고, 가는 곳마다 푸른 들판이 끝 간 데 없이 펼쳐졌다. 들판 끝에는 도저히 절경이라 부를 수는 없지만, 절대로 못생기지 않은 산들이 정겹게 어깨동무를 하고 있었다.

물론 대단한 절경이 아니라 도시를 조금만 벗어나면 어디서나 볼 수 있는 평범한 풍경이었지만, 내가 언제나 절절하게 그리워하던 풍경들이기도 했다. 이토록 사무치게 아름다운 풍경들을 대하는 순간, 어떤 시원적인 평화가 가슴에 뜨겁게 밀려오기 시작하면서, 나의 뇌리에 정현종 시인의 「그 굽은 곡선」이란 시 한 편이 불쑥 떠올랐다.

내 그지없이 사랑하느니
풀 뜯고 있는 소들
풀 뜯고 있는 말들의
그 굽은 곡선!

생명의 모습
그 곡선
평화의 노다지
그 곡선

왜 그렇게 못 견디게
좋을까
그 굽은 곡선!

그리하여 나의 중국 여행은 중국에서 다시 우리나라로 돌아온 뒤에야 비로소 눈물겨운 감동을 맛보는 것으로 대단원의 막을 내렸다. 아아, 그래 맞다. 우리나라 최고!

귀국 후 얼마 뒤에 가까이 지내는 시인 문인수 형을 만났다. 형은 그 무렵 인도 여행을 다녀와서 신들린 사람처럼 수십 편의 절창을 마구 쏟아내고 있었다. 그런 그에게 장가계에 다녀온 소감을 털어놓았더니, 그가 한마디 툭 던졌다.

"나도 장가계에 가봤어. 감탄사가 절로 나오는 정말 놀라운 절경이더군. 그런데 진짜 이상한 것은 감탄할 일이 단 한 번도 없는 인도에 다녀와서는 수십 편의 시가 쏟아져 나왔는데, 장가계에 갔다와서는 단 한 편의 시도 쓰지 못했다는 사실이야. 써지지도 않았거니와 아예 쓸 것 자체가 없었어. 그러니 앞으로도 쓰지 못할 거야."

왜 그럴까. 왜 그토록 감탄했던 장가계에 다녀와서 단 한 편의 시도 쓰지 못했고, 또 쓸 것조차도 없었던 것일까. 인수 형이 마지막으로 한마디를 덧붙였다.

"절경은 좀처럼 시가 안 돼. 절경에는 사람 냄새가 없거든. 절경, 절경 해도 결국은 사람이 제일 절경이고, 시라는 것도 결국은 사람 구경이야."

임고서원 은행나무,
그 나무 밑의 흰 피

다분히 주관적인 견해가 되겠지만, 이 세상에서 나무보다도 더 신성한 존재는 아무것도 없다. 그러므로 무신론자인 나에게 종교가 무어냐고 굳이 따져 묻는다면 나로서는 아무래도 나무라고 대답할 수밖에 없다. 종교의 대상과 혼인을 해도 큰 죄가 되지만 않는다면 나는 기꺼이 나무의 아내가 되어 그를 위하여 행주치마를 두르고 싶기도 하다. 하지만 내가 이 세상 모든 나무들과 혼인하여 그들의 공동 아내가 될 수는 없다. 만약 그렇다면 어느 한 나무를 선택하여 아주 각별하게 사랑할 수밖에 없을 것이다. 이처럼 어차피 한 나무를 선택할 수밖에 없다면, 포은圃隱 정몽주鄭夢周 선생의 흰 피와 붉은 넋을 마시고 자란 임고서원臨皐書院 앞의 거대하고 장중한 은행나무를 고를 수밖에 없을 것 같다.

내가 이처럼 이 은행나무에서 거의 신앙적인 차원의 성스러움을 느끼게 된 것은 열 살 남짓의 어린 나이에 이 나무와 맺었던 아주 기이한 인연 때문이다. 너무나도 기이하여 비현실적이라는 느낌마저 드는 실로 이상한 인연의 밧줄로 나를 이 나무에다 꼼짝도 못 하도록 꼬옹꽁 묶어버렸던 분은 바로 나의 아버지였다.

혼자 고향을 떠나 이 거대한 나무 밑에서 자취를 하시며 초라한 한약방을 경영하고 계셨던 40년 전의 나의 아버지는 유교적 윤리가 옷자락마다 고운 때垢처럼 묻어 내리던 아주 보수적인 분이었다. 그러므로 아버지께서 된장이나 김치가 떨어져서 고향으로 돌아오시는 날에 우리 남매에게 풀어놓는 이야기보따리는 언제나 동양의 고사들이었고, 그 가운데서도 나의 마음을 온통 사로잡아 버렸던 것은 포은 선생의 붉은 넋과 흰 피에 대한 얘기였다. 워낙 어렸을 때 일이어서 그 내용을 확실히 알 수는 없었지만 지금 나의 상식을 바탕으로 그때 아버지께서 하셨던 말씀을, 당신 스스로 한시와 함께 가끔씩 지어 읊으시던 4·4조 가락의 가사체에 실어보면 대략 다음과 같이 될 것이다.

만고 충신 포은 선생 '단심가丹心歌'를 부르면서
거꾸로 말을 타고 선죽교善竹橋를 건너시다
이방원 일파에게 피살되어 피 흘릴 때,
선생이 흘린 피는 원한 어린 흰 피였다.

그 흰 피 흐른 자리 대나무가 돋아났고,

아직도 그 대밭에 추적추적 비가 오면

흰 피가 나온단다, 원한에 어린 흰 피.

흰 피가 어찌 다만 선죽교뿐이겠노.

비 오는 날 선생 뫼신 임고서원 은행나무,

그 나무 밑에 가면 거기도 원한 어린

선생의 그 흰 피가 울컥울컥 나오는데,

선죽교에 나는 피는 내가 직접 못 봤지만

임고서원 그 흰 피는 똑똑히 내가 봤다.

두 눈으로 확인했다, 원한 어린 그 흰 피를······.

아버지의 이런 말씀을 되풀이해서 듣는 동안 임고서원 은행나무 밑의 흰 피가 지닌 신비는 서서히 어린 나의 마음을 사로잡는 종교로 변하기 시작했다. 그리하여 마침내 퍼붓는 비를 맞으며 임고서원으로 달려가서 은행나무 밑에 흐르는 포은 선생의 흰 피를 오래오래도록 바라보는 꿈을 시도 때도 없이 꾸곤 했고, 급기야 흰 피는 몽환과 동경으로 뒤범벅이 된 어린 날의 신화가 되어버렸다.

그러나 내가 실제로 이 은행나무를 찾아가서 그 거대한 둥치를 가슴이 벅차도록 안아본 것은 우리 일가가 고향 마을에서 산길 물길로 시오 리쯤 떨어져 있는 임고로 이사를 한 초등학교 3학년 때 일이었다. 이사 날 오전에야 겨우 전학 수속을 끝낸 아버지를 따라 우리 사 남매가 걸어서 임고로 출발했을 때는 이미 해가 중천을 넘어선 오후였다. 산을 두 번 넘고 물을 건너서 우리의 발길이 포은이 태어나신 효자리孝子里를 지날 때, 이미 다 저문 천지에 천근만근의 가없는 저녁놀이 깔리고 있었다. 두루마기 자락에 척척 걸리는 엄청 무거운 저녁놀을 뚫고 마을을 지나던 아버지께서 문득 방향을 바꾸셨다. 그러고는 늙은 소나무가 무성하게 우거진 산기슭의 낡은 비각碑閣을 가리키며 얼마간의 감정적 도취를 곁들여서 장중한 어조로 말씀하셨다.

"이 마을이 바로 포은 선생이 태어나신 마을이다. 선생은 3년 동안 시묘侍墓를 하셨던 지극한 효자였고, 여기 이 비각은 바로 그 효성을 기리기 위하여 나라에서 세운 것이다. 이곳에 어려 있는 선생의 충효忠孝에 감동되어 자란 이 울창한 소나무들, 선생의 충효로 잘 빗질된 저 솔바람 소리를 들어보아라. 참으로 만고萬古 충신, 만고 효자에 만고 청풍淸風 그것이 아니더냐."

내가, 쓰러지기 직전의 맨 마지막 열정으로 붉게 타오르는 저녁놀과, 오랜 세월의 풍화작용으로 기이하게 늙어버린 소나무의 검푸른 빛깔이 당신의 흰 두루마기 자락에 온통 뒤범벅되어 얼비치는 모습을 넋을 잃고 바라보고 있을 때, 아버지께서는 그 무슨 선언처럼 아주 엄숙하게 말씀하셨다.

"여기도 비가 오면 흰 피가 난다아!"

임고로 이사를 한 후 나는 매일같이 서원 앞의 은행나무를 안고 놀면서 비가 오기를 기다렸으나 비는 좀처럼 오지 않았다. 그러던 어느 날 점심시간에 문득 창밖을 바라보니 갑자기 산 너머로 먹구름이 물컥물컥 밀려오더니, 교정을 뒤덮은 플라타너스 잎새에 굵은 빗방울이 시퍼렇게 부서지기 시작했다. 그 순간 나는 먹던 도시락을 내팽개친 채 억수같이 쏟아지는 비를 맞으며 임고서원으로 달려갔다. 그리하여 마침내 은행나무 밑을 오래 오래도록 살펴보았으나 아무리 자세히 살펴보아도 흙탕물 속에 분명히 숨어 있을 포은 선생의 흰 피를 구별할 방법은 없었다.

너무나도 당연한 이야기가 되겠지만, 머리가 조금 굵어지면서 임고서원의 흰 피의 신화는 순식간에 무너져 버렸다. 그런데 정말 이상한 것은 신화가 무너진 바로 그 순간부터 아주 서서히 나의 몸속에 포은 선생의 흰 피가 꿈틀대기 시작했다는 사실이다. 급기야 임고서원 은행나무 밑에는 선생의 흰 피가 부재不在의 모습으로, 그러나 엄연히 실재實在하고 있으리라는 참으로 이상한 신흥종교가 내 마음속에 서서히 자리 잡기 시작했으며, 그때 자리 잡은 신흥종교는 아직도 무너지지 않고 있다.

그러므로 나는 지금도 내 삶이 시들하게 보이거나 오랜 신념이 흔들릴 때마다, 적어도 1년에 열두 번은 임고서원의 은행나무 밑으로 달려간다. 그 옛날 포은 선생의 흰 피를 보기 위하여 억수같이 쏟아지는 비를 맞으며 은행나무 밑으로 달려갔던 그 지순至純한 열정을 다시 한 번 가슴에 되새기고, 부재하는 흰 피의 엄연한 실재를 나의 이 두 눈으로 아주 똑똑하게 확인하기 위하여……

뭐라고, 통영이
한국의 나폴리라?

다 알다시피 통영은 윤이상, 유치진, 유치환, 김춘수, 박경리, 김용
익, 전혁림 선생 등 기라성 같은 예술가들의 고향이다. 하지만 통영
이 나에게 특별한 의미를 가지는 것은 그곳이 나의 스승이신 초정
艸丁 김상옥金相沃 선생의 고향이기 때문이다. 초정 선생과 나는 신
춘문예의 심사위원과 당선자로 만나 별세하실 때까지 10년 남짓 동
안 좀 각별한 인연을 맺었다. 결코 길다고 할 수도 없지만 짧다고 할
수도 없는 기간에 남다른 사랑을 받았을 뿐만 아니라, 노중석 시인
등과 함께 고향을 몹시도 사랑했던 스승을 모시고 두어 번 통영 지
역을 여행했던 적도 있었다.

물론 그전에도 몇 번 통영을 다녀온 적이 있기는 했지만, 스승을
모시고 갔던 통영은 그 어느 때보다도 아름다웠다. 특히 육중한 미

륵산을 구심점으로 삼아 아득히 굽이치며 돌아가는 60리 해안도로의 가장 눈부신 보석인 달아공원에서 바라보는 수십 개의 섬들은 현실이 아니라 몽환이었다. 분명히 누군가가 꿈을 꾸고 있는데, 섬들이 꿈을 꾸고 있는지, 내가 꿈을 꾸고 있는지 구별조차 하기가 어려웠다.

쟁반에 담긴 쪽빛, 뉘가 여길 바다랬나!
멀리 구름 밖에 겹겹이 포개진 것
그린 듯 고운 이마에 졸음마저 오누나

이제 막 솟아오른 반만 핀 꽃봉오리
잠길 듯 둥근 연잎, 떠 있사 물굽이로
잔잔히 흐르는 돛대 나비 되어 숨는다

어미 소 곁에 노는 귀여운 망아지 떼
송아지 뒤따르다 돌아보는 얼룩말들
점점이 꿈을 먹이는 푸른 벌판이구료

일찍이 스승이 읊으신 「다도해」가 봄날의 순하디순한 햇살과 매화 향기 속에서 그림처럼 펼쳐졌다. 내 마음의 거문고가 은은히 울려 퍼지는 소리가 들려왔다. 나는 통영의 아름다움에 도취되어, 고운 아미에 졸음마저 오는 다도해를 졸음에 겨워 바라보는 스승에게 별다른 생각 없이 한마디 오발탄을 툭, 던졌다.

"선생님, 통영을 '한국의 나폴리'라 부르는 이유를 이제야 비로소 알 것 같습니다."

그러나 무심코 던진 이 한마디 말이 뜻밖에도 일파만파의 파도를 몰고 왔다. 반쯤 졸고 있던 스승의 표정이 돌연 험상궂게 변하고 눈초리가 휙 찢어지면서 다도해 전체를 다 뒤덮고도 남을 엄청난 쓰나미가 몰아치기 시작했던 것이다.

"이 선생, 방금 뭐라 그랬소. 아니 한국의 나폴리라니? 통영이 어째서 한국의 나폴리란 말입니까. 가당치도 않은 모욕이군요."

뜻밖의 사태 앞에 당황하여 나는 그만 어안이 벙벙했다.

"모욕이라니요? 한국의 나폴리라는 말은 통영의 아름다움에 대한 더할 나위 없는 찬사 아닙니까. 그것도 다른 누가 그러기 전에 통영 사람들 스스로가 그렇게 부르고 있고요. 조금 전에 시가지를 지나다 보니 나폴리다방, 나폴리노래방도 있더군요."

스승은 그만 화가 나서 분통을 터뜨렸다.

"아니, 이 선생의 입에서 어떻게 그런 말이 나옵니까. 정말 실망스럽군요. 이 선생마저도 남이 장에 가면 거름 지고 따라갈 사람이었나요? 그래 이 선생, 이 선생은 나폴리에 가본 적이 있어요?"

나는 망연자실한 심정으로 대답했다.

"없습니다."

"그럼 이 선생은 전에 통영에 몇 번이나 와봤습니까?"

"예, 서너 번 와본 적이 있었습니다."

"서너 번 가지고 통영을 봤다고 말할 수가 없습니다. 그래 통영에 와서 어디를 얼마나 가봤어요? 서너 번 왔다니까 남망산공원이나 한산도에는 가봤겠지만 욕지도 가봤어요? 부지도 가봤어요? 매물도 가봤어요? 연화도 가봤어요? 비진도 가봤어요?"

스승은 그 무슨 따발총같이 섬 이름들을 늘어놓았다. 물론 그 가운데 가본 곳이 전혀 없는 것은 아니었지만, 이럴 때 가봤다고 말하는 것은 문제 해결에 전연 도움이 되지 않을 터였다.

"못 가봤습니다."

스승의 입에서 침이 튀었다.

"통영에 소속된 섬이 무려 151개나 되고 이곳 달아공원에서 바라볼 수 있는 섬만도 수십 개입니다. 그중에 이 선생이 가본 곳이 도대체 몇 개나 되는 거요?"

나는 그만 대꾸할 말을 잊고 스승 앞에서 고개를 숙였다. 그러나 스승의 추상같은 추궁은 좀처럼 끝나지 않았다.

"그럼 미륵산에는 올라가 봤어요?"

"못 올라가 봤습니다."

"시인 정지용 선생이 해방 직후에 통영에 와서 미륵산에 오른 적이 있었습니다. 그때 선생은 통영 앞바다를 바라보고 경탄해 마지 않으면서 '바로 여기가 천하제일의 절경이다. 오늘 천하의 제1경을 보았으니 이제는 죽어도 여한이 없다'며 극찬을 하시고, 감격에 겨워 엉엉 소리 내어 우셨습니다. 따라서 미륵산에도 못 올라가 봤다면 통영을 봤다고 말할 수가 없지요."

"……."

"결국 이 선생은 나폴리를 본 것도 아니고 통영을 제대로 본 것도 아닙니다. 그런데 도대체 무슨 근거로 통영을 한국의 나폴리로 모욕적인 격하를 시키는 겁니까. 내가 아는 통영 사람 가운데 나폴리를 다녀온 사람이 있는데, 나폴리를 통영과 비교하는 것은 통영에 대한 실례라도 이만저만한 실례가 아니라고 하더군요. 만약 그렇다면 통영이 한국의 나폴리가 아니라 나폴리가 '이탈리아의 통영'인데, 통영 사람들부터 자랑삼아 통영을 '한국의 나폴리', '동양의 나폴리'라 떠들어대니 이거 정말 분통이 터져 죽겠어요. 흔히들 세계 3대 미항美港이라면서 이탈리아의 나폴리, 호주의 시드니, 브라질의 리우데자네이루를 들곤 하지만, 누군지는 몰라도 그곳이 세계 3대 미항이라고 처음으로 떠들어댄 사람이 틀림없이 통영에는 와보지 못했을 겁니다. 만약 와봤다면 상황이 백팔십도 확, 달라졌을 수도 있겠지요."

스승의 열변은 갈수록 도도한 장강처럼 요동을 쳤다.

"우리가 국수주의자가 될 필요는 없습니다. 하지만 피가 물보다 진한 것이 확실한 이상 우리의 것을 먼저 사랑하고 아끼는 것은 민족의 구성원이 당연히 짊어져야 할 하나의 의무이자 도리입니다. 그런데 우리에겐 우리 것을, 그것도 세계적으로 위대한 우리 것을 우리 스스로가 격하시키는 아주 고약한 버릇이 있지요. 세계적인 의사를 '한국의 슈바이처', 세계적인 화가를 '한국의 고흐'라고 부릅니다. 게다가 해동공자, 해동증자, 해동주자…… 이래서는 한국이 세

197

계에서 단연코 제일 뛰어나도 남의 하수인이 될 수밖에 없습니다. 내가 서 있는 곳이 바로 세계의 중심인데도 세계의 중심이 어디 먼 나라에 따로 있다고 생각하는 이 어처구니없는 주변의식, 문화적 사대주의가 이런 용어들의 원초적인 모태입니다. 이와 같은 어이없는 생각을 발본색원하지 않고는 우리는 절대 세계의 중심에 설 수가 없습니다. 민족 주체의 전 세계적 확산으로 승화되어야 할 세계화가 민족 주체의 전 세계적 소멸로 치닫고 있으니, 정말 너무나도 분하고 안타까운 일 아닙니까."

"으윽!"

나는 스승의 폭포수 같은 웅변에 그만 망치로 뒤통수를 맞고 퍽 쓰러졌다. 부끄럽고 무안해서 쥐구멍을 찾고 싶은 심정이었다. 그런데 바로 그 순간, 그 특유의 눌변성 달변으로 침을 튀기며 통분을 터뜨리던 스승이 난데없이 이렇게 말을 걸어왔다.

"이 선생, 먼저 통영 사람에게 퍼부어야 할 말을, 그만 홧김에 이 선생께 죄다 퍼부어 미안하오. 재미있는 이야기나 하나 해주소. 들어보고 재미있으면 이번 한 번만은 그냥 넘어갈 테니까."

이야기라면 나도 어지간히 자신이 있었다. 나는 스승으로부터 용서받기 위하여 내 딴에는 서사적 구조를 제대로 갖춘 흥미진진하고도 의미심장한 비장의 보따리를 장황하게 풀어놓았다.

그러나 나의 이야기를 다 들으신 스승은 고개를 좌우로 흔들었다.

"거참, 싱거운 이야기군요. 도대체 무슨 이야기가 그렇게 싱겁게 끝납니까?"

나는 스승의 말꼬리를 힘껏 붙잡고 늘어졌다.

"선생님, 제 이야기가 싱겁다면 선생님께서 간이 제대로 든 짭짤한 이야기를 하나 해주십시오."

어투에 숨겨놓은 나의 불평스러운 심사를 죄다 알고 있다는 듯 스승이 환하게 웃었다.

"그럴까요. 그게 소원이라면 내가 이야기를 하나 해보지요. 이 선생이 가난한 선비 이야기를 했으니까, 나도 가난한 선비 이야기로 맞장구를 칠랍니다. 이 선생이 무로 요리를 했으니 나는 수박으로 요리를 하고, 천치 부인은 현숙한 부인으로, 고매한 선비는 평범하다 못해 얼핏 한심해 보이는 선비로 바꾸어서 맞장구를 한번 쳐볼 테니, 어디 한번 들어보소."

일제강점기 때다. 어느 시골 마을에 정말 찢어지게 가난한 한 선비가 살고 있었다. 그는 우리나라 유학사의 도도하고도 장엄한 산맥에 우뚝 솟아 있는 걸출한 학자도 아니었고, 드높은 도덕과 탁월한 인품으로 세상 사람들의 존경을 한 몸에 받는 사람도 아니었다. 책이 좋아서 마냥 책을 읽고 있기는 했지만 그저 순박하고 착한 사람이었다. 입에 풀칠할 방책도 없이 시도 때도 없이 책만 읽고 있다는 점에서 보기에 따라서는 매우 답답하고 한심한 사람이기도 했다.

그런데 어느 날 그의 집에 한 나그네가 찾아들어 사립문 밖에서 '이리 오너라'를 외쳤다. 난데없는 '이리 오너라'에 깜짝 놀란 사람은 선비였다. 그는 읽고 있던 책을 내동댕이치고 신발을 거꾸로 신은 채로 후다닥 사립으로 달려 나갔다.

"아니, 이게 누구야. 어서 오게. 이 친구, 이게 도대체 얼마 만인 가."

백지에 물이 번져나가듯 선비의 얼굴에는 그 어떤 절절한 반가움 이 확, 퍼져나갔다. 그것은 찾아온 나그네도 마찬가지였다. 그들은 숫제 서로를 격렬하게 부둥켜안고 뜀박질을 했다.

선비의 아내로서는 어안이 벙벙한 일이었다. 우선 처음 보는 나 그네인 데다, 남편으로부터 이런 친구가 있다는 것을 들어본 적조 차도 없었다. 아니, 세상과는 담을 쌓고 죽은 듯이 숨어서 책이나 읽고 있는 남편에게 저토록 다정한 친구가 있다는 사실 자체가 너 무나도 뜻밖의 일이었다.

나그네와 남편은 사랑채로 자리를 옮겨 이마를 마주 대고 무언가 를 속삭이고 있었다. 대화 도중에 박장대소가 들려오는가 하면 간 간이 크게 울분을 토하고 가슴을 치는 소리가 들려오는 것 같기도 했다. 도저히 참을 수가 없을 정도로 궁금해진 아내는 살금살금 발 자국 소리를 죽이고 지게문 밖에다 귀를 갖다 댔다.

"……박 동지, 기뻐해주시오. 백범 김구 선생이 상해에다 임시정 부를 수립하셨소. 이제 우리에게도 조국의 광복을 위하여 몸 바쳐 일할 수 있는 기회가 곧 오게 될 거요."

동지? 아내는 무엇보다도 나그네가 남편을 두고 '동지'라고 부르 는 데 깜짝 놀랐다. 입에 풀칠할 대책도 없이 책이나 읽고 있는 바 보 같은 남편이 조국의 광복을 위해 일할 '동지'라니 도저히 믿어지지가 않았다.

"그것 참 듣던 중 반가운 소식이오. 김 동지, 그동안 정말 수고가 많았소. 나도 실은 이 고을의 여러 동지를 비밀히 규합해놓고 때를 기다려온 지가 오래요."

나지막한 남편의 목소리가 창호지 너머에서 비상하게 긴장되어 떨려 나왔다. 알고 보니 바보인 줄 알았던 남편이 바보가 아니라 현재의 우국지사이고 미래에 독립투사가 될 사람이었다.

'아아, 바보인 줄만 알았던 내 남편이 이토록 훌륭한 사람이었던가.'

주체할 수 없는 자랑스러움과 벅찬 기쁨으로 아내의 가슴이 쿵쿵 뛰었다. 절절하게 사랑하고 있으면서도 더러 바가지를 긁곤 했던 일들이, 도끼로 발등을 찍고 싶도록 후회가 되었다.

그러나 기쁨과 후회로 마냥 시간을 보내고 있을 때가 아니었다. 바야흐로 점심때가 서서히 다가오고 있었던 것이다. 아내로서는 이토록 위대한 동지들에게 정성을 다해 점심상을 차려내고 싶었으나 집 안을 샅샅이 다 뒤져봐도 점심거리가 전연 없었다. 염치 불고하고 이웃집에 쌀을 좀 빌릴까도 생각해봤으나 벼룩에게도 낯짝이 있는 법이었다. 혹시나 싶어 들판에 나가서 샅샅이 살펴봐도 점심상에 올릴 만한 것은 아무것도 없었다.

아무런 대책 없이 터덜터덜 돌아오던 아내의 눈에서 돌연 반짝, 하고 빛이 일어났다. 이웃집 수박밭의 밭둑에다 뿌리를 박고 도랑으로 치렁치렁 드리워진 넝쿨에 실로 거대한 수박이 하나 달려 있었던 것이다. 물론 수박으로 밥을 지을 수는 없지만 그래도 최소한의 요기는 될 터였다. 하지만 수박을 따기 위하여 손을 내밀던 아내는 이내 손을 거두어들였다.

'수박의 넝쿨이 밭둑에 뿌리를 박고 있는데, 밭둑도 밭의 일부이다. 비록 이 수박이 밭의 바깥에 달리기는 했지만 누가 뭐라 해도 밭 주인의 수박이다. 아무리 사정이 절박하다 해도 이 수박을 따는 순간 나는 도둑이 되고 만다. 우국지사의 아내가 차마 어찌 도둑질을……'

아내는 결연한 마음으로 돌아섰다. 그러나 몇 발자국을 걷지 않아서 마음이 다시 격렬하게 요동치기 시작했다.

"그래, 이 수박은 분명 밭 주인의 수박이다. 그러나 나라를 잃은 지금으로서는 이 수박밭도 남의 나라 땅이다. 남편과 그 친구는 남에게 빼앗긴 이 수박밭을 다시 찾기 위하여 싸우려고 하는 독립투사들이다. 그토록 훌륭한 사람들이 이 수박을 먹는다고 해서 그것이 무슨 큰 죄가 될까. 게다가 수박을 먹어야 그 힘으로 수박밭을 다시 찾지 않겠는가."

아내는 수박밭 근처를 몇 번이나 오고 가다가 드디어 작심하고 비장한 마음으로 수박을 땄다. 달덩이 같은 수박을 가슴에 안고 집으로 돌아온 그녀는 제수를 담는 지성스러운 마음으로 대대로 내려오는 제기들에다 수박을 소담스레 담기 시작했다. 그때는 껍질도 다 먹던 시절, 그녀는 우선 시퍼렇게 날이 선 식칼로 껍질의 해병대 얼룩무늬를 예리하게 도려내었다. 그 절반을 시퍼런 얼룩무늬가

202

밖으로 나오도록 담고, 나머지 절반을 얼룩무늬가 은은하게 얼비치도록 뒤집어서 담았다. 이어서 그녀는 해병대 얼룩무늬 바로 그 안쪽에 위치하고 있는 시퍼런 과육을 잘라내어 역시 앞뒤로 제기에다 담았다.

이어서 수박의 층위마다 층층이 자리 잡고 있는 새파란 과육, 시퍼런 과육, 푸르스름한 과육, 파르스름한 과육, 하얀 과육, 발그스름한 과육, 불그스름한 과육, 시뻘건 과육, 그 무슨 마그마처럼 새빨갛게 이글거리는 과육들을 같은 방식으로 제기에 담았다. 이 제기들을 제상에다 모두 올려놓자 상 위에서는 하늘의 별들이 모두 떨어진 것처럼 눈부신 광채가 일어났다. 청색 계열과 홍색 계열, 그리고 과육의 도처에 그 무슨 악센트처럼 강렬하게 박혀 있는 검은 씨들이 절묘하게 조화되면서 찬란한 빛의 성찬을 이루었던 것이다. 단 한 가지 과일 속에 이토록 다채로운 색깔들이 존재하고 있다는 사실에 그녀 자신이 깜짝 놀라서 입을 다물지 못할 지경이었다.

아내가 정성스레 수박을 그릇에 담기 시작했을 때, 사랑채에서 친구와 대화를 나누던 그녀의 남편은 마음이 초조해지기 시작했다. 시간이 점심때를 훨씬 지나고 있는데, 아직 점심상이 오지 않고 있었던 것이다.

'아마도 아내가 점심거리를 마련하지 못한 모양이구나. 이를 어쩐다? 이를 어쩐다? 운명을 같이할 동지에게 점심도 대접하지 못하다니, 이 무슨 어이없는 실례란 말인가.'

남편은 한없이 미안해져서 가시방석에 앉은 기분이었다. 그것은 친구도 마찬가지였다. 그는 그대로 속으로 이렇게 중얼거리고 있었다.

'오늘 정말 오랜만에 마음을 터놓는 동지의 집을 찾아왔다. 그런데 점심시간이 훨씬 지났음에도 점심 식사가 나오지 않다니……. 어찌 된 일일까? 어찌 된 일일까? 그렇다. 아무래도 점심거리가 없는 모양이구나. 이를 어쩐다? 이를 어쩐다? 그래, 지금 그만 일어서자. 아니다, 아니야. 그러면 친구가 얼마나 무안해할 것인가. 조금만, 조금만 더 기다려보자.'

나그네도 마침내 좌불안석이었으므로 겉으로는 허허 웃으면서 천하 정세를 논하고 있어도 이야기는 자꾸만 겉돌고 있었다. 그러고도 한참 시간이 지나도록 점심은 오지 않고 있었다. 아니, 이제 점심이 올 가망성은 거의 없어 보였다. 그러므로 남편의 마음속에는 친구가 차라리 이쯤에서 그만 일어나 주었으면 하는 생각이 밀물이 되어 밀려오기 시작했다. 그것은 나그네도 마찬가지였다. 더 이상 버티다가는 정말 친구를 무안하게 할 것 같았다. 그는 마침내 일어나기로 최종적인 결단을 내리고 가부좌한 다리를 슬그머니 풀었다.

바로 그때였다. 밖에서 지게문을 두드리는 가벼운 노크 소리가 들려왔다. 선비가 후다닥 일어나서 문을 확, 밀치고 뛰어나가면서 큰 소리로 외쳤다.

"여보, 밥은? 도대체 밥은 어떻게 된 거요?"

아내가 힘없이 고개를 떨구었다.

"도저히 점심상을 마련할 방법이 없었어요. 정말 미안해요. 하지만 혹시…… 혹시 저거라도……. 저거라도 드, 드시는 것이……."

남편은 그녀의 손가락이 가리키는 방향으로 시선을 옮기다가 자신도 모르게 감격해서 소리를 질렀다.

"여보, 고맙소. 정말 미안하오."

남편은 그녀를 힘차게 껴안았고, 아내도 말없이 남편의 등을 어루만졌다. 그들의 애정 어린 포옹을 조용히 지켜보던 친구는 고개를 끄덕끄덕, 한없이 끄덕였다.

"졌다, 졌어."

스승의 이야기가 끝났을 때 나도 모르게 이런 소리가 튀어나왔다.

내 이야기가 싱겁기 짝이 없는 이야기라면 스승의 이야기는 간이 딱 맞는 정말 감동적인 이야기였다.

"선생님, 졌습니다. 져도 그냥 진 것이 아니라 완전한 패뱁니다. 그런데 선생님, 이 이야기는 대체 어디 실려 있는 겁니까?"

스승은 사량도 하늘 위에 두둥실 떠 있는 계란 노른잣빛 뭉게구름을 우두커니 바라보다가 다소 시큰둥하게 대답하셨다.

"나오긴 어디에 나온다고 그래요."

"그럼요? 어디 안 나오면 이 이야기는 도대체 어떻게 된 겁니까?"

스승은 다시금 뭉게구름으로 시선을 옮기면서 소리 내어 허허 크게 웃었다.

"내가, 지금, 바로 이 자리에서, 후닥닥, 지어낸 것이지요. 이 선생의 이야기가 다소 싱겁다 싶어서 간을 맞춘다고 맞추었는데, 간이 제대로 맞았는지 모르겠네."

나는 그만 깜짝 놀라 입을 딱 벌렸다. 한번 벌어진 입은 한동안 다물어지지도 않았다. 세상에 정말 귀신을 곡하게 하는 천재가 있다면 스승이 바로 그런 천재일 터다. 천재의 입에서 즉흥적으로 흘러나온 이 놀라온 이야기에 엄청 감동받은 나는 다짜고짜 스승에게 매달렸다.

"선생님, 이 이야기 제발 저에게 파십시오."

스승이 그윽한 눈길로 나를 바라보다가 허허 웃으면서 맞받아쳤다.

"팔아라? 장사가 되면 팔아야지요. 그런데 이 선생이 무엇으로 이 이야기를 살 건가요?"

"오늘 저녁에 제가 맛있는 저녁을 거룩하게 사드릴게요."

"좋아요. 하지만 내 고향에서 이 선생에게 너무 비싸게 팔 수는 없으니, 맛있고 거룩한 저녁 대신에 복엇국이나 한 그릇 사소. 내 이야기를 양도할 테니."

한국의 나폴리가 아니라 저 홀로 아름다운 통영 앞바다에 저녁놀이 울컥울컥 밀려오더니, 스승의 얼굴에도 봉선화 꽃물 같은 붉은빛이 은은하게 얼비치고 있었다.

검은 뿔테 안경을
코에 거시고

복 가운데서도 유달리 스승 복이 많은 나에게는 '선생님'의 '님' 자를 한 옥타브 높여서 부르거나 '선생님'의 '님' 자 뒤에 느낌표를 붙여서 '선생님!' 하고 부르고 싶은 거룩한 선생님이 여러 분 계신다. 고등학교 2학년 때 국어를 담당하셨던 이이락李伊洛 선생님! 고전문학과 현대문학의 양쪽에 걸쳐서 해박한 지식을 지니셨을 뿐만 아니라, 봄바람처럼 부드러우면서도 칼같이 숙연한 카리스마로 학생들을 완전히 압도하셨던 이이락 선생님도 바로 그 가운데 한 분이시다.

선생님은 엉덩이가 눈에 띄게 툭, 튀어나온 데다 오리처럼 뒤뚱뒤뚱 걸으셨기 때문에 별명이 오리였다. 우리 동기들은 모두 선생님의 성함 대신에 불경스럽게도 오리라는 별명으로 불렀으며, 이승을 떠나신 지금까지도 우리의 가슴속에 성함 대신에 '오리'로 의연하게 살아 계신다.

어느 날, 오리 선생께서 뒤뚱뒤뚱 오리걸음을 걸으시며 교실로 들어와서 막 교단에 올라서시는 순간이었다. 당시 우리 반의 선량한 농땡이 박 아무개 군이 손을 번쩍 들었다.

"쌤요, 질문이 있는데요."

"어이, 박 군. 뭔가? 그래 어서 질문을 해보게."

그 순간 박 군의 입에서 놀라운 질문이 튀어나왔다.

"선생님, 오리를 한자로 어떻게 쓰는데요?"

누가 보아도 모르는 것을 알기 위한 질문이 아니라 선생님을 놀리려는 의도가 자명한 질문이었다. '우와~' 하는 환호성과 함께 폭소 소리가 동시다발적으로 터져 나왔다. 상황이 이쯤 되면 아무리 점잖은 선생님이라도 참기가 정말 쉽지 않을 터였다. 하지만 선생님은 검은 안경테 속으로 만면에 웃음을 띠시면서 이렇게 말씀하시는 것이었다.

"응, 그래, 박 군! 박 군이 요즈음 한자 공부를 아주 열심히 하나 보군. 오늘 아주 어려운 질문을 했네. 오리를 뜻하는 한자에는 말이야, '오리 압鴨'이라는 글자가 있네. '갑옷 갑甲' 자 옆에다 '새 조鳥' 자를 쓰면 그게 바로 '오리 압鴨'이지."

선생님은 오리걸음으로 뒤뚱뒤뚱 걸어가셔서 칠판 한쪽에다 칠판이 휘이청, 기울어지도록 장엄하고도 육중한 글씨로 천천히 '오리 압鴨' 자를 쓰시고는 이렇게 설명을 덧붙이셨다.

"자네들 말이야, 우리나라에서 제일 긴 강이 무슨 강인지 아나.

백두산 천지에서 발원하여 북녘 땅 가운데서도 제일 북쪽을 적시면서 흐르는 압록강이 바로 우리나라에서 제일 긴 강인데, 압록강의 '압' 자가 바로 '오리 압鴨' 자야. 그런데 자네들, 혹시 압록강을 왜 '오리 압鴨' 자와 '푸를 록綠' 자를 써서 압록강鴨綠江이라고 부르는지 아나?"

"······."

"조선 전기에 편찬된 지리책 가운데 『신증동국여지승람新增東國輿地勝覽』이란 책이 있네. 그런데 이 책에 기록된 바에 의하면, 압록강의 물빛이 청둥오리의 머리처럼 푸르다고 해서 압록강鴨綠江이야."

선생님께서는 질문에 대한 답변을 충분하고도 남을 정도로 자세히 설명하시고 난 뒤, 갑자기 시선을 교실의 맨 뒤쪽으로 휙, 돌리셨다. 일순 그 굵고 검은 안경테 속에서 천둥이 쾅쾅 내리치고 번갯불이 번쩍 튀는가 싶더니 우르르 쾅쾅 호통이 떨어졌다.

"박 군. 너 이노오옴, 앞으로 나와아!"

선생님의 해박한 설명에 넋을 완전히 잃고 있던 우리는 비로소 아까 그 박 군의 질문을 새삼스럽게 떠올렸고, 이 새로운 상황 앞에서 모두 다 입을 딱, 벌리고 경악하였다. 갑자기 찬물을 끼얹은 것 같은 어떤 숙연함과 공포가 엄습해 오는 가운데, 박 군이 맞을 각오를 단단히 하고 엄청 긴장된 표정으로 뚜벅뚜벅 앞으로 걸어 나가서 차렷 자세로 우뚝 섰다. 뺨을 맞아도 넘어지지 않기 위해 온몸에 힘을 쓰고 있어서, 그의 자세는 엄동설한에 빨랫줄에 걸린 채로 뻣뻣하게 얼어붙은 청바지 같아 몹시 우스꽝스러웠지만 분위기가 워낙 삼엄하여 도저히 쿡쿡 웃을 수도 없었다.

그러나 상황은 또 한 번 자갈밭에 럭비공이 튀어 오르듯 엉뚱한 방향으로 전개되었다. 우리는 모두 박 군의 양쪽 뺨에 번갯불이 번쩍 튀어 오르리라 예상하고 있었는데, 선생님께서는 예의 그 검은 테 안경 속에서 박 군을 그윽하게 내려다보더니 이렇게 말씀하시는 것이었다.

"박 군, 자네 오늘 왜 이렇게 불려 나왔는지 알고 있나?"

선생님의 나직한 목소리와는 달리 이번에는 대답하는 박 군의 목소리에서 우르르 쾅쾅 하고 천둥소리가 울려 퍼졌다.

"예, 알고 있습니다아."

"그래, 자네 잘했다고 생각하는가?"

"아닙니다아."

"맞을 짓을 했지."

"예에, 맞을 짓을 했습니다."

"맞을 짓을 했으면 당연히 맞아야지. 그런데 말이야, 자네 표정을 보니 반성하는 빛이 역력한 것 같은데, 자네 지금 혹시 반성을 하고 있는 것 아냐?"

"예에, 반성하고 있습니다아~."

"정말 지금 진정으로 반성하고 있단 말이지?"

"예에!"

박 군이 더 우렁찬 목소리로 혼신의 힘을 다해 대답했다.

"네 이놈, 오늘 아주 혼을 내주려고 했는데 진정으로 반성하고 있다니, 아무래도 용서해야 되겠네. 반성하고 있는 학생에게 체벌을 가하는 것은 더 이상 사랑의 매가 아니지. 박 군, 앞으로 다른 선생 님께도 다시는 이런 짓 안 할 거지."

"예."

박 군의 우렁찬 목소리와 함께 선생님의 나지막한 목소리가 울려 퍼졌다.

"아무렴, 그래야지. 어서 들어가 자리에 앉게."

"예…… 이번 시간은 윤동주 선생의 「서시」를 감상할 차례다. 어 이, 박 군. 자네가 말이야, 작중 화자라고 생각하고 천천히 한번 낭 송해보게."

죽는 날까지 하늘을 우러러
한 점 부끄럼이 없기를,
잎새에 이는 바람에도
나는 괴로워했다
별을 노래하는 마음으로
모든 죽어가는 것을 사랑해야지
그리고 나한테 주어진 길을
걸어가야겠다

오늘 밤에도 별이 바람에 스치운다

"이 시는 말이야, 자신의 삶이 끝날 때까지 양심 앞에서 한 치의 부끄러움도 없이 살고자 다짐하는 한 젊은이가, 그것을 불가능하게 하는 혼탁한 세상에서 겪게 되는 고뇌를 참으로 절절하게 보여주고 있네. 그는 젊고 순수하기 때문에 세상과의 타협을 단연코 거부하지. 젊은이는 아무리 어렵더라도 한 치의 부끄러움도 없이 살아가고야 말겠다고 나직하면서도 숙연한 어조로 노래하고 있는데, 이 작품에 등장하는 작중 화자는 시인 자신이라 보아도 좋겠지. 예에…… 「서시」 이외에도 윤동주 선생의 대표작으로는…… 「별 헤는 밤」 「또 다른 고향」 「쉽게 씌어진 시」 「아우의 인상화」 「우물」 등이 있는데, 그 가운데서도 나는 개인적으로 「우물」을 특별히 좋아한다. 말하자면 「우물」이 바로 나의 첫째가는 애송시인 셈이지."

선생님께서는 애송시인 「우물」을 줄줄 외우기 시작하셨다.

산모퉁이를 돌아 논가 외딴 우물을 홀로 찾아가선
가만히 들여다봅니다

우물 속에는 달이 밝고 구름이 흐르고 하늘이 펼치고
파아란 바람이 불고 가을이 있습니다

그리고 한 사나이가 있습니다
어쩐지 그 사나이가 미워져 돌아갑니다

돌아가다 생각하니 그 사나이가 가엾어집니다
도로 가 들여다보니 사나이는 그대로 있습니다

다시 그 사나이가 미워져 돌아갑니다
돌아가다 생각하니 그 사나이가 그리워집니다

우물 속에는 달이 밝고 구름이 흐르고
하늘이 펼치고 파아란 바람이 불고 가을이 있고
추억처럼 사나이가 있습니다

　나도 그 당시에 시인이 되려는 꿈을 남모르게 품고 살았던 문학
청년이었으므로 웬만한 명시들은 다 외우고 다녔다. 선생님의 애송
시는 바로 나의 애송시이기도 했는데, 이 작품의 제목은 「우물」이 아
니라 「자화상」이었다. 그냥 모른 척하고 넘어갈까 하다가, 그래도
그러는 게 아닐 것 같아서 손을 들었다. 선생님께서는 콧등에 걸려
있는 검은 뿔테 안경 너머로 환하게 웃으시며 말씀하셨다.
　"어이, 이 군. 그래 무슨 질문이라도 있나?"
　"선생님, 선생님께서 방금 읊으신 시의 제목은 혹시 「우물」이 아
니라 「자화상」이 아닌지요?"
　선생님은 나를 힐끗 쳐다보시더니 아주 단호하고도 확신에 찬 어
조로 말씀하셨다.
　"아닐세. 이 사람아, 이 시는 나의 애송시야. 내가 아무려면 애송

시의 제목을 잘못 알 것 같은가. 이 시의 제목은 틀림없이 「우물」이니 그렇게 알고 있게, 이 사람아."

선생님께서는 그 무슨 선언처럼 망치로다 대못을 쾅쾅 치셨다. 나도 역시 나름대로 확고한 자신이 있었으므로 이 마당에서 그냥 물러나고 싶지는 않았다. 그래서 선생님의 어투를 그대로 본떠 이렇게 말했다.

"선생님, 선생님의 애송시는 저의 애송시이기도 한데요. 아무려면 전들 애송시의 제목을 잘못 알 리가 있겠습니까. 선생님, 이 시의 제목은 틀림없이 「자화상」입니다."

"허허, 이 사람 고집하고는. 그렇게 고집을 피우다가 만약 제목이 「우물」로 확인되면 그때는 어떻게 하려고 그래. 이 사람아, 자네가 착각을 해도 아주 단단하게 착각을 하고 있는 모양인데, 이 시의 제목은 분명히 「우물」일세."

선생님의 수업에서 딱 한 번 보았던 실로 역사적인 착각이었다. 그러므로 나는 속으로 '선생님, 선생님께서 그렇게 큰소리를 치시다가 작품의 제목이 「자화상」으로 밝혀지면 그때는 어쩌려고 그러십니까' 하는 말이 목구멍에서 튀어나오려고 하는 것을 가까스로 꾹꾹 눌러 참았다.

그다음 시간 수업이 다 끝나갈 무렵이었다. 선생님께서는 새삼스럽게 정색을 하고 탁자 앞에 우뚝 서시더니, 돌연 폭포수 같은 열변을 토하기 시작하셨다.

214

"바둑의 세계에서는 단연코 일수불퇴一手不退다. 그러나 학문의 세계에서는 잘못이 있으면 한 수가 아니라 열 수라도 물러야 하는 법이다. 알겠나아."

선생님의 뜬금없고 느닷없고 난데없는 말씀에 어안이 벙벙하였지만, 우리는 일단 "예에" 하고 목청이 터지도록 대답했다.

그러자 다시 선생님의 폭포수가 시작되었다.

"그런 의미에서 지금 나부터 솔선수범하여 한 수를 무름으로써, 자네들에게 무르는 시범을 보여줘야 되겠다."

"……."

"지난 시간에 소개했던 이종문 군의 애송시이자 나의 애송시의 제목 말이다. 「우물」이 아니고 「자화상」이 맞다. 나는 철석같이 「우물」로 알고 있었는데, 이 군이 하도 자신 있게 말하기에 혹시나 싶어서 확인해보았더니, 정말 뜻밖에도 「자화상」이더라. 여우에게 홀린 기분이었지만, 아무리 눈을 닦고 다시 봐도 「자화상」은 역시 「자화상」이더구나. 그 시 제목 「자화상」이 옳다. 자네들, 내가 이렇게 한 수 무르는 이 뜻깊은 시범을 다들 확실하게, 확실하게 봤제에."

"예에."

"다시 한 번 강조하는 바이지만 잘못이 있으면 고칠 줄 아는 것이 그 어떤 공부보다 중요하고도 근본적인 공부다. 자네들이 모두 다 그토록 중요한 것을 직접 보고 알게 되었으니, 오늘은 내가 교단에 선 보람이 유난히도 큰 날이로구나. 그럼 오늘 수업 이것으로 끝."

저 높은 하늘 아래
고개를 숙이고

내가 대학 2학년 때인 1975년 3월 어느 날, 중재中齋 이원주李源周 선생을 처음 만났을 때, 정말 부끄럽게도 스승에게 드렸던 첫 번째 질문은 '어디서 무엇을 하시다가 우리 학교에 부임했느냐'는 것이었다. '상주에 있는 전문학교에서 교편을 잡다 왔다'는 스승의 대답이 돌아왔을 때, 나는 크게 실망하였다. 진솔하게 말해서 오고 싶지 않았던 대학에 다니고 있다는 학교 콤플렉스에 심각하게 시달리고 있던 그 당시의 나로서는, 새로 부임하신 스승이라도 내가 가고 싶었던 저명 대학을 졸업하고 학계에서 명성을 떨치고 있는 소장학자이기를 은근히 바라 마지않았던 것이다.

하지만 막상 첫 수업이 시작되자 실망은 희망으로 바뀌었고, 희망은 점차 환호작약의 가슴 벅찬 기쁨으로 바뀌었다. 스승께서 칠판 왼쪽에다 아름드리 한자漢字 한 글자를 쓰셨을 때, 나는 칠판의 무게중심이 왼쪽으로 확, 기울어지는 것을 보았다. 잠시 후에 칠판의 오른쪽에 똑같은 크기의 한자 한 글자를 다시 쓰셨을 때, 칠판이 바야흐로 균형을 되찾는 기이한 풍경도 지켜보았다. 이윽고 스승께서 한문을 낭송하기 시작하시자 특유의 남저음 목청이 강의실에 장중하게 메아리쳤다. 전체적인 수업의 흐름이 물 흐르듯 자연스러워 빼고 보탤 것이 단 한 자도 없었다. 터질 듯 팽팽한 긴장감으로 숨막힐 듯하던 수업이 끝나자, 나의 가슴에는 큰 돌이 하나 쿵, 하고 떨어지는 소리가 들렸다.

스승은 짧은 시간에 나의, 아니 우리 모두의 뜨거운 경외의 대상이자 이상적 자아의 상징적 모델로 정착되었다. 스승이 하는 행동들은 모두 우리에게 법法이 되었고, 우리의 마음속은 스승의 모든 것을 닮고자 하는 뜨거운 열망으로 가득 찼다. 우리의 '스승 닮기'는 우선 외면을 닮는 데서 시작되었다. 스승께서 고동색 단벌 양복을 줄기차게 입고 다니셨으므로, 고동색 양복을 따라 입는 학생들이 나타나기 시작했다. 스승께서 발목이 덮일락 말락 한 짧은 바지를 입고 다니실 때는 학생들 사이에 짧은 바지가 유행하기도 했다. 학생들과 어울려 술을 드시기를 워낙 좋아하셨기 때문에 대부분의 남학생이 슬그머니 술꾼으로 변해버렸고, 우리 학과의 정체성이 마치 술에 있는 것처럼 오해되기도 했다.

상황이 이렇게 되자, 스승께서는 실로 엄청난 권위를 가지고 역동적으로 교육 활동을 전개하셨다. 다른 무엇보다도 스승은 숙연하고도 장중한 수업으로 학생들을 완전히 압도하셨다. 수업의 내용뿐만 아니라 수업 시간을 칼같이 엄격하게 준수하시는 모습부터가 여느 교수와는 전혀 달랐다. 그 당시에는 개강 후 첫 주를 어물쩍 넘기거나, 아직 두 주가 남았는데도 이미 종강을 해버리는 일들이 비일비재했다. 마지막 주에 수업을 들어가면 동료 교수로부터 '아직 종강 안 했나 보네. 평소에 좀 더 열심히 하지 그래' 하고 은근히 핀잔 섞인 충고(?)를 듣기도 했다. 그러한 상황 속에서도 스승의 수업은 개강하는 시간 최초의 순간부터 종강하는 시간 최후의 일각까지 물 샐 틈 없이 진행되었다. 그뿐만 아니라 학사 일정상 한 학기가 모두 끝나도 선택된 교재를 다 배우지 않으면 절대 종강하는 법이 없었으므로 6월 말에 끝내야 할 수업을 7월 말까지 진행하는 것이 일상화되어 있었다. 수업이 끝난 뒤에 시험을 치르고 성적을 제출했기 때문에 성적 제출은 언제나 월등하게 꼴찌를 하셨고, 교무처로부터 성적 제출 독촉이 빗발쳤다.

스승의 수업 중 하이라이트는 역시 교실에서 이루어지는 단체 수업이 아니라 연구실에서 일대일로 이루어지는 개별 수업이었다. 스승께서는 『논어』 전체를 다섯 번씩 노트에 베껴 적게 하는 한편, 수시로 학생들을 연구실로 오게 하여 그 방대한 『논어』를 처음부터 끝까지 다 외우게 하셨다. 연구실에 비치해둔 노트에다 외워 온 내용을 차례대로 적고, 노트를 덮은 뒤에 스승 앞에서 다시 암송하는 방식이었다. 게다가 「사씨남정기謝氏南征記」라는 장편소설을 청산유수처럼 줄줄 읽어야 하는 또 다른 과제도 부과되었다. 만약 제대로 외우지 못하거나 더듬거리는 학생이 있으면, 삼엄하고도 매서운 불호령이 떨어졌다.

"뭐라? 그게 외운 기라? 나가. 나가라는데 뭘 우물쭈물해."

우리 과 학생들 가운데 서너 번쯤 이와 같은 불호령을 당하지 않은 사람은 아무도 없었다. 그러므로 스승의 연구실 밖에는 쫓겨나서 훌쩍이며 울었던 그 많은 여학생이 흘렸던 눈물 냄새가 언제나 짭짤하게 풍기고 있었다.

그렇다고 하여 스승이 항상 이렇게 무섭기만 했던 것은 결코 아니다. 스승께서는 수시로 학생들과 소탈하게 술잔을 주고받으며 큰형님처럼, 작은아버지처럼 상처받은 학생들의 마음을 자상하고도 따뜻하게 어루만져 주셨다. 오가는 정다운 담소 가운데 학생들의 가슴에 맺힌 응어리가 아주 자연스럽게 확 풀어졌지만, 그다음 날 학교에 가보면 스승은 어느새 호랑이로 돌변하여 숨도 쉬지 못하도록 질타하셨다. 이와 같은 긴장과 이완 속에서 학생들은 뼛속까지 두루 사무치는 가슴 뭉클한 감동을 받았고, 그러한 감동이 공부에 대한 새로운 의욕을 뜨겁게 부채질하였다. 이렁저렁 세월이 흘러 학기 말이 되면, 처음에는 도저히 불가능할 것이라고 여겼던 『논어』한 권을 모두 다 외우는 가슴 벅찬 성취감에 감격하였고, 스승께서는 '책거리'라 부르는 한바탕 소박한 잔치를 마련하여 그간의 노고를 위로함으로써 한 학기의 대미를 장식하셨다.

이렇게 하여 스승의 교육 활동은 그 유례를 찾기가 결코 쉽지 않을 정도로 엄청난 성공을 거두었다. 가령 스승의 제자 가운데 대학의 교수로 부임한 사람이 무려 10여 명이나 되었는데, 이와 같은 숫자는 같은 시점의 서울 저명 대학을 뛰어넘는 것이었다. 스승의 문하생 가운데 중등학교 교사로 부임한 학생이 줄잡아 200명에 가까웠는데, 이와 같은 숫자는 같은 시점의 전국의 한문교육과 가운데 최상급에 속하는 것이었다.

하지만 이러한 숫자보다도 스승의 교육적 성과를 확실하게 보여주는 것은 별세하신 후에 졸업생들이 벌인 추모 사업의 면면들이 아닐까 싶다. 1992년 스승께서 향년 54세로 홀연히 세상을 떠나시자 제자들은 발을 동동 구르며 서둘러 추모 사업 위원회를 구성하였고, 그 첫 번째 사업으로 스승의 유고집을 간행했다. 스승의 유고집이 간행되는 과정은 그 자체가 소리 없이 진행된 작고 아름다운 신화(?)였다. 사업을 위한 성금 모금 과정에서 위원회가 한 일이라고는 졸업생들에게 딱 한 번 편지를 보내어 그 취지를 설명하고 계좌번호를 알려준 것이 전부였다. 개인적으로 성금을 권유하는 발언을 한 적도 물론 없었다. 그러므로 혹시 성금이 부족하지 않을까 적잖이 염려가 되기도 했지만, 불과 몇 달 후에 그러한 염려는 헛걱정이었음이 드러났다. 정말 놀랍게도 통장 속에는 거의 3천만 원에 육박하는 엄청난 성금이 차곡차곡 쌓여 있었던 것이다. 300여 명의 졸업생 가운데 무려 150여 명이 성금 모금에 동참했다는 것도 놀라운 일이 아닐 수 없었다.

이와 같은 신화는 2002년 스승의 10주기에 한 번 더 일어났다. 10주기를 그냥 보낼 수 없다는 공감대가 형성됨에 따라 사범대학

220

앞에다 스승의 거룩한 모습을 닮은 소나무를 심어 추모하는 마음을 담기로 했다. 성금을 모으는 과정에서 위원회가 한 일은 지난번 경우와 조금도 다를 바가 없었고, 소요 경비가 500만 원 정도에 불과하므로 너무 많은 돈을 보낼 필요가 없다는 뜻까지 함께 전달했다. 그런데도 87명의 졸업생이 800만 원이 넘는 성금을 보내주어 추모 소나무를 심는 행사를 멋지게 마무리할 수가 있었다.

정말 일어나기가 힘든 작고 아름다운 신화가 다시 한 번 더 일어난 것은 2012년 5월이었다. 위원회에서는 별세 직후부터 스승의 산소에 비석을 세우려고 계획했으나 집안의 이유 있는 반대로 인하여 그 뜻을 이루지 못하고 있었는데, 스승의 20주기를 맞아 비석을 세울 수 있는 분위기가 조성되었다. 소요되는 예산 1,500만 원을 성금으로 모으기로 했는데, 이번에도 109명의 졸업생이 무려 2천만 원이 넘는 성금을 보내주어 최고급 돌에다 저명 서예가의 글씨를 받아 최상의 비석을 세울 수가 있었다.

물론 교육의 성공 여부를 단순히 돈으로 측량할 수는 없다. 그러나 스승으로부터 받은 감동의 정도를 측정하는 도구로 돈보다도 더 정확한 것이 그리 많지 않을지도 모른다. 이렇게 볼 때 숫자도 많지 않던 졸업생들이 순도 100%의 자발성을 바탕으로, 별세하신 스승을 위해 번번이 이토록 거액의 성금을 조성했다는 것은 결코 우연한 일일 수가 없다. 요컨대 그것은 스승의 그 뜨겁고도 숙연했던 사랑이 학생들의 가슴속을 두루 사무치게 감동시켜서 이루어낸 결과라고 할 수밖에 없다. 이제 그와 같은 사례의 하나로 내가 스승으로

부터 받았던 감동적인 일화 하나를 소개하고자 한다.

1980년 5월!

시국은 도무지 걷잡을 수 없을 정도로 혼란스러웠다. 전두환 보안사령관을 중심으로 하는 신군부는 5월 초부터 학생 시위 과열을 명분으로 삼아 비상계엄령을 전국에 확대하였고, 학문의 전당이자 진리의 상징인 이 나라의 모든 대학에 대하여 일괄적으로 휴교령을 내렸다. 교문에는 우람하고도 육중한 탱크가 시가지를 향하여 포신을 번쩍 쳐든 채 서 있었고, 총칼로 완전무장한 병사들이 학생들은 물론 개미 새끼조차도 함부로 통과할 수 없도록 학교 전체를 포위하고 있었다. 민주화를 위해서 맨손으로 나선 시민들과 그들을 깔아뭉개려는 정치군인들 사이에 피비린내 나는 혈투가 벌어졌다. 이와 같은 상황 속에서도 이 나라의 산과 들판에 꽃들이 모두 화들짝 뛰어나와 한바탕 광란의 축제를 벌였다. 이윽고 꽃 진 자리에 신록이 우지끈, 다 들고 일어나서 총궐기를 하는 5월이 되었지만, 이 땅에 진정한 의미의 봄은 아직도 올 기미조차 보이지 않았다.

그 무렵 나는 계성고등학교에서 교생실습을 하며 답답하고도 우울한 날들을 보내고 있었다. 그러던 어느 날 교무처로부터 한 통의 편지가 날아왔다. 내가 8월에 있을 코스모스 졸업 대상자인데, 졸업을 하기 위해서는 6월 10일까지 반드시 졸업논문을 제출해야 한다는 것이었다. 대학이 탱크가 주둔하는 전쟁터가 되어 있는 마당에 그까짓 졸업논문이 도대체 무슨 의미가 있다는 말인가. 시국 상황과는 너무나도 동떨어진 교무처의 난데없는 편지를 받고 나는 시큰둥한 반응을 보였다. 게다가 그 당시 대학의 졸업논문은 하나의 통과의례로 전락해 있었기 때문에, 졸업논문에 대해 특별히 걱정해야 할 이유도 별로 없었다. 대부분의 졸업생은 몇 편의 관련 논문을 모아놓고 적절하게 짜깁기를 해서 2, 3일 만에 새로운 논문처럼 둔갑시켜서 제출하는 것이 관례가 되어 있었다. 지도교수들도 별다른 토를 달지 않고 도장을 쿡 눌러주는 것이 이미 대세를 이루고 있었다. 게다가 졸업논문의 분량이라야 200자 원고지로 고작 50매에 불과했으므로 크게 걱정할 일도 아니었다.

하지만 8월에 졸업하고 9월에 취업을 하지 않으면 안 될 상황에 놓여 있었으므로, 막상 교생실습의 종료와 함께 6월이 다가오자 발등에 뜨거운 불이 떨어졌다. 나는 단 하루 동안 곰곰 생각한 끝에 일단 논문의 제목을 '만해 한용운의 한시 연구'로 결정했다. 내가 특별히 만해의 한시를 연구하기로 한 데는 나름대로 이유가 있었다. 그 무렵 국문학계에서 가장 큰 주목을 받은 시인 가운데 한 사람이 만해였고, 만해 연구의 핵심 쟁점은 「님의 침묵」의 바로 그 '님'에 관한 것이었다. 학자들 사이에서는 만해의 '님'이 의미하는 것이 무엇인가에 대한 뜨거운 논쟁이 벌어졌다. 설왕설래와 갑론을박이 오고갔지만, '님'의 정체는 아직도 여전히 짙은 안개 속에 숨어 있었다.

그런데 정말 기이한 것은 「님의 침묵」을 연구하는 학자들이 만해의 방대한 저술들 가운데 「님의 침묵」만을 분리해내어 고립적으로 연구하고 있다는 사실이었다. 다 알다시피 만해는 「님의 침묵」에 실려 있는 시를 쓰기 이전까지는 단 한 편의 자유시도 쓴 적이 없었다. 하지만 그는 자유시를 쓰기 이전에도 자유시보다 훨씬 더 많은 한 시를 남겼다. 만약 그렇다면 그의 한시에도 「님의 침묵」의 '님'에 해 당되는 상징어가 있을 수도 있어서, 바로 이 '님'의 문제를 해결하는 데 한시가 결정적인 도움을 줄 수도 있을 터였다.

그러나 막상 만해의 한시들을 읽어봤을 때, 나의 가설은 삽시간 에 무너져 버렸다. 아쉽게도 그의 한시 속에서 내가 찾고 싶었던 '님' 에 해당하는 상징어를 도무지 찾을 수가 없었다. 생각대로 일이 술 술 풀리지 않자 울화통이 터지기 시작했다. 게다가 봄도 오지 않은 우리나라에 여름이 먼저 와서 연일 무더위가 푹푹 찌면서 기승을 부 렸다. 열이 오르고 짜증이 난 나는 마침내 원고지의 분량을 억지로 채워 마감 날인 6월 10일에 가까스로 논문을 완성하고, 제출을 위 하여 학교를 방문했다.

교문에는 여전히 탱크가 시가지를 향하여 포신을 장엄하게 쳐들 고 있었고, 총칼로 완전무장한 병사들이 학교 전체를 물 샐 틈 없이 포위하고 있었다. 학교에 들어가서 완성한 졸업논문을 제출할 방법 이 없었으므로 나는 지도교수인 이원주 선생의 연구실로 전화를 걸 었다.

"이 군, 잠시 거기서 기다리게. 내가 바로 달려나감세."

잠시 후에 예의 그 고동색 양복을 입은 이원주 선생이 성큼성큼 걸어 나오시더니, '동작 그만'의 절대적인 부동자세를 취한 채 교정 출입을 삼엄하게 통제하고 있던 병사에게 말했다.

"이 학생은 올해 후반기 졸업 대상잡니다. 졸업을 하기 위해서는 졸업논문을 제출해야 하는데, 오늘 이 학생의 졸업논문을 지도해야 하니, 이 학생을 안으로 보내주시오."

하지만 병사는 허락을 하기는커녕 단 한마디 대꾸조차 하지 않았다. 아니, 그 무슨 로봇처럼 눈도 한 번 깜짝하지 않았다.

"이 학생이 만약 학교 안에서 계엄법에 어긋나는 행동을 하면 그 모든 책임을 내가 지겠소. 그러니 이 학생을 학교 안으로 들어가게 해주시오."

스승이 다시 병사에게 사정을 했으나 병사는 그야말로 요지부동의 대침묵 상태로 들어가 있었다.

"안 되겠군. 이 군, 나가세."

스승은 교문 밖에 있는 문방구로 들어가서 굵고 붉은 사인펜을 하나 사더니, 그 옆에 있는 초원분식으로 쑥 들어가셨다.

"자네 아직 점심 전이지? 나는 이미 먹었네. 아주머니, 여기 잔치국수 곱빼기로 한 그릇요."

스승은 아주머니 쪽을 돌아보지도 않고 잔치국수 한 그릇을 시키시더니, 이내 내가 가져온 논문을 처음부터 읽어나가기 시작했다.

"이 사람아, 이게 말이 되나. 서술어와 목적어는 여기 있는데 주어는 도대체 어디로 갔뿌렀노?"

"……."

"허허, 이 사람. 이 부분은 사실관계가 틀리지 않는가. 이럴 수가 있나, 세상에 무슨 논리가 이런 논리가 다 있어."

스승은 굵고도 선명한 사인펜으로 내가 쓴 원고를 붉게 난도질하기 시작했다. 단 한 장도 그냥 넘어간 곳이 없었다. 내가 잔치국수 한 그릇을 미처 다 비우기도 전에 논문을 다 읽은 스승께서는 원고 뭉치를 탁자에 내던지며 화가 나서 호통을 치셨다.

"자네, 한마디로 큰 실망일세. 아니 그래, 자네의 역량이 고작 이 정도란 말인가. 이 정도 수준으로는 절대 논문을 통과시킬 수가 없네."

"선생님! 논문이 통과되지 않으면 졸업을 할 수가 없습니다. 웬만하면…… 어떻게 좀…….."

내 말에 스승은 그만 화를 벌컥 내셨다.

"이 사람아, 수준이 되어야 통과시킬 것 아닌가, 수준이 돼야. 이 상태로는 절대 통과시킬 수가 없네. 졸업이야 내년에 해도 되는 거고. 아니면 그 다음 해나 그 다음다음 해도 있잖아."

전혀 예상하지 못한 사태 앞에서 나는 깜짝 놀라서 입을 딱 벌렸다. 어쩔 줄 몰라서 허둥대는 나의 모습을 바라보고 계시던 스승이 그 무슨 선언처럼 말씀하셨다.

"가지고 가게. 내 교무처에 특별히 부탁을 해서 3일간의 말미를 줄 테니까, 가지고 가서 전면적으로 개고해 오게. 그때 다시 보고 수준이 되면 통과를 시키겠지만, 수준이 안 되면 낸들 어쩌겠나."

말씀을 다 하신 스승께서는 내가 먹은 국숫값을 내고 먼저 분식집을 성큼성큼 걸어 나가시더니 탱크와 무장한 병사 사이를 뚫고 학교 안으로 쑥 들어가 버렸다. 나는 망연자실하여 굵고 선명한 사인펜으로 온통 난도질당한 원고를 안고 집으로 돌아오면서 투덜거렸다.

"쌤요, 과거에 선배들은 짜깁기를 하기 일쑤였지만 저는 그래도 처음부터 끝까지 제가 다 썼심더. 더구나 아직까지 아무도 주목한 적이 없는 만해의 한시에 대해서 어쨌든 제가 처음으로 썼는데, 왜 제 논문만 통과되지 않는다는 말입니까. 게다가 이게 무슨 석사학위 논문이나 박사학위 논문이라도 됩니까. 학사 학위 아닙니까. 학사학위! 이 숨 막히는 계엄령 아래서 통과의례에 불과한 학사학위 논문을 가지고 도대체 왜 이렇게 애를 먹입니까."

나는 주어진 3일 동안의 시간을 별로 하는 일도 없이 빈둥거렸다. 고작 한 일이 있다면 스승이 직접 고쳐주신 것을 반영하고 앞뒤로 내용을 뒤바꿔서 무언가 조금 고친 듯한 흉내를 낸 것이 전부였다. 설마 숨이 턱턱 막히는 계엄령 상황에서 스승이 지난번처럼 원고를 처음부터 다 읽으시지는 않을 터였다.

하지만 이와 같은 소박한 예측은 완전히 잘못된 것이었다. 약속한 날에 스승께서는 또다시 계엄군의 포위망을 뚫고 교문 밖으로 나오셔서 지난번의 바로 그 초원분식으로 쑥 들어가셨는데, 이번에도 예외 없이 고동색 양복의 호주머니에 굵고도 선명한 붉은색 사인펜이 꽂혀 있었던 것이다. 아니나 다를까, 원고를 읽어나가시던 스승의 손길이 지난번보다도 훨씬 더 바빠지기 시작했다. 급기야 스승의 안색이 점차 시뻘겋게 변하더니 마침내 불호령이 떨어졌다.

"자네, 지금 나하고 장난치나. 이 원고 가져가게. 자네는 올여름에 졸업하긴 틀렸네."

당황한 내가 엉겁결에 소리를 질렀다.

"선생님, 다시 한 번 기회를 주십시오. 이번에는 정말 최선을 다해보겠습니다."

"……그래? 최선을 다해보겠다고? 최선을 다해보겠다니까, 이번에는 5일간의 말미를 주겠네. 어서 들고 가서 최선을 다해보게."

원고를 품에 안고 돌아오는데, 갑자기 조금 철이 들면서 반성의 물결이 밀려오기 시작했다. 한 줄기 뜨거운 눈물이 울컥 쏟아지기도 했다.

'간단하게 도장을 누르면 스승도 물론 편안하시겠지. 그런데 이 숨 막히는 무더위 속에서 스승은 무엇 때문에 굵고 선명한 사인펜을 들고서 계엄군의 삼엄한 포위망을 뚫고 나오시는 것일까. 그래, 맞다. 스승께서는 무지몽매하기 짝이 없는 나에게 그래도 무언가를 가르쳐보려고 이토록 애를 쓰고 계시는데, 내가 하는 행동이 이게 뭐람.'

나는 들고 간 원고를 쓰레기통으로 집어 던졌다. 그러고는 한용운의 한시 전체를 다시 꼼꼼히 읽고 작품을 새로 뽑아 전면적으로 다시 쓰면서 5일 동안 그야말로 처절한 마음으로 몰두했다. 물론 5일 뒤에 젖 먹던 힘을 다한 결과를 스승에게 바쳤다.

이번에도 붉은 사인펜을 들고 계엄군의 포위망을 뚫고 나오신 선생님은 초원분식에서 내가 쓴 논문을 읽어보시고는 이렇게 말씀하셨다.

"지난번보다는 훨씬 나아졌네. 거봐, 노력을 하니까 대번에 확 달라지잖아. 하지만 아직 통과 수준에는 크게 미달일세. 내가 마지막으로 3일간의 시간을 더 줄 테니 다시 한 번 분발해보게. 통과 여부는 그때 가서 보고 최종적으로 결정하겠네."

이렇게 하여 나의 학사학위 논문은 세 번이나 반환되는 천신만고와 우여곡절 끝에 네 번 만에 겨우 통과됐다. 우리나라 학사학위 논문사에 이런 사례가 또 있는지 의심스러울 지경이었다. 하지만 훗날에 내가 석사학위 논문이나 박사학위 논문을 쓸 때, 이렇다 할 지적 사항 없이 비교적 유유하게 통과할 수 있었던 것은 학사학위 논문을 쓸 때의 그 천신만고와 우여곡절이 밑거름이 되었음은 말할 것도 없는 사실이다.

다 알다시피 '스승'이란 말 앞에는 언제나 '거룩한'이라는 관형어가 따라다닌다. 그러므로 교편을 잡고 있다고 해서 모두 스승이라 부를 수는 없다. 방학보다 개학을 더 좋아하고, 하교보다 등교를 더 좋아하는 분, 수업을 마치고 나올 때의 표정보다 수업하러 들어갈 때의 표정이 더욱더 환하게 빛나는 분, 단 한 사람의 학생을 위해서도 시간과 열정을 기꺼이 투자하시는 분이라야 비로소 겨우 스승이다. 이와 같은 점에서 중재 이원주 선생은 '거룩한' 앞에 '위대한'이라는 관형어를 덧붙여도 좋을 스승이셨다.

'스승의 은혜는 하늘 같아서 우러러볼수록 높아만 지'는데, 그 큰 은혜를 갚기는커녕 저토록 높고도 푸른 하늘 아래 고개를 숙이고 용서해주십사 빌고 싶은 것이 점점 더 많아지는 천고마비의 가을이다.

나의 「봉선화」를
외워주이소

아득한 옛날 한 여인이 선녀로부터 봉황새 한 마리를 받는 꿈을 꾼
뒤 아리따운 딸을 낳았다. 그 여인은 귀여운 딸의 가슴에다 봉황새
의 '봉鳳'에다 선녀의 '선仙'을 따서 '봉선鳳仙'이란 명찰을 달아주고,
그 명찰 밑에 코를 닦기 위한 하얀 손수건도 달아주었다. 봉선이는
그 손수건으로 코를 닦으며 정말 어여쁘게 자라나서 엄청 빼어난 거
문고 솜씨로 온 나라 사람들의 심금을 울렸고, 마침내 임금님 앞에
서 거문고를 연주하여 큰 박수를 받는 영광까지 누렸다.

　궁궐에서 돌아온 봉선이는 첫눈에 반한 임금님에 대한 짝사랑 때
문에 갑자기 병석에 드러눕고 말았다. 그러던 어느 날 임금님의 행
차가 그녀의 집 앞을 지난다는 소문이 들려왔다. 가까스로 자리에
서 일어난 봉선이는 그야말로 혼신의 힘을 다해 거문고를 연주하기

시작하였다. 봉선이의 거문고 가락을 따라 자신도 모르게 그녀의
집으로 찾아온 임금님은 거문고를 연주하는 봉선이의 손에서 붉은
피가 맺혀 뚝뚝 떨어지고 있는 것을 보았다. 애처롭게 여긴 그는 무
명천에다 쌀밥을 싸서 정성스레 총총 동여매어 주고는 나랏일이 바
쁘다면서 훌훌 자리를 떠나버렸다.

임금님이 떠난 뒤 봉선이는 며칠을 두고 끙끙 앓다가 마침내 두
눈을 감고 말았는데, 얼마 후 그녀의 무덤에서 이상하게 생긴 붉은
꽃 한 송이가 피어났다. 사람들이 꽃을 죽은 봉선이의 넋이라고 생
각하여 봉선화鳳仙花라 이름을 붙여주고, 꽃잎을 따서 손톱에다 곱
게 붉은 물을 들이기 시작하였다.

봉선화와 관련된 여러 가지 전설 중 가장 슬픈 것을 골라본 것인
데, 전설에서 말하는 '아득한 옛날'이 언제인지는 확실하지 않다.
하지만 허균의 누나 허난설헌의 「염지봉선화가染指鳳仙花歌」와 연대
와 작자 미상의 가사 「봉선화가鳳仙花歌」 등 조선시대의 시가에 이미
'봉선화 물들이기'가 시적 소재로 심심하지 않게 등장하고 있다. 그
러니까 '봉선화 물들이기'는 어제오늘 갑자기 시작된 풍습이 결코
아닐 뿐만 아니라, 특정 지역에만 국한되어 있는 풍습도 아니다.

하지만 나는 불행하게도 봉선화 꽃물로 손톱을 물들이는 꿈같은
어린 날을 가져보지 못했다. 첩첩산중 내 고향에는 이렇다 할 화단
이 별도로 없었음은 말할 것도 없고, 장독대나 울 밑에서조차도 봉
선화가 피어난 적이 없다. 설사 우연히 피었다고 하더라도 배고픔

을 참으며 소 먹이고 나무하러 다니던 그 시절에 손톱에다 꽃물을 들일 몸과 마음의 여유도 없었다.

그런데 정말 기이한 것은 이처럼 봉선화를 제대로 본 적도 없는 나에게도 누님과 함께 봉선화로 손톱을 물들이면서 소꿉장난하고 놀았던 추억들이 아주 확실하게 남아 있다는 사실이다. 전생의 전생, 그 아득한 전생의 전생에서 실제로 있었던 일들이 무의식의 바다 밑에 수몰되어 있다가 가끔씩 수면 위로 떠오르듯이, 본 적도 없으면서 무시로 밀려오는 봉선화 추억! 사실이라 믿고 싶은 이 착각의 진원지에는 아마도 해방 직후부터 줄기차게 교과서에 수록되어 있었던 초정艸丁 김상옥(金相沃 : 1920~2004) 선생의 「봉선화」란 시조가 도사리고 있지 않나 싶다. 수십 년 전 소년 시절에는 줄줄 외우고 다녔으나 머리가 굵어지면서 세부적인 내용은 다 잊어버리고, 이미지의 파편들만 아련하게 남아 무의식의 바다 밑에 가라앉아 있었던 「봉선화」의 전문은 다음과 같다.

비 오자 장독간에 봉선화 반만 벌어
해마다 피는 꽃을 나만 두고 볼 것인가
세세한 사연을 적어 누님께로 보내자

누님이 편지 보며 하마 울까 웃으실까
눈앞에 삼삼이는 고향 집을 그리시고
손톱에 꽃물 들이던 그날 생각하시리

양지에 마주 앉아 실로 찬찬 매어주던

하얀 손 가락가락이 연붉은 그 손톱을

지금은 꿈속에 본 듯 힘줄만이 서노나

　무의식의 바다 밑에 오랫동안 가라앉아 있었던 이 작품이 다시 수면 위에 떠오른 것은 내가 불혹에 가까운 나이에 신춘문예에 덜컥, 당선되어 당선 통보를 받은 1992년 12월 말이었다.

　당선 통보와 함께 초정 선생이 심사를 맡았다는 이야기를 들었다. 아울러 나의 작품을 뽑아주신 분이 바로 어린 시절에 내가 그토록 좋아했던 「봉선화」의 작가라는 사실 때문에, 가슴 벅찬 기쁨이 밀려오는 것을 주체할 수 없었다. 바로 도서관에 달려가서 선생의 시들을 있는 대로 찾아 읽었는데, 바로 이와 같은 과정에서 오랫동안 수몰되어 있었던 「봉선화」가 다시 수면 위로 환하게 떠올랐다.

　그해 1월 말에 나는 신춘문예 시상식에 참석하기 위하여 서울 가는 기차에 몸을 실었다. 구름 한 점 없이 시퍼런 하늘에 어디서 날아왔는지 두서너 개의 난데없는 눈송이가 바람을 타고 빙빙 돌고 있는 날이었다. 줄곧 변변치도 못한 작품을 당선작의 반열에 올려주신 분에게 드릴 선물을 생각하고 있었으나, 무엇이 좋을지는 좀처럼 판단이 서지 않았다. 이런저런 생각 끝에 서울역에 도착한 나는, 역사 2층에 있던 백화점에 들러 이리저리 빙빙 돌아다니다가, 건강식품 코너에서 발길을 멈추었다. 바로 거기 스무 살 남짓 된 한 아

233

가씨가 억센 경상도 사투리로 마구 수다를 떨어대면서 손님들을 부르고 있었다.

내가 한약방집 둘째 아들임을 알 리가 없는 그 처녀는 우리나라 홍삼의 그 불가사의한 약효에 대하여 떠들어대기 시작했다. 제법 오래도록 망설인 끝에, 약효에 대한 믿음 때문이 아니라 내 고향 사투리의 마력에 이끌려 홍삼 두 통을 사게 되었는데, 바로 그때 평생을 두고도 잊을 수가 없는 대형 사건이 터지고 말았다. 능수능란하게 포장을 끝내고 인수인계까지 마친 그녀가 지나가는 말처럼 이렇게 물어왔던 것이다.

"아저씨요, 그런데 이 홍삼을 사서 말라 카능교? 누구한테 선물할라 카능교?"

그때까지 나는 아직 초정 선생과 그 어떤 인연도 맺은 바가 없었다. 따라서 선생이 나를 제자로 생각할 수 없음은 물론이고, 나 역시 선생을 스승이라 부를 수 있는 위치에 서 있었던 것도 아니었다. 그럼에도 나의 입에서는 뜻밖에도 이런 말이 튀어나왔다.

"아, 예. 우리 스승님께 드릴까……."

'하고요'가 아직 남았는데, 그 처녀의 따발총 같은 말이 쏟아져 나왔다.

"누군지 몰라도 그 선쌤은 참 조오켔따아, 아저씨 같은 제자를 두었으니……."

나는 이 선물을 받으실 분이 정말 저명한 시인이고, 내가 이번에 그분의 심사로 신춘문예에 당선되었음을 자랑하고 싶어서 미치고 환장할 지경이었으므로 슬며시 말머리를 이렇게 돌렸다.

"아가씨, 그분은 나의 스승이기도 하지만 아가씨의 스승일 수도 있지요. 왜냐하면 말이죠, 이 선물을 받으실 분은……."

그러나 성미가 급한 그 처녀는 내 말의 뒷부분을 가위로 삭둑 잘라버린 뒤에 야단스럽게 호들갑을 떨었다.

"어머야, 머라 카능교. 아저씨가 나와 동기 동창도 아닌데, 아저씨의 스승이 우째 나의 스승이란 말잉교"

"아가씨, 혹시 김상옥이라는 시인을 아세요. 국어 교과서에 그분의 시조가 여기저기 수록되어 있어서 아가씨가 학교에 다녔다면…… 비록 간접적이기는…… 하지만…… 그분이 아가씨의 스승일 수도 있겠지요. 그런데 그분이 바로……."

처녀가 놀란 표정으로 입을 딱, 벌리더니 또다시 성급하게 내 말을 가로막고 튀어나왔다.

"아니, 그럼 초정 선생이 아저씨의 스승이란 말잉교."

"그렇습니다만, 아가씨도 초정 선생을 기억하고 계시는군요."

그 순간 처녀의 눈에서 반짝, 하고 한 줄기 빛이 일어나더니 돌연 폭포수가 콸콸 쏟아지기 시작했다.

"그러문요. 알고말고요. 1920년 경남 충무 출생. 호는 초정. 1939년 가람 이병기 선생에 의하여 「봉선화」란 작품이 《문장》지에 추천되어 문단에 데뷔. 1947년 첫 시조집 『초적』을 간행했으며……."

처녀는 고등학교 시절에 '전과의 왕'인 동아전과를 보고 외웠다며, 초정 선생의 약력을 거침없이 줄줄 외워대더니, 돌연히 나에게 사뭇 명령조로 아주 엄숙한 지시를 내렸다.

"아저씨, 아저씨가 정말 초정 선생의 제자라면 초정 선생의「봉선화」한번 외워보이소."

그 순간 아찔한 느낌이 들면서 당혹감이 밀물처럼 밀려왔다. 그러나 얼핏 생각해보니 못 외울 것도 없을 것 같았으므로 더듬더듬 봉선화를 외우기 시작했다. 그러나 첫째 수가 끝나고 둘째 수의 초장인 '누님이 편지 보며 하마 울까 웃으실까'까지 외웠을 때 그만 생각이 콱, 막히면서 하늘이 노래지기 시작했다. 돌발적 사태에 얼굴이 벌겋게 달아오른 나는 고개를 갸우뚱거리면서 '하마 울까 웃으실까'를 여러 번 중얼거려보았지만 그다음 구절은 끝끝내 다시 떠오르지 않았다. 내가 눈보라 몰아치는 추운 겨울에 식은땀을 줄줄 흘리고 있을 때, 그 처녀가 호호 하하 깔깔거리면서 이렇게 말을 걸어왔다.

"우와, 아저씨. 아저씨가 정말 초정 선생의 제자가 맞능교. 아저씨가 만약 초정 선생의 제자라 카머 나는 그분의 수제자라 캐도 되겠네요. 어디 그「봉선화」내가 한번 외워보겠심더."

처녀는 봉선화를 일사천리로 외워치운 뒤에, 자유시는 한 수도 못 외우지만 시조는 쉽고 아름다운 가락을 가지고 있어서 교과서에 실린 작품이라면 대강 다 외울 수 있다고 큰소리를 쳤다. 내가 그녀의 호언장담에 의심의 눈초리를 보냈더니, 그녀는 교과서에 수록된 여러 수의 시조를 외워치움으로써 자신이 선생의 수제자임을 세계 만방에 선언한 뒤에 다시 대못을 쾅쾅 박았다. 그 바람에 나는 경상도 사투리로 '떡'이 되어버렸고……

    경상도 사투리로 떡이 되도록 얼굴이 붉어지는 당황스러운 일을 겪은 지도 어언 10년이 후딱 지났다. 그 사이에 나는 선생으로부터 분수를 넘어서는 사랑을 받았고, 선생은 나의 스승으로 내 마음속에 큰 자리를 잡았다. 하지만 부끄럽게도 나는 여전히 그해 겨울의 그 처녀처럼 「봉선화」를 외울 수 있다고 호언장담을 할 자신이 없다. 어떨 때 외워보면 목구멍에 술이 넘어가듯이 술술 넘어가다가도, 또 어떨 때 외워보면 '하마 울까 웃으실까' 언저리에 와서 갑자기 목이 콱, 막히는 것이다.

    그러나 이제 기를 쓰고라도 「봉선화」를 확실하게 외우지 않으면 안 될 일이 생겼다. 얼마 전에 오랫동안 병석에 계신 스승을 찾아뵙고, 병이 나으면 제일 먼저 하시고 싶은 일이 무엇이냐고 여쭈어보았더니, 스승께서는 아마도 나 듣기 좋으라고 이렇게 대답을 하셨던 것이다.

    "이 선생, 만약 내 몸을 내 마음대로 움직일 수 있다면, 이 선생의 손을 꼭 거머쥐고 이 선생의 고향 모교母校로 가서 그 거대하고도 장엄한 나무들을 오래 오래도록 쳐다보고 싶어요. 그때 이 선생은 나에게 나의 「봉선화」를 몇 번이고 되풀이해 외워주이소."

파인巴人 김동환과
백수白水 정완영

어느 날 문득 문단 전체의 원로 중의 원로이신 백수白水 정완영鄭椀永 선생의 시조 전집 『노래는 아직 남아』가 내 손바닥 위에 올려졌다. 자신이 신봉하는 신을 위하여 순교를 각오한 사람처럼, 일생을 다 바쳐서 시조라는 나무에 처연히 목을 매고 혼신의 힘을 다해 시조를 창작했던 백수의 시조 전집은 가슴이 쿵, 하는 실로 장중한 느낌으로 나에게 육박해 왔다.

　백수는 일찍이 '세계에 관절冠絕한 우리 모국어에는 흘림새流가 있고, 엮음새曲가 있고, 추임새節가 있고, 풀림새解가 따로 있는 것이니, 이 경계를 다 돌아 나와야 비로소 시조時調의 진경眞景은 열리는 법'이라고 했다. 나는 흘림새와 엮음새와 추임새와 풀림새를 다 돌아 나와 진경을 한껏 열고 있는 백수의 주옥같은 시조들을 밤을 새워가며 읽어나갔다. 그런데 참으로 기이한 것은 백수의 시조들을 읽는 동안 행간과 행간, 언어와 언어 사이, 그 도저한 침묵과 여백의 공간에 문득 파인巴人 김동환金東煥의 얼굴이 부침을 거듭했다는 사실이다. 이상도 하다, 왜 그랬을까?

　다 알다시피 파인 김동환은 일제강점기의 매우 주목되는 시인 가운데 한 분인데, 젊은 날 나는 파인의 시들을 몹시 좋아했다. 현대 문학사에 등장한 최초의 장편서사시였던 「국경의 밤」은 '아아, 무사히 건넜을까'라는 첫 대목만으로도 스무 살 문학청년의 시퍼런 피를 실로 비상하게 요동치게 했다. 노래로 불리면서 더욱더 널리 알려진 「봄이 오면」이나 「산 너머 남촌에는」 같은 향토적 서정이 물씬 풍겨오는 민요 취향의 시들도 그때의 나로서는 좌우간 좋았다. 특히 웃은 죄밖에 없으므로 '평양성에 해 안 뜬대도 / 난 모'른다는 「웃은 죄」는 한때 내가 가장 애송하는 시 가운데 하나이기도 했다.
　그러나 파인과 그의 시에 대한 나의 애정은 그동안 등하불명燈下不明의 어둠 속에 묻혀 있던 친일 문학작품이 만천하에 공개되면서 경악과 실망과 분노와 탄식으로 순식간에 뒤바뀌어버렸다. 힘을 가진 자가 손을 힘껏 비트는데 피와 살을 가진 인간으로서 과연 몇이나 그 아픔을 끝끝내 참을 수가 있겠는가. 제국주의자들이 파인의 팔을 힘껏 비틀었고, 그는 마침내 그 아픔을 참지 못해 '일본이여, 일본이여, 나의 조국 일본이여'라고 읊으면서 마음에도 없는 출정의 나팔을 불었으리라. 그러나 나는 파인을 도저히 그전처럼 좋아할 수가 없었다. 시와 시인은 별개의 것이므로 시인이 밉더라도 시까지 미워할 필요는 없다고, 내 자신을 이리저리 달래봐도 소용이 없기는 마찬가지였다.

게다가 파인에 대한 경악과 실망과 분노와 탄식은 한 번으로 간단히 끝나지 않았다. 왜냐하면 시조에 대한 그의 충격적인 편견이 나를 놀라서 뒤로 나자빠지게 만들었기 때문이다. 그는 시조의 시형이 이제는 산 사람을 넣어도 매장되고 말 관棺이 되었다고 선언하고, 옛날 사람들은 관 속에서도 숨을 쉬고 살았지만 시대가 변한 요즈음에는 그럴 수가 없다고 주장했다. 그에 의하면 시조는 더 이상 '배격할 가치조차 없는 문학'이었다. 그러한 시조가 괴물같이 돌아다니면 새로운 시가의 건설에 어두운 그림자를 던지게 될 터였다. 그러므로 그에게 시조는 '개선할 필요조차도 없이 파괴되어야 마땅'한 장르에 불과했다.

1990년대 중반의 어느 날이었다. 우연한 자리에서 문무학 시인을 만났더니 백수 선생이 전해주라 했다면서 시집 한 권을 내놓았다. 1994년 간행된 선생의 시조집 『오동잎 그늘에 서서』였다. 그때는 내가 등단한 지 얼마 되지도 않아 선생께 정식으로는 인사를 드린 적도 없었을 때였다. 그러므로 나는 이 뜻밖의 선물을 다소 의아하게 생각하면서 표지를 넘겨보았더니, '이종문 사우詞友'라고 가로로 쓴 뒤에 줄을 바꾸어 '백수白水'라고 쓰고 붉은 도장을 꾹 눌러놓았다. 백수의 글씨는 볼펜으로 쓴 것이나마 금석기가 어려 있는 대단한 강골의 글씨였지만, 보기에 따라서는 다소 엉성하게 보이기도 하여 마음속으로 조그만 물음표를 찍어두었다.

2002년 3월 10일, 역류 동인들과 함께 당시 김포에 있었던 백수의 댁을 방문했을 때, 그때야 나는 비로소 그 눈물겨운 연유를 대충이나마 알게 되었다. 선생은 1941년 오로지 민족의 시가인 시조를 창작한다는 이유로 일본 경찰에게 잡혀가서 손가락이 부러지는 고문을 받았는데, 바로 그 고문의 후유증으로 아직도 손을 제대로 사용하지 못한다는 것이었다. 백수는 '컴퓨터가 나온 것이 정말 나에게는 다행'이란 말씀을 몇 번이나 되풀이하기도 했다. 요컨대 시조의 폐기 처분을 어느 누구보다 강력하게 주장했던 파인이 실로 과감하기 짝이 없는 친일 행위를 저지르고 있을 때, 백수는 시조를 쓴다는 이유로 일본 경찰에게 모진 고문을 당하고 있었으니, 시조에 대한 인식 자체도 당연히 파인과는 크게 다를 수밖에 없었다.

우리 시조時調의 3장 6구三章六句는 잘 구워낸 이조백자 같기도 하고, 진흙 속에서 솟아오른 연꽃 같기도 하고……. 아무튼 다른 이들은 틀이 좁아 할 말을 다 못 담겠다지만 나는 천지의 말씀을 다 내려앉혀도 오히려 남을 이 그릇에 채울 말을 찾지 못한다.

'시조의 형식이 바늘구멍에 소 들어가라는 격'이라고 신랄하게 비판했던 파인과는 달리, 보다시피 백수는 천지의 말씀을 다 담고도 남는 그릇이 바로 시조라고 말하고 있다. 시조에 대한 이와 같은 인식을 바탕으로 그는 한때나마 파인의 조국이었던 일본, 그 악독한 경찰에게 고문을 받았던 그 아픈 손에다 붓을 잡고, 70년에 가까운 세월 동안 참으로 줄기차게 시조를 써왔다. 그 많은 시조가 담겨 있는 이번 시조 전집의 「자서自敍」에서 백수는 다음과 같이 노래하고 있는데, 그 노래가 또한 심금心琴을 울린다.

세월은 저물었는데 노래는 아직 남아
돌아온 옛 마을에 덮고 누운 하늘 한 장
열무씨 새로 뿌린 듯 별빛 총총 돋는다

백수의 연세가 올해로 미수米壽이니, 그만하면 세월이 참 많이도 흘러가서 이제는 저물 만큼 저물었다. 그러나 보다시피 세월은 이미 저물었지만 노래는 아직도 여전히 남아 있다고 한다. 그러고 보면 돌아온 고향 옛 마을 하늘 속에 새로 뿌린 열무씨 같은 별들이 총총 돋아나듯이, 저물고, 저물고, 다시 한 번 더 저물어서 칠흑 같은 어둠이 올 때까지, 그리하여 마침내 그의 시조들이 어둠 속에 총총 또록거리는 별들이 될 때까지, 백수는 언제나 시조의 텃밭에 열무씨를 새로 뿌릴 모양이다.

최근에 나는 우연히 파인의 셋째 아들 김영식이 쓴 『아버지 파인 김동환』(국학자료원, 1994)이란 책을 넘기다가 이루 말할 수 없는 감동을 받았다. 우선 이 책에는 친일 행위와 애정 행각을 포함한 파인의 생애를 진솔하게 서술하려고 노력한 흔적이 너무나도 역력하여, 피를 나눈 아들이 썼다고 믿기가 힘들 정도였다. 그러나 정작 나의 가슴에 쿵, 하고 소리가 났던 대목은 「펴내는 말」에 포함되어 있는 다음과 같은 저자의 말이었다.

아버지가 일제 말엽 한때 저지른 치욕적인 친일 행위를 뉘우치고 변절고충變節苦衷을 고백하면서 '반역의 죄인'임을 자처한 바 있음을 되새겨보면서, 저는 가족을 대신하여 국가와 민족 앞에 깊이 머리 숙여 사죄합니다.

보다시피 파인은 치욕적인 친일 행위를 뉘우치고 '반역의 죄인'임을 자처하였다. 그리고 그의 아들 김영식이 아버지와 가족을 대신하여 국가와 민족 앞에 깊이 머리 숙여 사죄를 했다. 더구나 아들은 파리에서 파견 근무를 할 때 네덜란드의 헤이그까지 수백 리나 떨어진 멀고도 낯선 길을 혼자 달려가, 이준 열사의 무덤 앞에다 꽃을 바치고 참배를 하면서 아버지의 잘못을 대신 참회하기도 했다. 철면피한 친일파, 후안무치한 친일파의 후예들이 아직도 사회정의를 마구 뒤흔들고 있는 상황 속에서, 이처럼 철저하게 과거를 반성하고 진솔하게 사죄하는 사람에게 어느 누가 과연 무죄無罪라서 자신 있게 돌을 던질 수가 있겠는가. 그러므로 나는 이 글을 읽는 순간 비로소 파인의 시들을 옛날처럼은 아니더라도, 그래도 자못 즐거운 마음으로 다시 낭송할 수 있을 것 같았다.

그러나 나는 아직도 파인에게 묻고 싶은 말이 남아 있다. 그가 친일 행위에 대해서 반성하고 사과했던 것과는 달리, 시조의 폐기 처분을 모골이 송연토록 주장했던 일에 대해서는, 과문한 탓인지 구체적인 후일담을 아직 듣지 못했기 때문이다. 혹시 신념이 끝까지 변하지 않았기 때문일까? 어쩌면 그럴 수도 있을 것이다. 그러나 만약 그렇다면 이번에 새로 나온 백수의 전집을, 이제는 아마도 저승에 있으면서 이승 쪽의 일들을 묵묵하게 지켜보고 계실 파인의 영전靈前에다 올리고 싶다. 파인이 읽고 나서 과연 무어라고 말씀하실지, 그것이 정말 한없이 궁금하기만 하다.

바늘구멍 속에다
황소를 밀어 넣다

나는 '만고의 충신' 포은圃隱 정몽주鄭夢周 선생의 고향인 영천 임고
에서 어린 날을 보냈다. 게다가 선생을 모신 임고서원臨皐書院 앞의
거대하고 우람한 은행나무 밑에서, 포은 선생과 임고서원이 함께
등장하는 초등학교 교가를 부르며 소꿉장난하고 놀기도 했다. 아마
도 그래서 그렇겠지만, 나에게 문학적인 감흥을 불러일으켰던 최초
의 작품도 포은 선생의 저 유명한 「단심가丹心歌」였다.

> 이 몸이 죽고 죽어 일백 번 고쳐 죽어
>
> 백골이 진토 되어 넋이라도 있고 없고
>
> 임 향한 일편단심이야 가실 줄이 있으랴

이 작품이 시조인 줄도 몰랐고, 시조라는 갈래가 있다는 사실 그 자체마저도 전혀 몰랐지만, 그럼에도 나는 이 시조를 시도 때도 없이 외우고 다녔다. 창작 동기와 내용으로 보면 어떤 비장감이 밀물처럼 울컥, 뜨겁게 밀려와야 마땅한 작품이다. 그런데 막상 이 작품을 크게 소리 내어 외우다 보면 비장감 대신에 율동적 신명이 밀려왔고, 가락이 척척 맞아떨어지는 바로 그 율동적 신명이 이 시조를 거듭 낭송하게 했다.

얼마 후 중학교에 입학해서 보니, 국어 교과서에 옛날 시조들이 매우 높은 비중으로 수록되어 있었다. 게다가 정인보, 이병기, 이은상, 김상옥, 이호우 등이 지은 현대시조도 제법 많이 수록되어 있었다. 나는 「단심가」를 외울 때와 조금도 다름없는 율동적 즐거움에 도취되어 별로 외운다는 생각도 없이 그 많은 시조를 척척 다 외웠다. 새벽에 일어나 불도 켜지 않은 채 외운 시조들을 낭랑하게 낭송하는 버릇이 생기기도 했다. 그러므로 3-4-3-4의 음수율로 따졌던 그 당시의 시조의 형식도 누가 가르쳐주기 이전에, 그 많은 시조를 외우는 과정에서 자연스럽게 체득할 수 있었다.

그때 외웠던 시조들은 상대적으로 길이가 짧은 데다 율동적 즐거움 때문인지 몰라도 지금도 대부분 거의 정확하게 외울 수가 있다. 하지만 어찌 된 셈인지 더 많은 시간과 열정을 투자하여 기를 쓰고 외웠던 자유시 가운데서 외울 수 있는 것은 거의 없다. 그것들은 대부분 파편화된 이미지의 잔영殘影으로 천길만길의 캄캄한 무의식의 바다 밑에 희미하게 가라앉아 있을 뿐이다. 이렇게 볼 때 '나는 아마도 체질적으로 자유시보다 시조와 궁합이 훨씬 더 잘 맞는 사람이네' 하는 생각을 예나 지금이나 지울 수가 없다.

그러나 좋아하고 감상하는 차원을 넘어서 작품을 창작하는 문제에 이르면 상황은 완전히 달라졌다. 궁합이 잘 맞아서 훨씬 더 좋아했던 것은 분명히 시조였는데, 막상 내가 중학생 시절부터 문청 시절까지 쓴 작품들은 예외 없이 모두 자유시였던 것이다. 정말 기이하기 짝이 없는 자가당착의 모순 현상이 일어난 이유는 무엇일까? 그 이유는 아마도 한 자연인인 나 개인에게 있다기보다는, 그 당시 사회와 문단 분위기에 있었던 것이 아닐까 싶다.

'시조는 이미 지나간 시대의 낡은 형식에 불과하다'는 생각이 그때도 지금처럼 문단의 대세를 이루고 있었고, 시조를 쓰는 사람에게는 '지금이 어느 땐데 아직도 시조를 쓰고 있느냐'고 묻는 사람들이 따라다녔다. '시조의 형식이 최소한의 예술적 성취를 선험적으로 담보해주는 문학적 장치라기보다는, 자유로운 표현을 제약하는 언어의 감옥'이라는 생각도 지금이나 그때나 문단의 대세였던 것 같다. 요컨대 '시조를 창작한다는 것은 황소에게 바늘구멍으로 들어가라고 요구하는 것과 다를 바가 없다'는 파인巴人 김동환金東煥의 주장이 여전히 강한 설득력을 지니고 있었던 것이다.

하지만 '시조가 지나간 시대의 낡은 양식'이라는 것을 검증해낸 사람은 아무도 없었다. '시조의 형식이 문학적 장치라기보다는 언어의 감옥'이라는 것도 검증된 적이 전혀 없었던 일방적인 주장에 불과했다. 그렇다고 해서 그와 같은 주장들이 시조라는 나무에다 목을 매달고 정말 처절하게 몸부림을 쳐본 뒤에 나온 귀납적인 결론도 물론 아니었다. 그러니까 확실하게 검증된 적도 없었던 막연하기 짝이 없는 주장이 기이하게도 보편적인 공감대를 이루면서, 살려고 몸부림을 치고 있는 시조의 목을 점점 더 옭아매고 있었던 것이다. 시조가 죽어야 나라가 사는 것도 결코 아니고, 시조가 죽어야 자유시가 사는 것도 물론 아닐 텐데, 허허 그것참, 이거야 나 원!

바로 이와 같은 상황 속에서 문청 시절도 다 끝나갈 무렵에 내가 우연히 딱 한 편의 시조를 창작해볼 기회를 가졌던 것은 정말 다행스런 일이었다. 『샘터』라는 잡지에 실리는 시조들을 보고, 장난삼아 써서 투고했던 작품이었다. 기억이 분명한지 모르겠으나, 작품의 종장이 '저무는 천지현황天地玄黃에 가이없는 노을이 진다'였는데, 심사를 맡은 백수 정완영 선생으로부터 '크고 아득한 것을 노래할 줄 아는 시인'이란 평가를 받기도 했다.

이 사건을 계기로 하여 몇 수의 시조를 더 써보면서, 나는 막연하게나마 시조의 형식이 '지나간 시대의 낡은 유물'이 아닐지도 모른다는 생각을 했다. 시조의 형식이 자유로운 시상의 표현을 제약하는 '언어의 감옥'이 아닐 수도 있겠다는 생각과 함께, 시조를 쓰는 것이 아주 쉬운 일은 아니지만 그리 어려운 일도 아니라는 생각을 하기도 했다. 중학교 2학년 1학기 때 국어책에 수록되어 있었던 초정 김상옥 선생의 다음 시조가 이와 같은 생각을 다소나마 고무해주기도 했다.

시조는 쉬운 것이 읊으면 되는 것이,
버선에 볼 받듯이 생각에 말을 받아
우리말 우리글들을 날로 씨로 짜거라

초정의 말씀대로 '읊으면 되는 것'이 곧 시조라면, 시조를 짓는 일은 아주 쉽다. 바로 이 작품의 경우만 하더라도 퇴고니 뭐니 하는 고심참담한 절차를 거쳐서 마침내 완성된 시조가 아니라, '청산리 벽계수가 수이' 졸졸 흐르듯이 아주 쉽고도 자연스럽게 지어진 것이 분명하다. 나는 초정의 시조에 격려를 받으며, '버선에 볼 받듯이 생각에 말을 받아 / 우리말 우리글들을 날로 씨로 짜'보기로 마음을 먹고, 그동안에 지었던 자유시들을 평시조 형식의 바늘구멍 속에다 하나씩 하나씩 밀어 넣어 보았다.

막상 밀어 넣어 보았더니, 그와 같은 작업이 초정의 말씀처럼 그렇게 쉬운 것은 아니었다. 하지만 적어도 처음 예상보다는 훨씬 더 쉬웠다는 것도 부정할 수 없는 사실이다. 물론 작품 가운데는 애초부터 바늘구멍 속에 도저히 밀어 넣을 수가 없는 것도 더러 있었지만, 별다른 어려움 없이 그냥 술술 들어가는 것들도 적지 않았다. 처음에는 좀처럼 들어가지 않다가도, 일단 밀어 넣고 언어를 이리저리 굴리다 보면, 말들이 알아서 제자리를 찾아 척척 들어앉는 경우도 많았다. 그러나 바로 그 무렵에 일어났던 어떤 충격적 사건으로 인하여, 나는 창작 활동을 완전히 포기하고 연구 활동 쪽으로 인생행로 전체를 바꾸게 되었다. 그 바람에 이제 약간씩 재미를 느끼기 시작하던 나의 시조 쓰기도 그쯤에서 와장창, 끝이 나고 말았다.

10여 년 동안 우여곡절을 겪은 끝에, 다소 늦깎이로 시조시인이 되어 창작의 세계로 다시 유턴한 지도 어언 20년이 조금 넘는 세월이 지났다. 그동안의 창작 경험에 의하면, 그래, 맞다. 시조를 쓰는 일은 파인의 말대로 '황소를 바늘구멍 속으로 밀어 넣는 일'이다. 그런데 여기서 정말 간과할 수 없는 것은 시조라는 형식의 바늘구멍이 뜻밖에도 놀라울 정도로 커서, 잘만 하면 황소는 물론이고 하늘과 바다까지 다 들어갈 수도 있다는 점이다. 우리 선시禪詩의 할아버지 혜심(慧諶, 1178~1234) 선사의 말씀대로 '겨자씨 속에 수미산이 들어가고 / 조그만 터럭 끝이 우주 전체를 죄다 머금고 있다芥子納須彌 毛端含刹海'고나 할까.

그러므로 나는 요즈음 각양각색의 이야기보따리를 하나씩 짊어진 수십 마리의 쌍봉낙타들을 바로 그 바늘구멍 속에다 슬그머니 밀어 넣고 있는 중이다. 그런데, 어라? 쌍봉낙타의 뒤쪽 봉우리가 그토록 거대한 바늘구멍에 번번이 걸려 진퇴양난으로 뒤뚱대고 있으니, 우와, 이거 정말 큰일이다, 아아!

참 철없는
모임

나는 체질적으로 모임과 조직과 회의를 대단히 싫어하는 사람이다.
그런데도 딱 한 번 적극적이고도 능동적으로 모임을 만들고 회장에
취임해본 적이 있었다. 모임의 조속한 해체를 모임 결성의 유일한
목적으로 삼았던 세계 최초(?)의 모임인 지월회池月會가 바로 그것
이다.

'연못 속의 달'이라는 자못 몽환적인 명찰을 달았지만, 이 모임의
진짜 이름은 '지월地月', 그러니까 땅딸이들의 모임이다. 7, 8년 전
우리 학과의 땅딸이 처녀, 땅딸이 총각들과 저녁마다 함께 운동을
하다가, 땅딸이 신세를 조속히 면하고 신속하게 해체하는 것을 유
일한 목적으로 만들었던 모임! 하지만 '땅딸이 모임'은 회원들이 땅
딸이 신세를 조속히 면한다는 소기의 목적을 슬며시 포기하고 하나

둘 탈퇴해버림으로써, 조속히 모임을 해체한다는 소기의 목적을 생각보다 훨씬 더 조속하게 달성하고 해체되어버렸다.

내가 결성한 최초의 모임이 소기의 목적을 조속하게 달성하고 해체된 뒤, 나는 정말 꿈에서조차도 그 어떤 모임도 만든 적이 없다. 하지만 이제 마지막으로 딱 하나만 모임을 더 만들고, '참 철없는 모임'이라는 임시 명찰을 달아주고 싶다. 요즘 유행하는 방식에 따라 3자로 줄이면 '참철모'!

　　　江上被花惱不徹 강변에 꽃이 덮여 나 정말 미치겠네
　　　無處告訴只顚狂 꽃 소식 전할 데 없어 정말로 미치겠네
　　　走覓南隣愛酒伴 내달려 가 남쪽 이웃 술꾼 친구 찾아가니
　　　經旬出飮獨空床 술 마시러 나간 지가 열흘이 지났다네

당나라 시인 두보杜甫의 「강반독보심화江畔獨步尋花 : 강가를 홀로 걸으며 꽃을 찾다」라는 연작시 가운데 하나다. 보다시피 두보는 어느 날 강가에 나갔다가 천 이랑 만 이랑 강변을 뒤덮은 황홀하기 그지없는 봄꽃들을 보고, 이 엄청나고도 감동적인 사건을 알려줄 사람이 아무도 없어서 하마터면 미칠 뻔했다고 한다.

'꽃 폈다, 꽃 폈다아, 강변에 꽃 폈다아아~' 하고 고래고래 외치면서, 늙은 시인이 미치지 않기 위해 그야말로 미친 듯이 내달려 간 곳은 이웃에 살고 있는 술친구. 그러나 바로 그 술친구는 이미 열흘 전에 술 마시러 나가고 없었다고 하니, 허허, 그것참, 이거야 나 원!

이 세상에서 욕을 가장 아름답게 하는 김선굉 시인! 그는 아마도 내가 아니면 미쳐도 여러 번 미쳤을 것이다. 아름다운 풍경을 대할 때마다 미치지 않기 위해 수시로 전화를 걸어오니까. 시인 박진형이 느닷없이 전화를 걸어 자기가 보고 있는 섬진강의 매화와 돌밭 풍경들을 늘어놓는 것도 같은 이유가 아니고 뭐겠는가.

나와 같은 일터에 다니면서 한솥밥을 먹고 있는 시인 장옥관 형도 하마터면 정말 큰일이 날 뻔했던 모양이다. 어느 날 밤에 교정에서 그를 만났는데, 그가 하는 말이 대뜸 이렇다.

"이 형, 나 아까 하마터면 미칠 뻔했심다. 오늘 저녁 7시 무렵 딱 오 분 동안 실로 장엄하게 펼쳐졌다가 순식간에 사라져버렸던 한없이 형형하고 검푸른 하늘빛이 정말 감동적인 철학이었는데, 어, 어, 어 하는 사이에 이미 다 사라져버렸지 뭡니까. 그런데 글쎄, 이 희한한 풍경을 알릴 데가 아무 데도 없었으니 미치지 않은 것이 오히려 기적이지. 이 형이 학교에 있는 줄 알았으면 전화라도 한 통 때릴 걸 그랬어요."

그때 그가 만약 전화를 때렸다면 누이 좋고 매부도 좋았을 것이다. 그로서는 미칠까 걱정할 필요가 없어지고, 나로서는 미치지 않도록 도와주는 기쁨을 누렸을 테니까. 게다가 하던 일을 잠시 내팽개치고 냅다 교정으로 뛰어나가, 삽시간에 사라져버렸다는 그 서럽도록 검푸른 하늘, 그 장엄한 우주 철학에 가슴 벅차게 동참할 수 있는 아주 특별한 보너스까지 챙겨 넣을 수가 있었을 테니까.

하마터면 미칠 뻔했던 이런 경험들이 이상한 동물인 시인에게만 있는 아주 특별한 현상일까. 아니다, 결코 그렇지 않다. 시인이 아니라도 내 주변에는 미치지 않기 위해 메시지를 보내거나 전화를 거는 사람들이 있다. 그러므로 나는 운흥사 벚꽃이 지랄발광하고 팝콘을 퍽퍽 터뜨릴 때, 서쪽 하늘에 총각 무지개와 각시 무지개가 한꺼번에 뜰 때, 가을날 저녁놀이 꽈배기를 틀 때, 천지간에 첫눈이 펄펄 내릴 때 간간이 전화나 메시지를 받는다. 물론 나도 미치면 안 되므로 내가 먼저 소식을 전하기도 하고. 그리하여 마침내 이 지상 아름다움의 극점에 있는 풍경들을 우리 모두가 공유하는 기쁨을 다 함께 누리는 것이다.

이런 취지를 구체적인 현실 속에서 좀 더 적극적으로 구현하는 모임, 모임이긴 하지만 조직과 회칙과 회비는 물론이고 구태여 만날 필요도 없으며, 그저 회원만 대여섯 명 있는 모임, 보기에 따라서는 역사의식과 현실 인식에 근본적인 문제가 있는 데다 참 한심하고 철딱서니 없는 이 생뚱한 모임에 가입하실 분은, 요오 요오 붙어라!

천만에,
나무 뽑고 가는 사람이여!

고려 말의 시인 이승휴李承休가 지은 『제왕운기帝王韻紀』에 의하면 단군檀君은 그의 어머니가 박달나무 신과 혼인하여 낳은 아들이었다. 『제왕운기』의 기록대로 단군이 만약 박달나무 신의 아들이라면 단군의 후예인 나도 박달나무의 머나먼 후손에 해당된다. 따라서 나의 몸속에는 비린내가 나는 붉은 피 대신에 나무의 수액이 돌돌 돌 흐르고 있음이 분명하다.

내 몸속에 이처럼 유전적으로 나무의 수액이 흐르고 있기 때문인지 몰라도 어린 시절부터 나는 내 고향에 있는 거대하고 오래된 나무들에 대하여 남모르는 경외심을 품어왔다. 누가 심었는지 알 수는 없으나 이 나무들을 심었던 사람들은 이 한 그루의 나무를 심었다는 사실만으로도 어느 누구보다 성공적인 인생을 살았다고 느껴졌다. 설사 그들이 죽어야 마땅한 죄를 지었다고 하더라도 한 번 정도는 용서해주어도 무방하다는 엉뚱한 생각을 해보기도 했다.

나무에 대한 이와 같은 경외심이 되풀이되는 동안, 나무는 서서히 나의 종교로 자리 잡기 시작했다. 그리하여 나는 신앙을 가진 사람들이 성지聖地를 순례하듯이, 영남 지역의 신령스러운 나무를 찾아 바람처럼 구름처럼 떠돌면서 적지 않은 시간을 보내기도 했다.

이러한 와중에서 언제부턴가 나는 소중한 꿈 하나를 가슴에 간직하기 시작했다. 그것은 최소한 만 평쯤 되는 땅에 박달나무와 느티나무, 모감주나무와 은행나무 등 내가 좋아하는 우리나라의 나무들을 심고 그것을 아름답게 가꾸는 일이었다. 이 나무들이 무성한 숲을 이루었을 때, 살 만큼 살다가 남겨지게 될 나의 육신을 그 숲의 복판에다 묻을 것이었다. 나의 육신을 이루고 있던 모든 것이 세월의 풍화작용과 함께 흙이 되고 거름이 되어 나무에 의하여 남김없이 흡수되어버림으로써, 나무의 아들인 단군의 후손답게 다시 나무로 돌아가고 싶었다. 그리하여 천 년 뒤에 경주의 계림鷄林이나 함양의 상림上林 같은 아름다운 숲 하나를 우리나라 땅에 남기는 것, 그것이 바로 천 년 전에 살았던 한 사나이가 천 년 뒤에 이룩하고 싶었던 꿈이었다.

그러나 꿈은 어디까지나 꿈에 불과한 것. 나에게는 만 평의 땅은 고사하고 열 평의 땅조차도 가진 것이 없었다. 그리고 설사 땅이 있다고 하더라도 나무를 심고 가꿀 수 있는 시간적 여유와 경제적인 능력도 물론 없다. 내가 그 모든 능력을 갖추고 있어서 거대한 숲을 이루었다고 하더라도 나의 후손들이 용도 변경하여 팔아먹지 않는다고 어찌 보장할 수가 있으랴. 설사 후손들이 숲을 잘 가꾸어준다고 하더라도 후천개벽後天開闢 같은 놀라운 변화가 수시로 일어나는 세계 속에서, 그것이 천 년 뒤에 그대로 남는다고 누가 보장을 할 수가 있으랴. 나는 그만 나의 꿈을 일찌감치 포기하여버렸다.

꿈을 포기하고도 오랜 세월이 지난 뒤에, 초등학교 2학년에 다니는 내 아이가 식목일에 쓴 일기장을 우연히 보게 되었다.

오늘은 식목일이었으나 나는 나무를 심지 못했다. 우리에게는 나무를 심을 땅이 없으므로 나무가 있어도 심을 곳이 없다고 어머니께서 말씀하셨기 때문이다. 땅이 없어서 나무를 심지 못하다니, 참으로 억울하고 아쉬운 식목일이었다.

내 아이의 이 일기를 읽는 순간에 나는 깊은 충격과 함께 형언할 수 없는 감동을 받았다. 동시에 내가 꿈을 포기한 이유가 정말 나무 심을 땅이 없기 때문이 아니라는 생각이 울컥 가슴에 밀어닥쳤다. 꼭 나의 땅에다 나의 나무를 심어 나의 숲을 만들겠다는 불순한 소유욕 때문에 내 꿈을 이룰 수 없었음이 분명했던 것이다. 나의 땅이 아니라 우리나라 땅에 나무를 심는다면, 어찌 나무 심을 땅이 없겠는가. 나는 나의 땅이 아니라 우리나라 땅에다 우리나라 나무를 심기로 마음을 바꾸었다.

그다음 날 나는 두 그루의 백목련을 모교 교정에다 심음으로써, 오랫동안 가슴에 품어왔던 내 꿈을 이룩하기 위한 그 첫발을 내디뎠다. 비록 단 두 그루의 어린 나무로 나의 꿈을 시작하지만, 봄가을로 한두 그루씩 계속 심는다면 내가 죽을 때까지 우리나라 땅에 적지 않은 나무가 심어지리라. 천 년 뒤에는 그 나무들의 아득한 후손들이 다른 나무들과 어울려서, 우리나라의 아름다운 숲을 이루게 되리라. 그런 의미에서 오늘 나의 시작은 참으로 미약하기 짝이 없으나 나의 끝은 참으로 창대하고 무성하게 되리라.

하지만 진정으로 나무를 사랑하는 사람은 부지런히 나무를 심기 이전에 나무 베는 일을 하지 않는 사람이다. 내가 평생에 걸쳐 적지 않은 나무를 심고, 그 나무들이 무성하게 자라 우리나라 숲을 이룬다고 하더라도, 결국 나는 나무를 심고 가는 사람이 아니라 나무를 뽑고 가는 사람에 불과하다. 이 세상 어디서 몇 그루의 나무가 쓰러지게 될 것이 뻔한데도, 사람들에게 도움이 될 것 같지도 않은 바로 이런 잡다한 글들을 발표하여 종이를 낭비하여왔기 때문이다. 더구나 이면지조차도 철저하게 재활용하지 않고 멀쩡한 종이를 그대로 버리고 있지 않은가.

"뭐라카노, 니가 나무를 심는다고? 천만에, 나무 뽑고 가는 사람이여!"

내 무릎 아래서
가부좌를 트시게

앞산의 왼쪽 봉우리를 이루는 산성산의 오른쪽 능선 언저리, 등성이가 슬쩍 내려앉은 곳에 우뚝하게 서 있는 나무가 있다. 내가 이 나무와 인연을 맺은 때는 30여 년 전 고등학교 3학년 때 일이었다. 그 무렵에 나는 '경주에서 교편을 잡는 시인'이 되기로 내 인생의 최종적인 꿈을 정했다. 하지만 시인이 되는 일보다 대학 시험이 발등에 떨어진 불이었다. 나는 시인이 되는 일과 아무런 상관이 없는 'no more than'과 'not more than', 'no less than'과 'not less than'의 그 미묘하고도 심각한 차이를 외우면서, 시퍼런 시심詩心의 꿈틀거림을 굵은 바위로 눌러놓고 있었다.

그러던 어느 봄날, 드높은 대강당의 옥상에 올라가서 담배 연기로 저 푸른 하늘에다 계란 만드는 연습을 하고 있었다. 그러다가 문득 신록이 힘차고 눈부시게 올라가고 있는 앞산 등성이에 우뚝하게 서 있는 이 나무의 존재를 처음으로 확인했다.

이 나무와 처음 만난 그날로부터 나의 일과는 이 나무와 함께 시작하여 이 나무와 함께 끝을 맺었다. 내가 이 나무에게 그토록 관심을 퍼부었던 것은 맨 처음 눈길을 교환했던 그날 밤에 이상한 꿈을 꾸었기 때문이다. 꿈속에서 나무는 대뜸 거대한 돌부처로 변하더니 난데없이 생뚱한 질문을 던져 왔고, 그 질문이 급기야 내 마음의 화두로 확고하게 자리를 잡았던 것이다.

"여보게, 젊은이. 젊은이는 지금 시인이 되고 싶어 아주 안달을 하고 있군. 시인은 가급적 천천히 되고, 그 대신 훌륭한 시인이 되게. 정말 훌륭한 시인이 되려면 먼저 내가 언제나 이 산등성이에 이렇게 서 있는 이유부터 알지 않으면 안 되느니. 젊은이여, 알겠느냐. 알겠느냐아~?"

하지만 나는 '정말 훌륭한 시인'이 되기보다 빨리 시인이 되고 싶었으므로, 단순하고도 명쾌한 답변을 즉흥적으로 올려 보냈다.

"나무님, 나무님! 그거야 빤하지 않습니까. 나무님은 뿌리가 땅속에 요지부동으로 박혀 있으므로 움직이고 싶어도 움직일 수가 없기 때문에, 할 수 없이 거기 그렇게 서 있는 것 아닙니까. 그러니까 나무님, 나무님께서는 움직이지 않고 있는 것이 아니라, 움직일 수가 없어서 거기 그렇게 서 있겠지요."

나의 답변에 나무는 대꾸도 하지 않고 돌아앉았다. 나는 며칠 뒤에 슬그머니 대답을 이렇게 바꾸었다.

"나무님, 나무님! 나무님은 실상 이 광활한 천지를 여기저기 마음대로 다니고 계실 겁니다. 그러다가 문득 사람들이 나무님을 쳐다보는 순간, 나무님을 향한 사람들의 눈길을 맞이하기 위하여 재빨리 제자리로 돌아와서 시치미를 뚝 떼고 서 계시는 것이겠죠? 그렇죠? 나무님, 그게 맞죠, 그죠?"

나무는 어금니를 깨물고 눈물을 참는 듯한 처연한 모습으로 고개를 좌우로 흔들었다. 나무의 표정에서 심상찮은 기미를 느낀 나는 비로소 정색하고 새삼스레 옷깃을 여몄다. 그리하여 정말 진지하고도 숙연한 마음으로 오랫동안 생각을 가다듬은 끝에 세 번째 답장을 적어 올렸다.

"나무님, 나무님! 나무님의 깊은 뜻을 제가 어찌 감히 알 수 있겠습니까. 그러나 혹시 사람이 아니라 나무이신 당신께는 땅에 견고하게 뿌리를 박고 있다는 것이 구속이나 속박이 아니라 해방이자 자유이기 때문에 거기 그렇게 서 계시고 있는 것은 아닌지요?"

나무는 희미하게 웃는 듯했으나 또다시 고개를 흔들었다.

세 번째 답장을 올려 보낸 직후에 나는 졸업장을 손에 들고 정든 교정을 떠나게 되었지만, 이 나무를 완전히 잊고 살았던 적은 별로 없었다. 대구 시내 어디서든 고개를 들면 나무가 보였으므로 일부러 눈을 감고 다닌다면 모를까, 그렇지 않다면 나무를 보지 않고 살아갈 수가 없기도 했다. 그러므로 나무의 물음은 졸업 후에도 오랫동안 나의 주변을 떠나지 않았다. 하지만 생각에 생각을 거듭해도 좀처럼 답변이 떠오르지 않자, 나는 한동안 나무의 물음에 대답하는 것을 포기하여버렸다. 더구나 남의 주머니에 들어 있는 돈을 나의 주머니로 운반하는 방법을 깊이 있게 연구하는 데 정신없이 몰두하다가 보면, 앞산을 보아도 나무가 보이지 않는 날들이 오랫동안 지속되기도 했다.

하지만 나무는 포기할 수 있는 자유마저도 나에게 함부로 허락하지 않았다. 때때로 심신이 파김치가 될 때마다, 한동안 잊고 있던 앞산의 그 나무가 또다시 나를 찾아와서 그 옛날 그 질문을 다시금 던지며 집요하게 답변을 강요했다. 그러던 어느 날 만해 선생의 시집 『님의 침묵』을 읽다가, 나는 고등학교 3학년 때 읽었던 다음과 같은 작품을 정말 오랜만에 다시 만났다.

날과 밤으로 흐르고 흐르는 남강南江은 가지 않습니다

바람과 비에 우두커니 섰는 촉석루矗石樓는 살 같은 광음光陰을 따라서 달음질칩니다

논개論介여, 나에게 울음과 웃음을 동시同時에 주는 사랑하는 논개여

그대는 조선의 무덤 가운데 피었던 좋은 꽃의 하나이다 그래서 그 향기는 썩지 않는다

나는 시인으로 그대의 애인이 되었노라

그대는 어디 있느뇨 죽지 않은 그대가 이 세상에는 없고나

―「논개의 애인이 되어 그의 묘廟에」 부분

내가 오랜만에 이 작품을 다시 읽는 순간 불현듯 뇌리에서 번쩍하고 번갯불이 스쳐 지나갔다. 나무의 질문에 대한 의심할 여지가 거의 없는 정답이 30여 년 만에야 비로소 불쑥, 떠올랐던 것이다. 그러므로 나는 연필에다 침을 묻혀 백지에다 또박또박 답변을 적은 뒤에 등기 속달로 나무에게 올렸다.

"나무님, 나무님! 당신은 일찍이 단 한 번이라도 당신의 자리에서 움직이신 적이 없사옵니다. 그렇다고 하여 그 자리에 가만히 계시는 것도 물론 결단코 아니옵니다. 참으로 절대적인 부동자세로 언제나 그 자리를 지키고 계시지만, 어딘지 모를 그곳을 향하여 끊임없이 흘러가고 계시는 것도 또한 사실이 아니옵니까?"

나무의 물음에 대한 확실한 답변이라는 내 나름대로의 자신을 가지고 있었으므로, 숙제를 다 끝낸 어린아이처럼 마음을 푹 놓고 잠들었던 그날 밤, 나는 이상한 꿈을 꾸었다. 앞산 등성이의 그 나무가 갑자기 거대한 돌부처로 변하더니, 그 오른손을 길게 뻗쳐서 내 방의 창문을 드르륵 열었다. 그러고는 대자대비한 미소를 지으면서 나의 얼굴을 그윽한 눈길로 바라보다가, 그 부드러운 바위 손으로 내 머리를 오래도록 쓰다듬어 주었다. 나는 천신만고의 수행 끝에 스승으로부터 도가 통했음을 인정받는 순간의 수행자처럼, 가슴이 굵게 뛰는 벅찬 환희로 온몸을 떨었다.

그러나 바로 그 순간에 돌부처는 홀연히 하늘과 땅이 모두 진동하고 산천초목이 일시에 귀가 먹을, 그 우람차고도 부드러운 바위 목소리로 다음과 같이 속삭이듯 외치고는 바람과 함께 사라져버렸다.

"아닐세, 아니야. 자네는 아직도 동문서답만 하고 있군그래. 그러니 수십 년 동안이나 시를 써도 시가 언제나 그 모양이지. 그런데 여보게, 중늙은이. 아직도 그것이 궁금하다니, 그래도 정말 기특하긴 하네. 그것이 정말 궁금하다면, 거기서 더 이상 탁상공론을 하지는 마시게. 현실의 진공상태에서는 그 어떤 경험도 할 수가 없고, 경험의 진공상태에선 그 어떤 상상도 불가능한 법이야. 그러므로 자네, 아직도 정말 훌륭한 시인을 꿈꾼다면 쓸데없는 상상에 매달리지 말고 서둘러 산으로 올라와 내 무릎 아래서 가부좌를 트시게."